スタートボタンを押してください

Ｄ・Ｈ・ウィルソン＆Ｊ・Ｊ・アダムズ編

外食チェーンで深夜のワンオペバイトを続けるノーフューチャーな青年。ある晩彼は強盗に襲われる……が、それは想像を絶する事態の幕開けにすぎなかった！（リスポーン）捕まえた若者をあえて逃がす決意をした賞金稼ぎ。その理由は、若者が作ったゲームに隠されていた（時計仕掛けの兵隊）――ケン・リュウ、桜坂洋、アンディ・ウィアーら現代SFを牽引する豪華執筆陣が集結し、ゲームと小説の新たな可能性に挑む。本邦初登場11編を含む、傑作オリジナルSFアンソロジー。序文＝アーネスト・クライン（『ゲームウォーズ』）解説＝米光一成

ゲームSF傑作選

スタートボタンを押してください

D・H・ウィルソン＆J・J・アダムズ編

中原尚哉・古沢嘉通訳

創元SF文庫

目次

ゲームSF傑作選

スタートボタンを押してください

序文

ビデオゲームは半世紀前に発明されて以来、現代文明において不可欠な役割をになうようになった。これは現代人が本来の生き方をできないせいだろう。つまり、渋滞のなかでじっとすわり、オフィスで働き、商店で買い物をするのは、私たちの本来の生き方ではない。私たちはもともと狩猟採集民なのだ。脳には数百万年の進化の過程で刻みこまれた内なる欲求がある。狩猟し、採集し、探検し、パズルを解き、チームを組み、次々と襲いかかる難局を克服して生き残ることで、私たちは食物連鎖の頂点に這《は》いあがった。しかし現代人の日常生活では、このような経験や難局にはほとんど遭遇しない。ゆえにこの原初的、本能的な内なる欲求は、ありのままに発露できる場がない。地球のすべてが狩猟され、採集され、科学技術に包囲されてしまった現代社会で、精神と肉体を健全にたもつためには、これらの古い生き方を仮想的に体験するしかない。さいわいにも、この問題をつくりだした元凶の科学技術が、解決策も提示してくれている。現代の都市生活者が内なる進化の悪霊を退治する方法。それがビデオゲームだ。

ビデオゲームをプレイするのは、私にとって日々のストレスの発散法である。それはクリスマスにアタリ2600をもらった五歳のときからはじまった。以後数年間の子ども時代は、この真っ黒いゲームコンソール、通称〝ダース・ベイダー〟に張りついてすごした気がする。ギザギザの粗いグラフィックとプリミティブな効果音ながら、仮想現実のシミュレータがリビングにやってきたように思えたものだ。旧式なゲームがつくりだすデジタル現実のなかで、スペースインベーダーと戦い、ジェット機を飛ばし、ドラゴンを斬り殺した。インタラクティブに物語を体験できるこの新しいメディアのおかげで、私は受動的な参加者ではなく、本当の主人公になれた。物語の結末を変えることさえできた。

それは新時代の夜明けだった。もちろん当時の私は気づくよしもなかった。スパイダーマンの下着を穿《は》いた子どもだったからだろう。しかしこのように第一世代のゲーマーとして育った体験は、私を変えた。みずから物語をつくる道へと私を進ませた。

ビデオゲームはすでに人間の体験の重要な一面になっている。だから、私たちの文化の非インタラクティブなフィクションでももっと大きなテーマになってしかるべきだろう。私の最初の二つの長編『ゲームウォーズ』と*Armada*は、人類とビデオゲームの進化する関係や、それがどのように情報をあたえ、現実や現実認識を変えるかをテーマとした。

私はビデオゲームをプレイするのとおなじくらい、ビデオゲームの物語を書くのが好きだ。だからこの短編集の序文を書かせてもらえるのは光栄だ。他の寄稿者たちがこの共通のテーマをどのように扱ったか。この新しいデジタルフロンティアで育った彼らが、冒険し、体験したことを、まったく異なるメディアの物語にどのように昇華させたか。そこに興味がある。

そして締め切りを守れなかったのが私だけなのかも知りたい。きっと彼らも、今回の物語の〝リサーチ〟にかなり時間を費やしたはずだ……。

フォースと共にあらんことを

二〇一四年十一月三十日　テキサス州オースティン

アーネスト・クライン

（中原尚哉訳）

リスポーン

桜坂　洋

チェーン外食店で深夜のワンオペバイトを続けるノーフューチャーな青年。ある晩、彼は強盗に襲われ……。タイトルにもなっている「リスポーン」とは、主にFPSなどのオンラインゲームで倒されたプレイヤーキャラクターがマップ上の別の地点に復活して再スタートすることを指す用語。

本作は原書のために書き下ろされた作品であり、今回が日本語での初公開となる。なお著者は現在、本作と世界設定を共有する長編を準備中とのこと。

桜坂洋（さくらざか・ひろし）は一九七〇年東京都生まれの作家。二〇〇三年に長編『よくわかる現代魔法』でデビュー。短編「さいたまチェーンソー少女」（二〇〇四年）と「ナイト・オブ・ザ・ホーリーシット」（二〇〇八年）でSFマガジン読者賞をそれぞれ受賞している。長編『All You Need Is Kill』（二〇〇四年）はダグ・リーマン監督、トム・クルーズ主演で二〇一四年に映画化された。

（編集部）

はじめに神は画面を創造された。

画面は混沌《こんとん》であって、闇がすべてを覆いつくし、なにもなかった。

神は言われた。「ドットあれ」こうして、ドットがあった。ドットは光であり、画面は闇であった。

神は言われた。「パドルあれ」こうして、パドルが産まれた。

パドルがドットを打つと「ポン」という音がした。ドットは勢いよく弾み、画面の端で跳ね返ってきたドットをパドルはまた打った。神はこれを見て、よしとされた。

神はパドルの肋骨《ろっこつ》からもうひとつのパドルを創造された。一方のパドルがドットを打ちつづけ、他方のパドルが打ち返した。夕べがあり、朝があった。パドルは寝食を忘れてドットを打ちつづけ、尿をするときは座ったままペットボトルに注いだ。神はそれらのものを祝福して言われた。

「産めよ、増えよ、地に満ちよ」と……。

§

大事なときにかぎって鼻は痒《かゆ》くなるものだ。

そのときおれは、深夜の牛丼屋でひとりぼっちで仕事をしていた。ものの数分で人間どもがエサをかきこむ場末の給餌場《きゅうじば》みたいなところだったが、牛だって馬だってケージから首先だけ出している鶏だって、おいしいと思うからエサをかっ食らっているのであり、人間もそれは同じだ。むしろ、仕事中に一食食べていいことになっている牛丼はおれの生を繋《つな》ぐ主食と言ってよかった。

テーブルを拭き終わり、次の客用の仕込みをしようとしていたとき、そいつは現れた。強盗だ。

頭を覆いかけていた眠気が一瞬で飛んでいったが、にもかかわらず最初におれの脳裏に灯《とも》ったのはめんどくせーの文字だった。もちろん、おれが何時間も牛丼をよそって稼いだ金をむざむざ持っていかれることにはむかっ腹が立つのだが、その後の処理を考えると煩わしさのほうが先に来た。ほら、レジの金をやるから早く行けよ。おまえは盗んで終わりかもしれないけれど、こっちは一応警察呼んだり本部に報告したり書類書いたり大変なのだ。時給いくらで働いているおれの仕事を増やしてくれるな。

そもそも深夜の店に従業員がたったひとりというのは強盗に入ってくれというようなものなのだ。一時期社会問題化したとも聞くが、経営母体が変わったりＡＩが導入されたりいろいろあった挙句《あげく》いま現在もバイトのおれはひとりで店を切り盛りしている。ときどき強盗が入って盗んでいく金を差し引いても、全国の店の人員をふたりからひとりに減らしたほうが最終的な儲けが大きくなるという冷徹なる経営上の理由から導入されたシステムだった。

この店の入口正面のガラスドアには、160センチ、170センチ、180センチ、190センチのカラー・テープが貼られている。入口を捉えている監視カメラは、入ってくる人物を写すだけで身長が測れるって寸法だ。こいつはかなり精度のいいカメラで、小銭欲しさにのこのこやってくる強盗なんぞは、何回か仕事を繰り返すとばっちり顔を撮られて最終的には警察に捕まってしまう。日本の警察はそれなりに優秀なのだった。

だったら、入口の横に強盗専用ボタンかなんかを用意しておいて、そいつを押したら数万円の現金と引き換えに写真を撮られて自動的に警察に通報されるシステムにするといい。そうすれば、強盗も機械の前に一列に並んで、自分の番が来るのを粛々と待ってくれるだろう。おれは事情聴取されずにすむし、牛丼を食いに来た他の客にも迷惑がかからない。だけれどまあ、そんなシステムを導入するよりは、バイトのおれに残業をさせたほうが経営上安あがりなのだろう。

包丁を手に金を出せと凄《すご》む強盗に対し、おれは両手を高くかかげ、抵抗する意思がないことを示しつつカウンターの中をそろそろとレジに進んだ。おれの首には防犯ブザーがこれみよがしにぶら下がっており、こいつがまた肩こりの原因になる微妙な重さというやつで常日頃《つねひごろ》不平をたれていたのだが、そのときのおれは、ボタンを押すという行為をなぜか完全に忘れていたのだった。

フルフェイスヘルメットの中からビー玉みたいな瞳で睨《にら》みつけてくるこの強盗にはなんの展望もないし計画性もないいんじゃないかと思う。ほんのすこしの金と自由を手に入れる代わりに、膨大な時間をブタ箱で過ごすことを約束されている。逃げきる自信があるならともかく、将来的に刑務所に叩き込まれるのだったら、いま労働をしていても変わらないはずだ。おれも強盗も、同じ小銭のために「仕事」をしている似たような境遇なのだから……。

むかしのSF漫画に、機械の身体をくれると言う美人に騙《だま》されてついていったら、世界を計算するコンピュータの部品である一本のネジにされそうになったという話がある。その漫画の主人公は、ネジになる運命を拒否して戦いはじめるのだが、目の前の強盗やおれなんかは、きっと、そんなネジにもしてもらえないのだろう。いつかネジに抜擢《ばってき》してもらえることを夢見て、巨大なコンピュータの隅をこそこそはいずりまわっているネズミかなんかなのだ。悲しいかな、美人に唆《そそのか》してもらえるのはエリート人類だけで、おれたちネズミ人類は、いつになってもネズミ人類のままなのだった。

包丁を振り、強盗がおれを促す。金属の刃に反射した光が狭い店内を駆けめぐった。

まあ、極論すればおれの金じゃないしな。いいさ。さっさととっていけよ。

ところがその日は厄日だったらしい。おれがレジを開け現金を取り出そうとしたちょうどそのとき、次の客が店に入ってきた。カラー・テープが190センチまで隠れている。そいつは、牛丼の大盛りに牛皿をトッピング注文しそうな大男で、はちきれんばかりのTシャツから湯気が立ちのぼっていた。汗を拭きながら敷居をまたいだ大男は、店内の様子を見るなり叫んだ。

「おまえ、なにをしてるんだ！」

強盗の持つ包丁の刃先がふるえるのがわかった。レジの金を握りしめおれは固まっている。

きっと、顔はひきつっている。おい。よしてくれ。下手な正義は深夜の牛丼屋にはいらない。こいつは必要経費なんだ。あんたの牛丼はあとでちゃんとよそってやるから見なかったふりをして席につけ。これ以上面倒事を起こすな——おれの祈りは通じない。大男が前傾姿勢になった。巨体を武器にこちらへ押し寄せるつもりだ。強盗といえば中肉中背のおっさんで、刃物というアドバンテージを加算しても大男のほうが強そうだった。

強盗はなにか呻《うめ》いたようだ。言葉だったのかもしれないが判別できない。追いつめられた猫の鳴き声に似ている。大男の突進に合わせて強盗が包丁を振り回す。腰が引けている。しかもおれとカウンターの陰に隠れようとしている。なんてやつだ。危ない。近寄るなよ。おれはおまえの味方じゃない。おれの肉体は現金を手に突っ立っている。男は振り回す。光の筋が右から左、左から右へとラインを描く。おれの首に熱い衝撃が走る。おれの視界に赤いカーテンが映った。

そいつは、薄汚れた大量生産品だけで構成された牛丼屋には不釣合いな、芸術的に綺麗《きれい》なカーテンだった。生地もひだも光の照り返しも申し分なく、職人が丹精込めて織り上げたビロードのような風合いを醸し出している。そんなものがこの店にあるはずはないというのに、なぜかカーテンは、空調に煽《あお》られやわらかにそよいでいるのだった。

しばらくおれはひだの動きに見とれていたが、やがて膝下からすとんと力が抜け、レジに盛大に顎を打ちつけた。痛みはなかった。小銭のシャワーが降り注ぐ中、おれは、雑巾《ぞうきん》の臭いのする床に口づけし、やっと、おれの頸動脈《けいどうみゃく》から鮮血が噴き出していることに気づいた。しまった。こいつはあとで掃除が大変だぞなどと思いながら、おれは死んだ。

次の瞬間、おれは、おれの血で赤黒く濡れた包丁を握りしめ、牛丼屋の店内に立っていた。カウンターの内側で倒れているのは、毎日鏡で見ている風采《ふうさい》のあがらないしょぼくれた「おれ」であり、包丁を持って立っているのもなぜだかおれだった。「おれ」の首筋から流れた血液がおれのてのひらに温かかった。

大男のTシャツは、おれの血を盛大に浴びて、赤と白のまだら模様となっている。まるで殺人犯の格好だ。大男は呆然《ぼうぜん》としているようだった。

立ちつくす大男と倒れたおれを置いて、おれはトイレに駆け込む。仕事はじめに拭き掃除したばかりの鏡を確認した。おれはフルフェイスヘルメットをかぶっていた。ヘルメットを脱ぐ。血糊《ちのり》ですべって脱ぎにくい。

鏡に映ったのは、おれが知らない、ビー玉みたいな目をした中肉中背の男だった。

店内に戻ると、カウンター内で死んでいるのはやはりおれだった。大男の姿は見えない。逃げたらしい。ひどいやつだ。おれの死体は動かない。牛丼屋には不釣合いな、濃厚な血の臭いが客席に充満していた。

つまり、おれは、おれを殺してしまったことになるのだろうか。

遠くに、パトカーのサイレンの音が聞こえた。

新しい体の胃袋が猛烈な空腹を訴えていた。おれは、「おれ」の死体をそのままに、自分で調理した大盛りの牛丼を食べているところで警察に逮捕された。

§

連れて行かれた先の取り調べで、おれは正真正銘おれなのであり、おれを殺したやつのことなど知らないと、おれは主張した。が、前世紀の宗教画に描いてあるようなしかめっ面をした取調官には聞いてもらえなかった。おれの経歴とやらはおれには関係のない話だったし、面会に来たおれの両親は知らない連中だった。差し入れてくれた金だけはありがたかったので、おれを殺した男の親ではあるが、足長おじさんとおばさんなのだと思うことにした。

何度となく鏡を確認したが、おれの顔と体は、あきらかにおれを刺し殺した男のもので、いまおれが入っているこの肉体がおれを殺したことだけは確実だった。精神鑑定もされたが、おれは別に狂ってなどいないので完全に正気であるという結果が出た。国がつけてくれた弁護士が困ったような顔をし、取調官は逆にうれしそうだった。おれは、おれの中身がおれに入れ替わっていることを主張しつづけたが、弁護士は「遺族の感情が悪くなるばかりだよ」と諭すようなことを言った。「おれ」の両親——殺されたおれのほうの両親だ——は厳罰を望んでいるそうで、おれにとっては不都合な話なのだが両親の気持ちがうれしくて涙が出た。

結局、おれは、反省の色がないということで三十年の懲役刑をくらった。おれが殺されたというのにおれが罪を被るのはおかしいと主張したのが裁判員の心証を悪くしたのだった。

おれが送られたのは旭川《あさひかわ》という北方の地にある刑務所だったが、暖房が効いているせいか小《こ》菅《すげ》よりもいくぶん暖かかった。残念なのは、六人部屋のトイレにもっとも近い場所を寝場所としてあてがわれたことと、布団のシーツが最初からびりびりに破れていたことだ。殺人を犯したおれは拘置所では一目置かれていたのだが、旭川にいるのは人を殺してきたやつらばかりなので、たったひとり斬り殺したくらいではめずらしくもなんともないらしい。おれは、鬣《たてがみ》のコスプレをつけてライオンの檻《おり》に閉じ込められた子豚の気分だった。

事件は最初の夜に起こった。寝ているおれに忍び寄る者がいたのだ。

薄闇の中を匍匐《ほふく》前進してきたその男は、無言のままおれの首にひも状のなにかを一周させ、力いっぱい引き絞った。おれは抵抗しようともがいたが、ほんの数秒で体に力が入らなくなった。待ってくれ。おれは犯人じゃないんだ。まちがってここに来たんだ。おれを殺してなんの意味がある。おれの思考は言葉にならなかった。それどころか、次第に気持ちがよくなってきた。首吊《くびつ》りで気持ちよくなるというのは本当だったのかとおれが思っていると、次の瞬間、おれは、口から舌を突き出し布団で絶命している元おれの姿を見つめていた。元おれの顔は赤黒く変色し茹《ゆ》でたタコのようだった。よく見ると、首絞めに使われているのは、シーツを引き裂きねじってひも状にしたものだった。

なんとなく予感はあったが、やはりそういうことらしい。おれの肉体は死に、おれの思考は生き残った。いまいるこの肉体の思考がどこへ行ってしまったのか、それは知らない。理由もわからない。どうでもいい。くそくらえ。

同じ房の囚人たちは、皆、静かに寝息をたてている。深夜の殺人劇に気づいた者がいないのか、知っていて寝たふりをしているのかはわからない。そしておれは理解した。元おれの首に巻かれているシーツの切れ端は元おれの布団から破かれたもので、要するにこの殺人は計画的なものだったということだ。そうであるならば、刑務所などという場所で、証拠を残して殺人を犯すはずがない。元おれの死は、自殺として処理できるはずだ。

見回すと、半開きになったトイレのドアが目に映った。おれは、元おれの死体を引きずり、シーツでつくったひもの一端をドアのノブにひっかけ、元おれが首吊り自殺をしたように見せかけることにした。

新しいおれは新しいおれの布団に戻った。

刑務官の巡回時間に、首吊り自殺をしている元おれが見つかり騒ぎになったが、新しい肉体になったおれには関係のないことだった。次の日、おれは出所することになっていたのだった。

刑務所の正門からおれが歩み出ると、チンピラっぽい男が迎えに来ていた。前歯の欠けた頭の悪そうな男だ。おれのことを知っているようだったが、こちらは男の名前を知らなかった。

「おつかれっす。うまくいったみたいっすね。兄貴も喜ぶっすよ」チンピラは言い、ひひひと笑った。

おれはげっそりした。おれの腕には自分のものとは思えない金ピカの腕時計が光っていて、二十年前のヤクザが着ていたようないかり肩のスーツを着ていた。確認していないが、おれの背中には和彫りの龍かなんかが躍っているはずだ。そしておそらく、元おれの殺害にこいつらは関係している。

チンピラに促されおれは迎えの車に乗り込んだ。途中止まった道の駅で、トイレに行くふりをしておれは逃げ出すことにした。行くあてはなにもなかったし、新しいおれに関する唯一の手がかりを持っている連中だったのだが、どんな理由があれ、刑務所内での殺人を命じてくるようなやつらの元へ行くのだけは願い下げだった。

§

おれはひたすら逃げた。

怖かった。自分に起きている現象も怖かったし、いま使っているこの肉体そのものも恐ろしかった。一代前のおれが命を狙われたことは確実で、だとすると二代前のおれが殺されたのだって計画的犯行だったのかもしれない。もしも国家権力がおれのような人間の存在を知っていたら、当然管理すべく動くだろう。おれが捕まったらどうなる？　死ぬこともできないようにされて飼い殺しだ。そして実験。実験。実験。おれならそうする。まちがいなくそうする。人類のためだ。個人の人権などかまいやしない。

コンビニエンスストアの店員、制服を着た宅配便の運転手、傘でゴルフの素振りをしているスーツ姿のおっさん、そのすべてが、おれの目には追っ手に見えた。

さいわいなことに、新しいおれが刑務所で十数年かかって稼いでくれていた現金が二十万円ほどあった。ホームセンターで服を買い、古い服は捨てて、金ピカの腕時計を質屋で売った。普通列車を何本も乗り継いで、おれは生まれ故郷の東京へと戻った。

おれは、最初のおれの実家の周囲をうろうろしてみた。だが、いまのおれはおれを殺したおれではないとはいえ最初のおれとは赤の他人であって、おれの両親ともなんの繫《つな》がりもなかった。そのうち、隣家のおばさんに通報されそうになったので逃げ出さざるを得なくなった。いまのおれは面相が悪すぎるのだった。

しばらくのあいだビジネスホテルを転々としていると懐《ふところ》が寂しくなってきたのでおれは牛丼屋のバイトに応募した。腕におぼえはあったが、いかつい顔とシャツから透けて見えた刺青《いれずみ》のせいで雇ってもらえなかった。結局、おれは、荒川の河川敷を当面の棲《す》み家《か》にすることになった。

そこは、食いつめたホームレスたちが集う場所だった。ちっぽけなその集落は、河原に自生している背の高い葦《あし》に隠れるようにひっそりと存在していた。川を渡る電車からだとブルーシートで覆われた簡素な住居が点在しているのが見えるのだが、横方向からだとまったくわからない。いまのおれには最適の場所だった。拾ってきたダンボールとホームセンターで買ったブルーシートで、おれはなかなか豪華な住居を建築した。

隣の草むらに住んでいるのは、ロンと呼ばれる白髪の爺《じい》さんだった。それが姓なのか名なのかあだ名なのかはわからない。本人は龍のことだと主張していた。

ロン爺は、町のゴミ箱から週刊誌を拾い集め、古本屋に売ることで生計を立てている。実入りが悪いときは自作の竿《さお》を使って釣りをした。荒川のブルーギルはひどく泥臭かったが、カレー粉をまぶせば食べられないこともないとわかった。挨拶代わりにワンカップ酒を奢《おご》ったら、自分がくたばったら週刊誌拾いの縄張りを譲ってやると彼は豪語した。いくぶんまだらボケの兆候が見えるものの、いたって気のいい爺さんだった。

並んで釣りをしながら、ロン爺とおれはいくつもの話をした。ほとんどは他愛のない話題で、明日の天気のことだったり、売れ残りの弁当を分けてくれる親切なおばちゃんのことだったり、犬をけしかける嫌な婆《ばば》あのことだったりした。

朝があり、夕べがあった。それが、おれが最初に口にしたことだったのか、それともロン爺が言いだしたことかはさだかではない。だがあるときからロン爺は、自分も死んだら他者として蘇《よみがえ》るのだと主張するようになった。もしかしたら、このときロン爺はだいぶボケ寄りになっていたのかもしれないし、おれに話を合わせてくれただけかもしれない。もちろん彼は死んでも再び湧いて出たり《リスポーン》などしない。たしかめる方法はないが、そいつだけは確実だった。

だが、それを言うなら、おれだって本当におれとして蘇っているかどうか怪しいものなのだ。おれは、自分が何度も死んでいると思い込んでいる精神異常者にすぎないのかもしれない。すなわちおれは、牛丼屋でバイトして殺されて刑務所に行ってまた殺されたというフィクションを信じ込んでいる前科持ちのホームレスだということだ。てのひらを濡らした血のぬめりも、首に巻きついた紐《ひも》の感触も昇天する気持ちよさも、全部が全部、刑務所でつくりあげたおれの妄想なのかもしれない……。

おれは、敢えて、ロン爺の法螺《ほら》話に乗っかることにした。それが、虫だらけの河川敷で楽しくやっていくコツだった。

「あれはいつだったかな。LAに新しいホットドッグがあると聞いてね。わざわざ食べに行ったのさ。そんで、地元に帰ってわたしも同じのを売りはじめたんだ。よく売れたよ」

ロン爺は言った。爺さんの設定では、爺さんの中身はアメリカ人なのだそうだった。見た目はまったくの日本人で、彼が英語をしゃべれる様子もないのだが、とにかく設定上はそうなっていた。なにを聞かれても微笑《ほほえ》んでいればいいから日本人は便利だと言ってロン爺は笑った。

「――それでしばらくはうまくいってたんだが、ライバルの屋台ができてからまったくダメでね。しこたま借金を抱え女房子供にも逃げられ、アリゾナの誰もいない砂漠に車で行って口に銃を突っ込んで自殺したんだよ。そしたらどうだ。いちばん近くのバーで飲んだくれていた金持ちのおっさんになってたんだ」

「近くったって、だいぶ遠いじゃないか」

「そこがおもしろいところだ」黒い空洞みたいな口でロン爺は舌なめずりをする。「わたしはそのあと、自分が死んだ場所へ行ってみたんだ。そしたら、昨日運転していたはずの車は埃《ほこり》をかぶっていて、死体はほとんどミイラになっていた。わたしは、すぐに復活したわけじゃなく何年も経ってから別人として復活したんだ」

今日のロン爺は饒舌《じょうぜつ》だった。安売り店で一本三十円で売っていた、賞味期限間近の発泡酒のせいかもしれない。

ロン爺によると、おれたちは死んで蘇っているわけでもなんでもなく、死を媒介にして伝染する精神疾患かなにかを患っていると見るべきらしい。つまり、「おれ」は毎回毎回ちゃんと死んでいる。死んでいるけれども、その「おれ」の死を間近で知覚した人間が、「もしかして、おれって『おれ』だったんじゃね？」と思い込むことによっておれに成り代わり、「おれ」の意識が継続しているように見えるだけなのだという。アリゾナで復活したロン爺も、車内のミイラを誰かが発見したからその人物として復活したのであり、バーうんぬんは後付けの捏造《ねつぞう》記憶だというのだ。

人間は、「自分が考えて、それから動いている」と思いがちだが、ところがどっこい神経伝達物質の速度というのはそれほど早いものではない。目の前で起きた事象に対して脳で考えてから動く余裕なんてものは実は存在しないのだ。脳というものは、肉体が自動的に動いたことをあとから追認して、「おれはこう考えたからこう動いたのだ」と自己満足に浸る回路にすぎないのである。だったら、他者であるかのように動いた結果、「自分はもとから他者だったのだ」と思い込むことだって十分あり得る話だ……だそうだ。

ロン爺の言うことはたしかに筋は通っていた。そうでもなければ、死ぬと誰かに乗り移るオカルト現象が本当に起きているか、それともこのおれの上位にもうひとりのおれがいて、移り変わる「おれ」を次々と操作しているとでも考えなければ、いまのおれの状態の説明がつかない。そんなことはあるわけがなかった。

爺さんは言った。

「ここにいるわたしはわたしだが、わたしをわたしだとは思っていない。伝染性の精神病にかかって、わたしではないと思い込んでしまっている状態だ。それは、果たしてわたしとして生きていると言えるのか？　一方で、この肉体をわたしだと思い込んでいるわたしのほうは、本当はとっくの昔に死んでいて、いまごろ地獄で火炙《ひあぶ》りにでもなっている。わたしがここでなにをしようと、そのわたしには関係ない。いまのわたしは、生ける死人みたいなもので、放っておいたらその状態が未来永劫《えいごう》つづくってことなんだ。恐ろしいことにね」

「脅かさないでくれよ」

「まあでも、まだやってないことはある。たとえば、死んだときいちばん近くにいる人間が同じ蘇る者だった場合だ。これなら、病気は伝染らないだろうから、安らかに死ねるかもしれない」

「なんだよ。爺さん。死にたいのかよ」

「かもな」

「なんでだよ」

「もう……飽き飽きなんだよ」

そう言ってロン爺は川面《かわも》に視線を移した。遠く埼玉の奥地から吹き下りてくる川風が肌寒かった。身をちぢこまらせる爺さんの体が、ひどくちいさく見えた。

彼が無為を感じているのが、何回死んでも復活するおれたちの生のことなのか、いまここにあるホームレスの生活のことなのかはわからなかった。復活の話が嘘だとしても本当だとしても、どちらにせよおれたちの人生に未来への展望はないのだ。ここにあるのは、虫刺されと、ゴミ拾いと、魚釣りと、草と土と垢《あか》が混じり合ったどうしようもない臭いだけだ。爺さんの人生の終幕はそう遠くはないのだろうし、このままボケが進行しみじめに死ぬよりは華々しくエンドマークをつけたい気持ちも理解できなくはない。かといって、せっかく心を割って話せるようになった老人の死を看取《みと》る役をおおせつかるというのも気が進まなかった。

「あのな、爺さん――」

「いいんだ。忘れてくれ」

川面に向かって爺さんはつぶやいた。

背後で聞き覚えのある声がしたのはそのときだった。

「やっと見つけたっす。めちゃくちゃ探したっすよー。まさかこんなところにいるとは思わなかったっす」

振り向くと、欠けた前歯の口が、大きく開いて、ひひひひと、おれに凶悪な笑みを投げかけていた。

§

いまのおれは無口な男だったらしい。おれはヤクザの事務所に連れていかれたが、記憶があいまいなふりをしてうんうんうなずいていたら、疑われることなく通ってしまった。どうやらおれは、なにも文句を言わずに汚れ仕事に手を染め服役までしてくれる、暴力組織にとってたいへん都合のいい鉄砲玉というやつらしかった。なるほどそれなら血眼になって探すはずだとおれは思った。

歯欠けに兄貴と呼ばれていた男は、見た目は四十代半ばのいかにもヤクザらしい派手な柄のスーツに赤いシャツを着た伊達男《だておとこ》だった。兄貴といまのおれとは兄弟分で、服役の十数年のあいだに組織内での地位はずいぶんと隔《へだた》りができたようだが、表面上は、彼はおれを兄弟扱いしていた。

再会を喜び酒盛りをしてソープランド巡りをしたあと、さっそく兄貴はおれに「お願い」をした。頼むと言いながら、断ることはできない雰囲気だった。

おれが命じられたのはまたもや殺人だった。刑務所でおれになる前のおれが犯した殺人――おれが殺された件だ――の依頼主というのが、どうやら信頼できない相手らしい。殺人を依頼しておきながら罪の意識に駆られて警察へ自首しそうだというのだ。報酬はもう貰《もら》ったので、面倒を起こしたりする前に口を封じる必要がある。

そう言って、兄貴は一枚の写真を取り出した。盗み撮りしたらしき写真には、老夫婦の沈んだ横顔が写っていた。それは、まぎれもない、おれを生み育ててくれた両親の姿だった。

おれは理解した。二代目のおれの息の根を止めた殺し屋は、おれの本当の両親が雇ってくれたものだったのだ。我が子の死の代償がたった三十年の懲役では足らないと考えたおれの親は、暴力組織と繋がりができる危険を冒して究極の復讐《ふくしゅう》を執行した。その手段はよくないことで、非文明的で、非難されるべきだったが、ロクでもないおれが親に愛されていたと知り、もはやおれではなくなったおれの鼻の奥はじんと熱くなった。

大切なそのふたりの老人を、このヤクザは殺してこいという。くそったれなヤクザめ。人間のクズめ。地獄に落ちろ。

いますぐ暴れ出したい気分だったが、おれは衝動をごくりと飲み下した。この殺人はなんとしても止めねばならない。それができる人間はいまのおれしかいないのだ。歯欠けと一緒にバンに押し込まれたおれは、どうやったら殺人を止められるか、必死で頭を回転させた。

スモークガラスの外側で街のネオンが流れていく。時刻は零時を回ろうとしている。カーステレオから流れるポップミュージックが、やけにおれの神経をいらつかせた。

おれは聞いてみた。

「どうやってやるんだ?」

「寝静まるっす。ピッキングで侵入するっす。寝てるとこスタンガンでビビってするっす。トンカチで頭殴って殺すっす。布団にくるんで運び出すっす。ちゃんと鍵かけるっす。解体屋に運ぶっす。以上っす」

歯欠けが答える。カップラーメンをつくるときのような、簡潔な解答だった。

「は、刃物とかは使わないのか?」

「布団から血が滴ると解体屋に叱《しか》られるっす。いまどきはフツー、百均で買った使い捨てのトンカチしか使わないっすね」

「そうなのか。残念だな」

「一応、用意はしてあるっすよ。警察に見つからないよう、シートの下に隠してあるっす」

ほの暗い車内にはおれを含めて四人の男がいた。おれともうひとりが後部座席に座り、歯の欠けた例の男は助手席に陣取っている。こいつらは、人殺しをへとも思わない性根の腐った連中だった。社会にいなくてもいい人間だった。だが、だからといって、こいつらを殺害してもいいかというとそれは疑問だ。人としてなにかまちがっている気がおれはする。そうしている間にも、車はおれの両親の家へと向かっている。サイドウインドウから見える街並みにおれは見覚えがある。おれの親の死刑執行の時間が間近に迫っていた。

「どうしたっすか？」

歯欠けが言った。おれは心を決めた。

シートの下に手を入れると、刃渡り三十センチほどの小刀が出てきた。背をかがめた姿勢でおれは小刀を鞘走《さやばし》らせ、起きあがる勢いのまま隣席の男の腹部に刃を叩き込んだ。

「う」

男が呻く。二度、三度と刺した。男は死んだ。

「な、なにしてるっす」

歯欠けが気の抜けた声を出した。おれは答えない。手が血糊で熱い。だが、この感触に驚きはない。人間の体から噴き出した血におれが触れるのははじめてではない。おれは小刀をしっかりと握りなおし、座席の隙間から見える歯欠け男の首筋に向け突き出した。

歯欠けが身をよじる。ナイフを取り出した。口調や風貌にそぐわず、こいつはやるやつらしい。座席越しにおれたちは揉《も》み合い、歯欠けのナイフが肋骨の隙間からおれの心臓を貫いた。おれの小刀は歯欠けの頸動脈を切り開いた。結果的に相打ちになったようだ。おれの意識が薄れていく。これでおれは両親を救えたのだろうか……そんなことを考えていたら、次の瞬間おれは運転手役の男に乗り移っていた。

どうやら「おれ」は本当に無敵の存在らしかった。おれは何度も死ぬが、「おれ」はけして死なない。まあいい。いまは考えるときではない。やることがある。

三体の死体を乗せたまま、おれはバンをUターンさせ、いま来た道を逆走する。ナビゲーションのデータに出発地点が残っている。スピーカーが奏でる音楽がやけに心地《ここち》好《よ》い。サビの部分まで聞いて、ついさっきいらついたのと同じ曲だとわかった。おれはサビを口ずさみ、アクセルを踏み込む。

事務所に到着した。おれが運転する車は見張りの男を轢《ひ》き殺してそのまま正面玄関に突っ込んだ。車止めのコンクリートブロックに衝突し、おれの体がフロントウインドウを突き破って壁に激突する。即死した。

おれは、舎弟のひとりとして事務所の中で復活する。目の前に、いかにもヤクザらしい派手なスーツの背中があった。この背中におれは見覚えがある。兄貴だ。事務所内の男どもは、出入りだなんだと色めきたっている。

周囲を見回すと、壁に日本刀が飾ってあった。おれはそいつを手にとり、兄貴の背中をひと突きした。

「なんだこら。なにトチ狂ってんだあオオイ！」

兄貴は死ななかったらしい。やかましい男だ。殴られた。おれは吹きとび、そばにいた男たちに寄ってたかって蹴り飛ばされる。まだ手の中に残っている日本刀で、脚の何本かを斬りつける。ざまあみろ。おれも刺された。痛い。まあいい。気にしない。この肉体はまだ動く。おれは起きあがり、おれを刺した男を刺し返して殺した。背後から銃弾を浴びて、おれ＝舎弟は死んだ。

そして、幸運なことに、おれは、銃を持った男として蘇ったようだ。肉体の命ずるまま、おれは、動く人間の頭部に照準を合わせ、引き金を絞る。

おれが手にしているのはプラスチックでできた玩具《おもちゃ》みたいな銃だったが、噴き出す炎と銃弾の威力は本物だった。いままでおれは、銃というのは弾丸が弓矢のように飛んでいくものだと思っていた。が、狭い室内で実際に撃ってみるとだいぶ感覚が違った。引き金を絞るとガンという衝撃が腕から肩にかけて走る。ほぼ同時に、照準の向こう側にあるモノがはじけて飛ぶかんじだ。銃口から出ているのは光のように速い点なのであり、目で追うことはできない。室内で狙われた相手が銃弾から逃げることは不可能だった。

なんだ。意外に簡単だな。おれは思った。相手は動いているとはいえ、引き金を絞る瞬間だけ照準があっていればいいのだ。引き金。ガン。頭がパン！　一丁あがりだ。この肉体が銃の扱いかたに熟知しているのか、あるいは、銃というのは撃ち手が過度に緊張するから当たらないので、冷静に狙えばちゃんと命中するようにできているのかもしれなかった。おれに銃を向けている若い奴は、すでに六発連射しているが、おれにかすりもしていない。銃弾は明後日の方向へ飛び、壁を抉《えぐ》ったり、テーブル上の灰皿を砕いたりしている。そんなんじゃいつまでたっても当たらないんじゃないか？　おれは相手のことを心配する。おれのように、べつにこちらの肉体がどうなってもよいならば、ゆっくりと狙いをつけてガン！　ほら当たった。若い男は死んだ。続けて何発かおれは撃ち、そのたびに敵の数は減っていった。

動くモノが見えなくなってきた。

ソファの陰に兄貴が隠れている。やつは叫んだ。

「なにが目的だ！」

おまえたちを全滅させることだ。言葉にはせず、おれは銃を構えたままゆっくりと進んだ。床は血糊ですべりやすい。室内に煙がただよっている。これが硝煙の匂いというものなのかとおれは思った。

おれがたどりついたとき、その男はすでに瀕死《ひんし》の状態だった。真っ赤に染まった脇腹を摑《つか》み、浅い息をしている。おれは、兄貴と呼ばれる男を見下ろした。

「なんだこら」

兄貴は言った。おれは答えない。だが、さすがが暴力組織を統轄する男だけのことはある。彼はなにかに気づいたらしかった。おれの目をまっすぐに覗《のぞ》き込み、兄貴は聞いてきた。

「おめえ。なにもんだ？」

「おれにもわかんねえよ」

彼の質問の答えはおれも持っていないのだった。おれは引き金を引いた。

十二発弾を使って合計九の頭がはじけ飛び、事務所の中で動くモノはなくなった。弾倉を確認するとまだ二発残っていた。すごい銃だった。おれがおれになる前にたしか二、三発使われていたはずだから、この銃には二十発近くの弾が入っていたことになる。

おれは、兄貴と呼ばれた男の死体に向けてもう一発撃っておく。死体を撃つのは気が引けたが、もしも中途半端に生きている男におれが乗り移ってしまったら面倒なことになる。

静かになった事務所を見回し、おれはゲームセンターのクレーンゲームを思い出した。ほうぼうに落ちている死体はまるで人形のようだった。彼らの目が見開かれているのは、自分の血が天井に描いたペイント画の芸術性に感心してるわけではない。きっと、寝転がっている死体たちを、巨大なアームが上からやってきて地獄かどこかへ運んでいくのだった。

おれは事務所に火をつけてまわり、炎の舌が手をつけられないほど大きくなったところで銃口を自分の脳天に突きつけガン！

次の瞬間、おれは、ケータイを片手に、ヤクザの事務所を撮影しているスーツ姿の男になっていた。

「こわいねー」

おれの左腕に女がしがみついている。知らない女だ。もちろん。おれは、現在のおれの顔も知らない。

おれの目的は達成された。事務所は燃えて証拠はどこにも残らない。ヤクザたちは全員死に、おれの両親は生きている。親たちは静かに寝ているころだろうか。なぜだかおれは、両親を思い出したとき、拘置所で差し入れをくれた足長おばさんの顔を浮かべた。あれはおれを殺した強盗の母親で、おれの母親ではなかった。まあでも、いまのおれにとってはどちらも同じようなものなのかもしれなかった。

「もう行こうよ」

女が言った。女の体温が腕に温かかった。久しく感じたことのない、血糊以外の、このおれを思いやってくれる他者のぬくもりだった。

おれは、いまいるこの男の人生を奪ってしまえばいいという誘惑に駆られた。そうすれば、逃げまわって暮らす必要はなかった。そうだ。いまのおれは、誰かの人生を奪ってそいつに成り代わるということもできるのだった。おれと同じ能力を持った人間で、そういう風に快適に過ごしてるやつもどこかにいるのではないだろうか。

だが、おれは思うのだ。中身がおれでしかない以上、おれは「そいつ」にはけしてなれないんじゃないだろうかと。いまのこの肉体が摑み取った地位や日常や幸せはそいつだけのもので、おれが手にできるのは地位や日常や幸せの残滓《ざんし》にすぎない。その残滓を見て幸福を感じられるのは元々のこの肉体の持ち主だけで、おれではない。おれがみずからつくりだした残滓でなければおれは幸せにはなれない。そうは見えなかったかもしれないが、いまもむかしも、時給いくらで牛丼をよそっていたころからおれは十分に満たされていたのだ。寝て、起きて、仕事をして、腹が減ったら牛丼を食う。おれは牛丼が好きだった。

ふと見ると、燃え盛る車の前で、必死になって死体の胸を押している男がいた。ガタイのいい男だ。はちきれんばかりのTシャツから湯気が立ちのぼっている。大男は、泣きそうな顔をしながら、太い腕で胸の中央を押しつづけている。倒れているのは、事務所に車で突っ込んだときのおれだった。無駄な行為だ。そのおれはもう死んでいる。だからおれはこうしてここに立っているんだ。そのことが大男にはわからない。

大男の顔におれは見覚えがあった。かけがえのないおれ本人の肉体を殺すきっかけをつくった深夜の正義漢だった。

おれは大男に近づき、「ありがとうな」声をかけた。

「は?」

「いや、なんでもないんだ」

おれの頬に涙が流れていた。死んでモノと化したおれの肉体に精一杯のことをしてくれる男におれはただ礼が言いたかった。それだけのことだった。結果的に仇《あだ》となったが、牛丼屋でおれを助けようとしたときも、彼はたったひとつしかない命を賭けてくれたのだった。世の中にはこういう無駄にいいやつというのが存在する。彼は、おれとは違う向こう側に存在する、おれとは違う種類の、愛すべき人間だった。

「どしたの?」

女が言った。おれは女の手をふりほどき、制止を振り切ってひとりで歩き出した。しばらくするとケータイがしつこく振動しはじめたので、地面に打ちつけ踏んで破壊した。

おれの望みは、いまとなっては顔もぼやけはじめている「おれ」に戻ることだけだった。かつてのおれも、おれが送ることができなかった幸福な人生というやつを夢想したことはある。が、誰か他のやつになりたかったわけではないのだった。毎日同じことの繰り返しだった牛丼屋のバイトだっておれがおれとしてやっていたことであり、どこかからおれを操る別の誰かにやらされたことではなかった。そのおれの肉体は、とっくのむかしに火葬されて墓の下に眠っている。おれは強制的に過去を捨てさせられた。過去を持てなくなってしまった。死はおれにけして微笑まず、それゆえに、物質も、しがらみも、なにも持つことはできないのだった。

なるほどおれは理解した。おれは無力だ。おれは何者でもない。ただ生きて地べたを這《は》いずりまわり死ぬ一匹の犬っころだ。いや、犬ですらない。歩きまわった犬が見つける骨や棒っきれのようなものにすぎないのだろう。おれは、目の前に転がってきたドットを感情のおもむくままに打ち返す棒っきれだった。旧約聖書にだってヒトは棒っきれから進化したと書いてあるというではないか。違ったか。まあいい。この際どちらでも問題ない。この世界に住むほとんどのやつらだっておれの同類なのだから。九十パーセント……いや、下手をすれば九十九パーセントのやつらはおれと同じく、なにも持てず、なにも過去がなく、なんのしがらみもなく、未来になんの展望も抱けない。だが、しかし、それゆえに、おれとその同類たちは無敵の人間なのだった。

気づくとおれは、深夜の牛丼屋の前に立っていた。おれが働いていた店ではなかったが、おれの店と同じく、明るく暖かく清潔で、なおかつ薄汚れた大量生産品だけで構成された給餌場だった。

店の隣は空き地になっており、ワイヤーの内側に一本の棒っきれが突っ立っていた。かつては看板かなにかを支えていたらしいが、ベニヤ板でできた看板部分は朽ちて地面に落ちていた。なぜだかおれはおもしろくてしかたがなかった。次のろくでもない人生をはじめる時間がやってきた。そんな気がした。なんてことはない。おれは最初から同じだったのだ。牛丼をよそっていたおれも、強盗のおれも、服役した鉄砲玉のおれも、皆等しくおれなのだ。

夜空に向かって咆哮《ほうこう》し、おれは棒をひっこ抜いた。

牛丼屋の中には、かつてのおれとまったく同じさえない男がいて、たったひとりで牛丼をよそっている。そいつの首には微妙な重さの防犯ブザーがぶら下がっているが、きっとそいつは、ボタンを押すことを考えもしないだろう。

棒っきれを肩に担ぎ、おれは颯爽《さっそう》と店内に歩み入る。

大事なときにかぎって鼻は痒くなる。

「金を出せ」

くそったれな世界に向けて、力の限り、おれは棒っきれを振り回した。

救助よろ

デヴィッド・バー・カートリー

あるＭＭＯＲＰＧに没頭しすぎる恋人デボンと泣く泣く別れたメグ。彼が大学までやめてしまったと伝え聞いた彼女が、本人と話すべくそのゲームにログインすると、本人から救助を求めるメッセージが……。本作は、二〇〇八年のリッチ・ホートン編年刊ファンタジー傑作選にも採録された。

デヴィッド・バー・カートリー（David Barr Kirtley）は、一九七七年生まれの作家。コルビー大学在学中の一九九七年にアシモフ誌大学生短編賞を受賞してデビューし、以来ウェブジンを中心にＳＦ・ファンタジー短編作家として活躍している。また、WIRED.comなどで多くのＳＦ・科学関連記事を執筆しているほか、人気ポッドキャスト Geek's Guide to the Galaxy のホストとして三百人以上のＳＦ作家にインタビューを行っている。

（編集部）

メグはデボンと四カ月話していなかった。それでもまだ会いたい気持ちがあったので、鞘《さや》におさめた剣を車の後部座席に放りこんで、寮がある大学キャンパスへむかった。

デボンとは別れても友だちでいられる関係だと思っていた。ある程度長いつきあいだし、ひどい別れ方をしたわけでもない。むしろ、つまらない原因で喧嘩《けんか》したものだといまは感じる。それでも、別れるほうがおたがいのためだと思ったのだ。メグはフルタイムで働いていて、デボンはまだ学部生。別世界の住民だ。こちらは仕事で忙しいのに、むこうはメールにろくに返事をよこさない。そんなふうに連絡がないまま四カ月もたってしまった。

寮の日陰にメグは車を駐め、剣をつかんで腰に佩《は》いた。建物に近づくと、蜘蛛《くも》が一匹、糸をつたって下りてきた。犬くらいの大きさで、発光している。メグは剣の柄《つか》に手をかけた。すると蜘蛛は、賢明にも軒先の巣へ撤退した。

メグはキーカードを持っていない。だれかがドアを開けるタイミングを待つしかない。そのあいだにガラスに映った自分の姿を確認した。目は大きく、腰はくびれ、耳の先はとがり気味。ばっちりだ（想像上のエルフの女、リーナにはかなわないが）。

ようやくだれかが出てきた。知らない茶髪の女だ。メグは閉じかけたドアを手で押さえて、ロビーにはいった。階段を上がり、廊下を進んでデボンの部屋のまえへ。ドアをノックした。

デボンのルームメイトのブラントが出てきた。寝ぼけているような、ラリっているような顔だ。

「やあ、メグ」ブラントは不明瞭《ふめいりよう》な声で、まるで昨日も会ったような気安さで言った。「現実の世界はどうだい？」

「大学とおなじよ。美術史の要素が少ないだけ。デボンはいる？」

「デボン？」ブラントは困惑顔になった。「なんだ、知らないのか」ためらって、「あいつ、大学やめたんだよ」

「やめた？」メグは驚いた。

「荷物をまとめて出ていった。何週間かまえにさ。大学なんかどうでもいいと言って。あのゲームをずっとやってるんだ」具体的なタイトルを出さないが、聞くまでもない。「すごいものをみつけたと言ってた。ゲームのなかでね。そして出ていった」

「出て、どこへ行ったの？　大丈夫なの？」

ブラントは肩をすくめた。

「知らないよ。行き先は聞いてない。きみからメールを送ってみたら。あるいは、つないでゲームのなかで探すとか。どうせずっとやってる」ブラントは首を振った。「ほんともう、ずーっとだから」

メグは車にもどって、剣を後部座席に放りこみ、運転席に乗ってドアを閉めた。

デボンはこれまで会ったなかで一番頭のいい男だった。同時に一番愚かでもあった。あと一年なのにあっさり退学？　悲しいことに、それほど驚きは感じなかった。

初めて会ったのはキャンパス外のパーティで、メグは大学三年生だった。たまたまおなじソファにすわった。やがてデボンは三杯目のビールを飲みながら話しはじめた。

「俺は大学なんか行きたくないんだ。親が行けって言うからさ。俺にはぜんぜんちがう目標がある」

「どんな？」メグは訊いた。

「王子になるんだ」ふんぞり返って肩をすくめた。「とてもいい王子になると思うぜ」けげんな顔のメグを見てつけ加える。「もちろん、イングランドとかの王子じゃない。そこまで欲深くないさ。モナコの王子くらいでいい。待てよ、モナコって国だっけ？」

「いちおうは」

「よし」デボンはソファ脇の小テーブルにビールをどんとおいて、宣言した。「モナコの王子に俺はなる。そこがもしだめなら……」

「リヒテンシュタインとか」

「リヒテンシュタイン、それだ！」ひとさし指を立てて同意する。「あるいはトリニダード・トバゴとか」

メグは首を振った。

「あそこは君主国じゃないから王子はいないわ」

「王子がいないって？」デボンは怒ったふりをした。「そんな国はだめだ。やっぱりリヒテンシュタインだな」

それから、あちこちでデボンを見かけるようになった。講義にはめったにあらわれず、いつもよそにいる。食堂で友人たちとだべっていたり、池のほとりを歩いていたり、中庭の木の下にすわってだらだらしていたり。のんきで自由気ままなところが奇妙に魅力的だった。メグはまじめな性格だったから、かえって惹《ひ》かれた。しかしのちにはそのサボり癖が心配になりはじめ、訊いてみた。

「卒業したらどうするつもりなの？」

デボンは肩をすくめた。

「評点はどうでもいい。学位なんて形だけだ」

そしてとうとう退学してしまったわけだ。

メグは腹を立てながら車を出し、自分のアパートメントにもどった。

それからメールを何度も送ったが、返事はない。共通の友人も消息を知らない。彼の母親に連絡をとると、退学など聞いていないようすだった。本当に心配になってきた。

そしてついに、絶対にやらないと誓っていたことが最後の手段になった。メグはモールへ行って、一本のゲームソフトを買った。

タイトルは『エルドリッチの王国』。画期的なマルチプレイヤー対応オンラインゲームで、クエストとウィザードとモンスターが山盛りの内容だ。ゲームの一部は現実どおりにつくられている。人々は魔剣を持っており、狼《おおかみ》やゴブリンや巨大蜘蛛などの実在する敵が出てくる。ノームがときどきあらわれて、クエストやヒントやアイテムをくれるのも現実とおなじだ。しかしドラゴンやユニコーンや歩く木や悪魔の王など、完全にファンタジーの部分もある。

エルフもだ。ゲーム店でメグは箱絵を見た。描かれているのはリーナ。ありえないほど強調された胸を持つ金髪の女のエルフで、蠱惑《こわく》的に微笑《ほほえ》んでいる。

メグとリーナは複雑な関係だった（リーナは非実在なのだからなおさらだ）。一年ほどまえ、デボンのノートをめくっていて、リーナのスケッチが何枚も描かれているのをみつけた。最初は下手くそだが、しだいに均整がとれてそれらしくなっている。さてはリーナに恋をしたなと、デボンをからかうようになった。愚かなことに、デボンの二十一歳の誕生日にリーナのコスプレをしてベッドにはいってやった。趣味の悪い冗談のつもりだったが、デボンは本気になって、「リーナ、リーナ」と彼女を呼びはじめる始末だった。メグは二度とその衣装を着なかった。デボンもその話は持ち出さなかった。あの夜の彼はかなり酔っていたので、あれがメグのコスプレだったとはいまだに気づいていないかもしれない。

メグはゲームを買い（翌日にはすぐ売り飛ばすつもりだった）、帰路についた。運転しながらルームミラーを見ると、オオコウモリの群れが追ってきている。メグは緊張した。ブレーキを踏んで剣に手を伸ばそうかと考えていると、やがてコウモリの群れは追跡をやめて西へ去っていった。

アパートメントにもどると、ゲームの箱を開けて、中身をコーヒーテーブルに出した。ＣＤ

が五、六枚。分厚いマニュアルにチラシが数枚と、アンケート用紙一枚。なんの変哲もない。こんな小さな箱のものにデボンとの関係を壊されたとは信じられない。二人は一年近くとてもうまくやっていた。デボンがこのゲームにはまるまでは。

プログラムのインストールをはじめた。進行状況バーが伸びるのを待つあいだに、マニュアルをめくった。ルールがげんなりするほど細かい。種族、クラス、属性、戦闘、持ち物、呪文。デボンのように頭がよくて才能もある人間が、なぜこんなものに時間を浪費するのか。

ゲームを進めるとすばらしいストーリーが展開するのならまだわかる。しかしデボンが一日じゅうやっているのは、いわゆる〝レベ上げ〟だった。おなじクエストを際限なく反復して、わずかでも強い魔法のアイテムを入手することをめざす。そうやってゲームの上限まで強くなると、今度はさまざまなバグを利用して、超強力アイテムを増殖させたり、自分を無敵化したりする。ハイデッガーを暇つぶしに読むような秀才が、まともに文章も書けない人々のサブカルチャーにはまるのが不思議だ。なにしろこのゲーマーたちは、怠惰なのか頭が劣化しているのか、〝救助してください、よろしくお願いします〟を省略して、〝救助よろ〟などと書くのだ。

メグのたまの娯楽は、一人でできるものを好む。ジェーン・オースティンを読んだり、インディーズ映画を観たり。デボンにはこんなふうに言ったことがある。

「わたしは現実が好きなのよ」

そのときゲーム中だったデボンは、モニターの光でシルエットになった顔で言った。

「現実は偶然しかない。魅力的にデザインされてないじゃないか」画面をしめして、「でもフアンタジー世界は、そのようにデザインされてる。過去に実在した興味深いもの——甲冑《かっちゅう》の騎士や大海原の海賊などと、過去の架空の興味深いもの——火を噴くドラゴンや血に飢えたバンパイアなどを組み合わせてる。驚異と冒険に満ちた、かくあるべき世界だ。現実を現実だからというだけで特別視するのは、狭量な精神のあらわれだ」

デボンと議論しても無駄なのでメグはなにも言わなかった。それでもゲームは基本的にくだらないと思っていた。だから、いっしょにやろうと誘われても断りつづけた。

「きみも参加してよ」

「やりたくないわ」

「試しに一度だけでも。俺だってきみに言われて好きでもないことをときどきやるじゃないか。そのうち好きになることもある」

しかしメグは、ソファにすわって彼がゲームをするのを眺めたり、蠟燭《ろうそく》をともしたディナーでゲームの話を聞かされたりするのにあきあきしていた。これ以上彼にゲーム漬けの口実をあたえるつもりはなかった。

腹立たしい夜もあった。セックスのあとに寄り添って寝ていても、デボンはメグの腕から抜け出してゲームにもどりたいと思っているのがわかるのだ。会話も愛情も、彼女の体さえも、あの空想の虐殺が詰まった輝く電子の箱のまえで彼を引きとめる力がない。

とうとうメグは耐えきれなくなった。負けを承知で宣戦布告せざるをえなかった。

「デボン、こっちを見て。おかしな言い方だけど、決めてちょうだい。ゲームをとるか、わたしをとるか。これは真剣よ」

デボンはコントローラを放し、椅子を回転させてむきなおった。傷ついた表情で言う。

「不公平だよ、メグ。きみは好きなことをなにもあきらめてないじゃないか」

メグは言い張った。

「これはわたしからあなたへのお願い。わたしのためにそうしてほしいの」

「ゲームを消去しろって、本気で言ってるのかい？」

「そうよ」ええ、本気よ。

デボンは唇《くちびる》を噛《か》み、しばらくして答えた。

「わかったよ」コンピュータを操作して、むきなおる。「さあ、消した。これでいい？」

「いいわ」

メグはほっとした。それから数週間は昔のようにいい関係にもどれた。

しかしある夜、うしろからのぞくと、デボンはまたおなじゲームをプレイしていた。メグは驚いた。

「なにしてるの？」

デボンは顔を上げた。

「やあ、おかえり」メグの怒った顔に気づいて、デボンは説明した。「ギルドの仲間が、このクエストだけどうしても手伝ってほしいと言ってきてさ」

「消去したんじゃなかったの？」

デボンは画面に目をもどした。

「したけど、再インストールした。大丈夫、明日にはまたアンインストールするから」

メグは怒った。

「もうやらないって約束したのに！」

「いいじゃないか。三週間ぜんぜんやらなかったんだから。この一回だけだよ」

メグは憤然として背をむけた。

「言ったわよね、デボン。ゲームをとるか、わたしをとるか。はっきり言ったはずよ」

「メグ、ちょっと待ってよ。機嫌なおして――」そのときゲームのなかでなにかが起きた。デボンはあわてた。「クソッ！　やられた」

メグは部屋から出て乱暴にドアを閉めた。デボンの呼ぶ声がする。

「メグ、待てよ」

しかし追いかけてはこなかった。

電話がかかってくるのを期待した。謝罪と、許しを求める言葉を待った。しかし電話は鳴らなかった。そうやって何日もすぎて、メグはついに、これからはただの友だちでいましょうと短いメールを送った。デボンからの返信は、残念だけどそうしようという内容だった。

ゲームのインストールが終わった。

メグはマウスポインタをスタートアイコンにあわせた。

複雑な気分だった。ずっと抵抗してきたいまいましいゲームを、いまは自分から起動しようとしている。説明のつかない恐怖も感じた。デボンがこのゲームにはまったように、自分もはまって抜けられなくなるのではないか。いや、ばかな心配だ。デボンに連絡をとるために利用するだけだ。

アイコンをダブルクリックした。

メニュー画面が表示される。キャラクター作成ではもっとも基本的な選択肢を選び、人間、女性、戦士とした。メグという名前は使用ずみだったので、ランダムな数字をつけて〝メグ1274〟としてログインした。次はサーバーのリストが表示される。デボンのキャラクターである〝プリンス・デボナー〟を検索してみた。すると〝パワー砦《とりで》〟という名称のサーバーで見つかり、そこに接続しているプレイヤーは彼だけだった。メグはそのサーバーにはいった。

チャット画面に打ちこむ。

「いる、デボン?」

返事はない。もう一度試した。

「デボン? わたしよ、メグ。いる?」

ようやく返事があった。

「メグか?」

「大丈夫なの?」

長い沈黙。

「みつけたものがある。ゲームのなかで。信じられないものだ。でもいま俺は動けない。救助が必要」

もしかしてこれはメグにゲームをやらせるための壮大な計略ではあるまいか。さすがに考えすぎか。いくらデボンでも計略のために退学はしないだろう。

「デボン、電話して。お願い」

また沈黙。

「電話はできない。トラップにはまってる。頼む、メグ、救助してくれ。きみしかできない」

「救助なんてできないわ。まだレベル1なのよ」

「ゲームのなかでじゃない。現実でだ。ノームに訊いて。頼む、メグ。本当に必要なんだ。もう書けない。メグ、救助よろ」

メグはあわててキーを叩いた。

「デボン、待って。どうしたの？　どこにいるの⁇」

しかしプリンス・デボナーの返事は途絶えた。

デボンはノームに訊けと言った。しかし言うほど簡単ではない。

ノームの正体はだれも知らない。まるで時間と空間をさまよい歩いているような存在なのだ。会えば慈愛に満ち、困っている人にヒントや手助けや強力なアイテムをくれる。しかし気まぐれで謎めいてもいて、出てくるのはたいてい探す人が疲れてあきらめた頃だ。物陰のような場所を好んで、ひょっこりあらわれ、いつのまにか姿を消す。

メグはダウンタウンに車を駐めて、裏通りをあてどなく歩きはじめた。デボンの最後の言葉が気にかかる――〝救助よろ〟。ノームのほうから姿を見せてくれればいいのに。そんなふうにして何時間も経過した。あきらめて帰ろう。そう思って通りを渡ったとき――

ノームが目のまえにあらわれた。

深紅のローブをまとい、白い髭《ひげ》に乾ききった肌。片方の目は茶色で親切そうだが、反対の目は青で謎めいている。聞き慣れない低い声でノームは言った。

「クエストについて質問はあるかな?」

ようやくだ。メグはその肩をつかみたいと思った。

「デボンはどこにいるの?　教えて」

「おぬしの進むべき道はこれじゃ」

ノームはメグの足もとを指さし、それを西へ動かした。

メグはうなずいた。

「このとおりに行くわ」

ノームは親切そうな茶色の目をむけた。

「行く手には障害があろうが、恐れるでない。おぬしの成功はまちがいない。予言にもこう謳《うた》われておる。〝心に愛を抱いた女戦士が、剣を右手に杖を左手に旅立てば、他にかなうものなし〟」

「杖?」

ノームは袖に手をいれて、黒く細い棒を取り出した。長さは六十センチほど。ノームはささやいた。

「この世でもっとも強力なアイテム、具現の杖じゃ」メグの手に渡される。どこまでも黒く、表面が見えないほどだ。「夢を形にする力がある。使えるのは三度までじゃぞ」

ゲームでは使うと消えてしまうアイテムがあると、デボンは話していた。だから使わないのだと。使えばクエストが大幅に楽になるのに、使わずにこなしていく。あとで必要になるのが心配なのだ。「このことから俺の性格をどう判断する?」とデボンは訊いた。「なにごとも逃げる性格かしら」とメグが答えると、デボンは笑った。

しかしこうして杖を手にいれたメグは、とても笑えなかった。強力で、はかないアイテム。どう使えばいいのか。

顔を上げると、ノームの姿はもうなかった。


メグは車にもどって、ノームがしめした道を走りはじめた。センターラインが黄色の二重線で引かれた対向二車線のアスファルト道路で、左右に歩道がある。走っていくと、高層ビルと郊外住宅地は背後に去り、草葺《くさぶ》き屋根の集落があらわれるようになった。農夫は畑を耕し、牛は草をはみ、風車がまわる。ときおり道路脇まで迫ったオークの古木がある。遠くの丘の上にはしばしば城が見える。

燃料計の針が下がっていく。どこかで給油したいが、ガソリンスタンドが見あたらない。とうとうガス欠になった。車を捨ててメグは歩道を歩きはじめた。

日が暮れた。並んだ街灯がともり、暗い通りに不気味な白いまだらをつくる。夢のなかの非現実的な風景のようだ。

デボンとブラントがマリファナを吸いながら、存在についてしゃべっていたことをメグは思い出した。あるときデボンはこんなことを尋ねていた。

「量子力学を知ってるか?」

「あんまり」ブラントは答えた。

「日常の世界では、ものは普通に存在する。テーブルの上に本をおいておけば、それはそこにあるはずだ。でも素粒子レベルになると、存在のしかたが変わる。可能性としてしか存在しなくなる。じかに観測するまではな。これはどういうことだと思う?」

「どういうことなんだ?」ブラントは訊き返した。

デボンは意味ありげに笑った。

「この世界は実在じゃない。シミュレーションだってことさ。信じがたいほど精密にできてるけど、限界はある。分子一つ一つはつねに計算されていても、素粒子一つ一つまでは無理なんだ。そこは推測しかできない。特定の素粒子の位置は、だれかが観測したときに初めて計算される」

「へんなの」ブラントは言った。

メグの背後から車の音が近づいてきた。道路がヘッドライトに照らされる。まばゆい光をメグはちらりと振り返って、歩きつづけた。車は速度を落としてついてくる。いやな感じだ。やがて隣に並んできた。黒いSUVで、窓を開けている。その暗闇のなかから好色そうなかすれ声がした。

「やあ、どこへ行くんだい？」

メグは無視して歩きつづけた。

「乗せてやろうか？」声は返事を待つ。「よう、話しかけてるんだぜ」長い沈黙。「なんだよ、お高くとまりやがって」それでもメグが黙っていると、声は悪態をついた。「クソ女め」

声の主はエンジンを吹かし、SUVは加速した。メグは見送った。そのテールライトがふいに挑戦的に赤く輝いた。Uターンしてヘッドライトが路側の木々を照らし、こちらにむきなおる。二つのまばゆい白熱光が突進してくる。開いた窓から高笑いが聞こえた。

メグは剣の鞘を払い、道路の中央に出た。クラクションが鳴り響く。

メグは左右のヘッドライトのちょうど中央を下から斬り上げた。両断された車体が左右に分かれて通過する。右半分は木に突っこんだ。左半分は横転して歩道を三十メートルほど滑っていった。

メグは追いかけ、残骸に歩み寄った。一方の窓から貧弱な朱色の腕が突き出し、続いて顔があらわれた。頭髪がなく、瞳は黒く、耳は腐りかけの人参《にんじん》のよう。ゴブリンだ。車内から這《は》い出して地面にころげ落ちる。残骸の下から二人目のゴブリンが這い出した。

最初のゴブリンが長い波刃の短剣を抜いた。

「俺の車になんてことしやがるんだ！」

つっかかろうとする彼を、二人目のゴブリンが引きとめた。顔を近づけて言う。

「こいつ、あれだぜ。促進者だ」

最初のゴブリンはあらためてメグを見て、目を見開いた。短剣を鞘におさめる。

「そうみたいだな」ねじれた赤い額に二本の指の付け根をつけて謝る。「失礼しました、促進者様。いつもお世話になってます」

ゴブリンたちはメグを迂回《うかい》して、もう半分の車体に駆け寄った。その残骸から重傷のゴブリンを二人引っぱり出し、かついで去っていった。

ゴブリンはいなくなったが、その言葉はメグの頭に残った。困惑し、不安をかきたてられた。


いくつも冒険をこなし、さまざまな敵を倒した。道は続いた。やがて岩だらけの頂上に出て、見下ろすと直径一・六キロくらいの火口跡が広がっていた。道は斜面を下って、黒く近寄りがたい城砦《じようさい》の門に達している。ここがパワー砦にちがいない。このなかにデボンがとらわれているはずだ。メグは坂道を下りていった。

跳ね橋は下がっている。メグは右手に剣、左手に具現の杖を握って、そろそろと渡った。落とし格子は上がり、門扉は開けっぱなしだ。

前庭に滑りこむ。無人だ。城壁を背にして横歩きで進む。息まで詰めているのに、なにも聞こえない。

中央の広場をのぞくと、大きな石の祭壇がある。そろそろと近づいた。なにかのっている。杖だ。

具現の杖。

メグは左手を見た。こちらにも具現の杖がある。唯一無二のものと思っていたが、ちがうのか。入手ずみで未使用なのに。メグは肩をすくめて、二本目の杖をつかんでベルトに差した。先へ進む。

捜索を続けた。寝室、厨房《ちゅうぼう》、玄関の広間、広い舞踏場。やはりだれもいない。古びた武器庫にはいってみた。弩《いしゆみ》、盾、槍《やり》……。

そして杖。

棚にずらりと杖が並んでいる。数百本。いや、千本くらいある。すべて具現の杖らしい。わけがわからない。

外に出てふたたび前庭を横切った。暮れなずむ空の下、塔の窓の一つにかすかな明かりが見えた。メグはそちらへ走った。

どの廊下だ？　右か、左か？　部屋を走り抜け、アーチをくぐり、螺旋《らせん》階段を上がった。そしてついにみつけた。閉ざされた扉の下からうっすらと光が漏れている。扉に体当たりして破り、剣をかまえて室内に飛びこんだ。

寝室だ。壁にはポスターが何枚も貼られている。デボンの学生寮の部屋にあったポスターだ。光はコンピュータ画面のものだった。そのまえにすわった人影。振りむいたのはデボンだ。

笑顔になった。

「やあ、メグ！」

メグは駆け寄り、両腕で抱き締めた。剣も杖も持ったままだ。

「元気なの？　とても心配したのよ」

「俺は元気だよ」デボンは笑って腕に力をこめた。「元気すぎるくらいだ」

顔を引いて、もつれた髪を払いのけ、メグにキスした。デボンは長身で、褐色の髪にエメラルド色の瞳のハンサムな顔立ちだ。袖が長く垂れた紫のダブレットを着て、大きな金のメダルを胸に下げている。

「さあ、疲れただろう」

デボンはメグをベッドに連れていき、いっしょに腰かけた。剣と杖を取って小テーブルに立てかける。

メグは彼の肩に頬を寄せながら、見覚えのあるポスターを見た。手前にあるのはエドモンド・レイトンの複製画だ。ささやき声で訊く。

「困った状況になってるんじゃなかったの？　そう思ってたけど。デボン、いったいこれはどういうこと？」

「しー、落ち着いて」デボンはメグの髪をなでた。「いまからすべて説明するよ」

現実は、ゲームとおなじシミュレーションなのだとデボンは話した。だれがつくったのかわからないが、その創造主は姿をあらわさないし、干渉もしてこない。そしてあらゆるゲームとおなじくバグがある。そのバグの多くは、最新の洗練されたシミュレーションである『エルドリッチの王国』に関係がある。そしてなんらかの混線現象によって、ゲームのアイテムがときどき現実に落ちてくる。そうやってデボンは具現の杖を手にいれた。これがあればほとんどなんでも変化させられるし、いろいろなことができる。

「ここまでは理解できたかい？」

メグはおずおずとうなずいた。とても奇妙な話だ。

デボンは話を続けた。杖は三回しか使えない。そこでデボンは考えた。バグをみつけて、杖を複製しよう。さいわい方法は一つあった。ただし条件が特殊だ。女戦士が愛する男を救出しにいく場合にのみ、ノームから彼女に杖があたえられる。そのときゲームシステムはクエストのタグを誤解して、パワー砦にはいったときも杖を入手できてしまう。合計二本手にはいるのだ。

「おや、噂をすればなんとやらだ」デボンは言った。

メグは顔を上げた。

ノームが首をかしげて、謎めいた青い瞳のほうでメグを見ていた。デボンはベッド脇の小テーブルに手を伸ばして杖を取り、ノームに渡した。

「どうして渡すの？」メグはつぶやいた。

「もう一度きみにあたえるためさ」

ノームは杖を袖にいれると、軽くうなずいて、ひょこひょこと部屋から出ていった。

メグは不審に思った。

「つまり、このバグを使うと杖が一本よけいにできるということ?」

「そうだ」

武器庫のようすを思い出した。

「杖はもう何百本もあったわ」

「千本以上ある」デボンはメグのベルトから残った杖を抜いてベッドにおいた。「きみがここへ来るたびに一本ずつ増える。これが千二百七十四本目だ」

メグは驚いた。

「でも……なにも憶えて……」

デボンは謎めいた言い方で教えた。

「クエストを再スタートすると、それまでの進行データは消える」

メグは抱擁をふりほどいて立ち上がった。

「デボン、わたしをだましたのね。ここでトラップにはまってると言ったのに」

デボンも立ち上がった。

「ごめん。そこは謝らなくちゃいけない。きみが俺を救うためにクエストに出発してくれないと、このやり方はうまくいかないんだ」

「危険だったのよ。襲撃されたのよ!」メグは憤然とした。

デボンは笑いをこらえている。

「それで、どうなった？」

「まあ……撃退したけど」

「当然さ。メグ、きみはレベル60なんだ。そしてゲーム内で最強の剣を持っている。どんな敵にも負けやしない。危険なんてないんだ。予言しただろう？」

「予言？」

「そのために書いたんだ。ノームにも言わせた。恐れることはなかったんだよ」

メグは苛々《いらいら》して窓に歩み寄り、外を見た。納得できない。

「杖を千本も集めて、どうするの？　なにをする気？」

デボンはメグに近づいて腕をまわし、小声で言った。

「世界をつくりなおす。あるべき姿に。驚きと冒険があり、老いも病もない世界に。そこでの死は一時的だ。ゲームとおなじように」

「ゲームを現実にするの？」

「そうだ」

メグは危惧《きぐ》した。

「それはどうかしら、デボン。そういうことはしないほうがいいんじゃない。わたしはいまの世界でかまわないわ」

デボンはやさしく言った。

「メグ、きみはいつもそう返事する」

ふいに悪寒がした。

「どういうこと？」

デボンはまた笑いをこらえる顔になった。

「もうはじまっているんだ。ずっと昔からね。この世界に最初からゴブリンや巨大蜘蛛がいて、ノームがあちこちで魔法のアイテムを配っていたと思うかい？　これらはすべてゲーム由来の要素なんだよ。俺がそうしたんだ」

メグは茫然《ぼうぜん》とした。

「そんな……記憶にないわ」

「だれでもそうさ。あの杖はものごとを具現化する。物理的につくりだすだけでなく、現実に組みこむ。そうでなかった昔のことは俺だけが知っている。俺と、いまのきみだけが」

ゴブリンもだと、メグは思った。彼らも知っている。デボンは続けた。

「だから愉快なんだよ、メグ。俺がどんな無茶をして、不条理ででたらめな現実をつくっても、きみはその世界のままがいいといつも言う。そういう性格なんだ。でもいまさらやめるわけにはいかない。やるべきことはまだ多い。完成したらきっと気にいるよ。俺を信じて」

「ちょっと待って。その……考える時間がほしいわ」

「もちろんさ。好きなだけ考えていい」

そうしてメグはデボンとともにパワー砦に滞在した。食堂でいっしょに食事をして、広い舞踏場でいっしょに踊った。二日目の夜からはまたいっしょに寝た。まだ彼を愛していた。ずっと愛していた。そういうゲームなのだ。

火口跡の縁をいっしょに歩きながら、かつて世界がどうだったかをデボンは説明した。魔法は存在せず、言葉を話す種族は人間だけで、冒険ははかない夢にすぎなかったことを。退屈きわまりない世界だが、それでもメグは考えた。

「変化を逆行させることはできるの？　世界をかつての姿にもどせる？」

デボンはしばし黙りこんだ。

「長い時間がかかる。でも、まあ、可能だよ。きみはそうしたい？」

「わからない」

その夜、デボンはメグに言った。

「見せたいものがある」

例の塔の部屋へ案内し、コンピュータの電源をいれた。メグは急に不安になった。画面が映り、アイコンが表示される。デボンは小声で言った。

「デスクトップの背景を見て」

パーティ会場でソファに並んですわった二人の学生の写真だ。どちらも見覚えはない。女は下ぶくれの顔に縮れた髪で、分厚い眼鏡をかけている。男も眼鏡で、やせっぽち。髪はつやがなく、肌はできものだらけだ。二人は仲むつまじいようすだが、ひいきめにいっても不細工カップルだ。

「だれ、これ？」

「出会った晩の俺たちだよ」デボンは答えた。

メグはぎょっとして、見なおした。ソファにすわる二人の容姿に見覚えはないが、たしかに自分たちの痕跡がある気がした。

デボンは説明した。

「杖を自分たちに使ったんだ。派手なことはしてない。やろうと思えばもっとできる。好きなように変えられる。でも、メグ、もとにもどしてほしいと言うときに、それが実際にはなにを意味するかをよく理解してほしいんだ」

メグは、いまの自分の外見を受けいれていた。どことなくリーナに似ている。しかしこういう美人ではなく、この写真の小娘のようになるのは……。

「知っておくべきだと思ったんだ」デボンは申しわけなさそうに言った。

翌日の昼食のときに、メグは訊いた。

「わたしにどうしてほしいの？」

デボンはナイフとフォークをおいた。

「またクエストをやってほしい」

「どうやって？」

デボンは塔のほうをしめした。

「俺のコンピュータで。やり方は教えるよ」

「杖をもう一本増やすために？」

「そうだ」

「わたしはこの記憶をすべてなくすの？」

「そうだ」

メグは椅子の背もたれに背中を倒した。

「あと何回？　ねえ、デボン、杖をあと何本ほしいの？」

「入手できるかぎりたくさん」デボンはためらいなく答えた。

メグは席を立った。

「ちょっと考えさせて。一人で」

デボンはうなずいた。メグは外に出て、城壁にそって歩きはじめた。

デボンは自分がつくる新しい世界をなにより求めている。彼についていけば、不死と、冒険と、富と、驚異をともに享受できる。旧世界にあるのはなにか。つまらない仕事、学資ローン、病、そして死。選ぶに値するのか？　この分岐点には過去にも来ている――記憶にないだけで。そして千二百七十四回にわたってデボンを支持する選択をしている。それほどくり返した過去の熟慮の選択を、疑うのか。

食堂にもどってみると、デボンはもとの席にすわっていた。メグは言った。

「いいわ。見せて」

デボンは塔の部屋へ彼女を案内し、ゲームを起動した。メグの名前のキャラクターを選択する。容貌は彼女にそっくり。レベルは60。武器は究極斬撃剣《ソード・オブ・アルティメット・クリービング》で強化はプラス100。デボンはメニューをいくつか開いて、立ち上がった。

「さあ、いいよ。きみが押すんだ」

メグはコンピュータのまえにすわった。画面のダイアログボックスには、〝パワー砦――本当にこのクエストを最初からやりなおしますか？〟とあり、マウスポインタは〝はい〟の上にある。

デボンが隣に顔を寄せて訊いた。

「準備はいい？」

「ええ」

デボンはメグの頰にキスした。

「またすぐ会おう。いいね」

「いいわ」

メグは答えて、クリックした。

メグはデボンと四カ月話していなかった。それでもまだ会いたい気持ちがあったので、鞘におさめた剣を車の後部座席に放りこんで、寮がある大学キャンパスへむかった。

そして、長い年月が流れた。

いま、エルフのリーナは世界一の美女であり、恋人は世界一ハンサムなデボナー王子だ。二人はともに旅をしながら、巨人と戦い、ドラゴンに乗って遠くの国へ行き、ドワーフの王の祝宴で舌鼓を打つ。王子は楽しみ、有頂天になっている。人生を謳歌《おうか》している。リーナは彼が楽しんでいるのを見てうれしい。王子を愛していた。

二人はそれぞれ白いユニコーンにまたがって、新雪が積もった森の道を散策していた。そのとき、奇妙な魔法か運命のねじれによって、あるはずのないものに遭遇した。

それは雪の吹きだまりになかば埋もれていたが、黒い金属製の馬車のようなものの残骸だと、リーナは一目でわかった。屋根があり、裏側には錆《さ》びついた大小の配管がある。遠い昔に何者かによって一刀両断にされたらしい。残り半分の行方はだれも知らない。

王子はユニコーンの背から飛び下りて、その奇妙な物体のまわりを歩いた。

「なんて不気味なつくり物だ」

リーナも地面に下りて、よろよろと近づいた。奇妙な感情が押し寄せ、一筋の涙が頬をつたう。なぜだかわからない。やがてすすり泣きはじめた。

王子がその腕をとった。

「わが淑女よ、どうしたんだい?」奇妙な物体をにらみつけて、「これが悪いのか。よし、二度と目にはいらぬようにしてやろう」

王子はベルトから具現の杖を抜いて、狙いさだめた。

「やめて！」リーナは王子の腕を押しのけた。「そのままにしておいて。お願い」

王子は肩をすくめた。

「きみが望むなら。とにかく、先へ行こう。この場所は不快だ」

王子はユニコーンにまたがった。

リーナは奇妙な馬車から目を離せなかった。そしてつかのま、どこまでも延びる黒い道路をこれとおなじものが無数に走っていた世界を思い出した。そこでは天を衝《つ》くほど高いガラスの塔がそびえ、千リーグも離れた友人の声が手もとのメダルから流れ、巨人のように大きな壁に投影された光から物語がつむがれる。映画というものだ。インディーズ映画。ジェーン・オースティン。

しかしつかのまの夢想は通りすぎ、すばらしい世界は消え去る。あとに残るのは現在。そして他人の夢のなかにいるような奇妙で消えない感覚だ。リーナがユニコーンにまたがったとき、短い言葉が頭に浮かんだ。忘れられた時代から蘇《よみがえ》った言葉。どこで聞いたのか思い出せないが、自分の奥底から湧いてくる気持ちにちょうどあてはまる。

救助よろ。


（中原尚哉訳）

1アップ——ホリー・ブラック

ネットゲーム上での友人ソレンが病気で亡くなったという知らせを受けたキャット、デッカー、トードの三人。現実世界では一度も会ったことのない彼らはソレンの葬儀に向かうが、そこで見つけたのはソレンの奇妙な自作ゲームで……。テキストアドベンチャーゲームについては、無料公開のブラウザゲームがいくつもある（ＢＢＣサイトの『銀河ヒッチハイクガイド』など）ので、実際にプレイしてみると、雰囲気がつかみやすいかもしれない。コマンド選択型のアドベンチャーゲームやノベルゲームともちがう趣きがある。

ホリー・ブラック（Holly Black）は、一九七一年ニュージャージー州生まれの作家。ニュージャージー州立大学を卒業後、ＴＲＰＧマガジンの編集者などを経て、二〇〇二年に作家デビュー。映画化もされた代表作《スパイダーウィック家の謎》シリーズ（二〇〇三年―）をはじめ、ＹＡファンタジー分野で活躍している。二〇〇五年の長編 *Valiant* でアンドレ・ノートン賞を、二〇一三年の長編 *Doll Bones* でミソピーイク賞児童書部門を受賞した。

（編集部）

ゲームで人が死んでも、ボタンをいくつか押せば生き返る。リセットしてもいい。それがゲームの仕組みだ。手前のセーブポイントから再開。あるいは最初にもどってやりなおし。仲間がただ消えていなくなるなんてことはない。

わたしはそんなことを考えながら、棺《ひつぎ》の上におかれたソレンの写真を見ていた。彼の家族はユダヤ系で——ただし継母《ままはは》をのぞく——そのため葬儀では棺の蓋を開けない。蓋を閉めたままの葬儀はわたしは初めてだった。親戚の葬儀では遺体の青ざめた顔をかならず見た。唇《くちびる》は赤く、頬も色づいて、まるで真実の恋人のキスで目覚めるのを待っているようだった。スマホで調べたところによると、ユダヤ教は戒律で遺体の防腐処置も臓器の摘出も禁じている。埋葬布にくるんだだけで土に埋めなくてはならない。だから死者の顔を見せられないのだろう。遺体の状態が悪いのだ。

それでもわたしは悲しかった。ソレンとは一度もじかに会ったことがなかった。結局会えないままのお別れだ。

ゲームでは、あきらめないのがルールだ。ラスボスを倒してエンドロールが流れはじめるまで、あきらめてはいけない。あきらめなければかならず勝てる。勝つ方法がどこかにある。解決策はある。だからこそゲームはすばらしい。でもこの状況はクソだ。

ラビの説教を拝聴し、ソレンの祖母がしょぼしょぼした目をティッシュでぬぐうのを見て、みんなが悲しい《ソリー》、悲しい《ソリー》と彼のニックネームをくり返すのを聞きながら、わたしはずっと考えていた。状況を変える方法はないのかと。

先週、彼からメッセージが届いた。〝葬儀に来て。かならず〟とあった。

彼からのメッセージは二週間ぶりだった。わたしは、葬儀なんてありえないし、病気はいずれよくなるし、予定どおりに冬のゲームコンベンションのPAXイーストでみんなで会おうと返信した。でも次に届いたのは死亡通知だった。だからデッカーとトードとニュージャージーで落ちあって、車でいっしょにフロリダへ行くことにした。

ソレンと一度もじかに会ったことがなくても、わたしたち三人は世界で一番の彼の親友だ。現実での彼のまわりの人がだれもわたしたちを知らなくても。

参列者は黒いリボンを切ってピンで留めた。棺を墓穴に下ろして土がかけられると、わたしたちは彼の家族がユダヤ教の喪に服している家へ足を運んだ。

家族は老人ばかりだった。鼻毛をぼうぼうに生やしたごま塩頭の大伯父。泣きじゃくる又従姉妹《またいとこ》。叔母たちはコーヒーメーカーを動かして、薄切り冷肉のトレイからラップをはずす。外で煙草《たばこ》をふかす叔父たちのあいだに若い女の子が一人いた。ソリーの従姉《いとこ》で、美術学校の通学先から葬儀のために帰ってきたのだそうだ。わたしたちに話しかけてくれたのは彼女だけだった。

ソリーの継母はソファの中央にすわって肩をこわばらせ、親類縁者から慰められていた。ソリーの病状が悪化した最後の数カ月間、よく看病したとか、よく気丈にしているとか。だれかがその継母に紙コップのコーヒーを運んできた。熱いのではないか。手を火傷《やけど》しても気づきもしないのではないかと思えた。

ソリーの父親は部屋の隅に一人ですわってスマホを見ていた。黒のピンストライプのシャツにペイズリー柄のネクタイ。息子の葬儀というより仕事の会議に出るような服装だ。

でも服装のちぐはぐさはわたしたちも同様だった。デッカーは黒のジーンズと黒のＴシャツに、サイズが窮屈な黒のブレザーで、むしろコンサートに行くような格好だ。

トードは、アバターと掲示板のアイコンから想像したとおりの子だった。大柄で無口で、山《や》羊鬚《ぎひげ》を細く伸ばしている。服装は毎日おなじ。笑いや皮肉めかしたナードＴシャツにジーンズ。その上にネルシャツをはおっている。葬儀もこのまま出るつもりではと思っていたら、やっぱりだった。

わたしは母から借りた黒のシャツドレスだ。素っ気ないけど、目的にはかなっている。ストッキングも穿《は》いた。わたしの脚の色にあわせたミディアムブラウン。そして自前の不格好で大きな黒いブーツ。葬儀にブーツなど履いていくものではないと母は言って、パンプスを貸してくれたけど、デッカーの車のトランクに放りこんできた。でも失敗だったかもしれない。

わたしたちはみんなソリーの家で浮いていた。でもソリーもこの家では浮いていたはずだ。すくなくともわたしたちが知っているソリーはそうだ。もちろん彼はずっと病気だったので、それどころではなかっただろう。

ソリーは寝室に三年ひきこもっていた。病気のせいで高校に行けず、十代の少年が普通にやることをなにもできなかった。できるのはゲームと、ネットでの会話だった。

退屈したわたしとデッカーとトードは、なんとなく彼の寝室にはいった。初めてでもそこがそうだとすぐにわかった。『バイオハザード』、『バットマン　アーカム・シティ』、『Left 4 Dead』、『ウォークラフト』のポスターが貼られていたからだ。わたしたちは初めて彼の部屋にはいった奇妙な気分をひそひそ声で話しあった。

「来るべきじゃなかったのかな」トードが言った。

わたしはソリーのベッドに腰かけた。

「そんな気もするわね」

デッカーはカーペットの床に寝転んで、『エイリアン』のチェストバスターのぬいぐるみを枕にした。

わたしはデッカーに初めてじかに会って、彼のことがよくわからなくなっていた。あか抜けているとも、気取りすぎともいえる。とってつけたようなイギリス発音で話し、スマホのナビゲーションを使わずに紙の地図で道を調べるべきだと言い張る。おかげでここへ来るまでに二度道に迷った。最後はトードがスマホを消音にして、それとなくナビ画面を見ながら運転した。

デッカーはわたしが女なのを意識しているだろうか。女の子を好きになったりするだろうか。ソリーが生きていた頃、わたしたちはメッセージでいちゃつくことがあったから、そんなことを考えるべきではないのかもしれない。

それをいうなら、長距離ドライブをしながらマーベルは次にどのヒーローを映画化すべきかを議論したり、ときどき停車してジャンクフードやファストフードを食べたり、ソリーの死を悲しみながらも、彼らといっしょに旅をしてよかったと思うのは、よくないのかもしれない。

母は、ネットの友人は本当の友人ではないという。じかに会わないと本当に知りあったことにはならないという考えだ。わたしとは意見があわないけど、そう信じているからこそ、わたしが男の子二人と三日間の旅行に出ることを許してくれたのだろう。条件は毎晩七時の電話と日に三回のテキストメッセージ。さらに母はデッカーとトードの母親と電話で話したうえで、ようやく出発を許可してくれた。きっと大学にはいるまえにわたしがリアルの友だちをつくる最後のチャンスだと思ったのだ。

ソリーの部屋にすわって、どんな気持ちになるべきなのか考えた。ソリーの死を最初に聞いたとき、わたしは泣いた。でもそのときだけだ。棺が墓穴に下ろされるときも涙は出なかった。他のだれにも言わないことをソリーに言ったのに。もう他のだれかに言うことはない気がするのに。

彼がいなくなったのが本当とは思えない。

真実を頭が受けいれられないままでは泣けない。

しばらくして、トードがソリーのコンピュータの電源をいれた。

「ペアレンタルコントロールががっちりかかってる。しかもネットにつながってない」

「ひどい」わたしは言った。

なにかあったのだろうか。この数週間ほとんどメッセージをよこさず、ゲームにもオンラインで参加してこなかったのは、これが原因だろうか。病気で体調が悪いのだろうと思っていた。彼の人生最後の日々にわたしたちが――わたしがいっしょにいてあげられなかったのが、たんなるケーブルモデムの故障のせいかもしれないと思うと、なにかを殴りたくなった。

正面に貼ってあるポスターの角がめくれて丸まっている。ソリーの父親はこの部屋のものを箱に詰めて物置に放りこむだろうか。父親はこの部屋のものを箱に詰めて、そのまま捨ててしまうだろうか。

トードはコンピュータを操作して、なにかを開いたりキーを叩いたりしていた。

「へんだな」画面を見ながら顔をしかめている。

「どうした」床に寝転んだデッカーが訊いた。

「よくわかんないんだけど」トードは頭をかいて、「見てこれ」

ソリーのコンピュータのなかでゲーム画面が開かれていた。いわゆるインタラクティブフィクションだ。テキストアドベンチャーゲームともいって、『ゾーク』なんかがその例だ。でもこれは見覚えがない。そもそもトードは他人のコンピュータをいじって勝手にファイルを開いたりすべきではない。

「なにやってるの」わたしは言った。

「『ダイヤモンド・ナイツ』のパスワードがないかなと思って」トードはあわてて答えた。

「おまえ、ソリーのキャラのアイテムを全部自分のキャラに移すつもりだろう」デッカーが言った。「最低なやつだな。葬式に来てるんだぞ」

「たしかに俺は最低だ。みんな知ってる。でもパスワードはみつけてない。かわりにみつけたのがこれ。デスクトップにあったんだ。見てよ」

わたしたちはコンピュータのまえに集まって画面を見た。


『ラザロのゲーム』

ソレン・カープ作

きみたちは悲しんでいる。
>

「あいつ、ゲームつくってたのか？　あいつがゲームつくってるって、だれか知ってたか？」デッカーが訊いた。

トードは首を振った。

「こんな趣味があることすら知らなかったよ」

わたしもだ。インタラクティブフィクションは見た目が地味だ。テキストの塊《かたまり》が表示されて、最後にカーソルが明滅するだけ。正しい選択をして、適切なコマンドを入力すると、次の文章が表示される。昔は大会社が開発販売していたけど、最近は採算がとれるほど売れない。

いまは愛好家が細々とつくっているだけだ。

「まず周囲を見る。見るの《ルック》Lを打って」わたしは言った。

トードはそうした。

＞

きみたちは喪服を着て、子ども部屋に立っている。壁にはナードっぽいポスターが貼ってあり、まわりはナードっぽいガラクタだらけだ。ポスターの一枚の角がめくれていて、裏に書いてある字が見えそうだ。

さっき目にはいったポスターのことだ。

わたしはベッドから下りた。二人はまだ画面を見ている。ポスターは四隅のうち三カ所を青い粘着剤で貼りつけてある。それらをそっと剝《は》がして、裏返してみた。

サインペンでこう書かれていた。

勝利まで猶予は五時間
僕が墓にはいったときから時計はスタート
USBメモリを取ってここを出ろ
彼女に見つかるまえに早く

わたしの心臓は早鐘のように鳴りだした。デッカーはポスターを丸めはじめた。

「なにやってるんだ。なくなったって、すぐわかるぞ」トードが言った。

「かまうもんか。ポスター泥棒って思われるくらい」デッカーはポスターが皺になるのもかまわず急いで丸めた。

「USBメモリはどこ？　それを探さないと」わたしは言った。

「待ってよ。こんなの、なにかへんだ」

トードは隠しカメラを探すように室内を見まわした。

わたしはトードを無視して机の上を調べた。小銭、口臭予防のミントキャンディ、ペーパーバック、ナードっぽいおもちゃ（わたしが送ったフィギュアもある。コミックのキャラの茶色い肌の女の子で、これをわたしだと思ってもらうつもりだった）。そしてホットウィールのミニカー。これはあきらかに改造されていて、リヤバンパーからUSB端子が突き出ている。

「これよ」わたしは言って、ミニカーをつかんだ。

「待って」トードが言って、わたしを引きとめた。「まず中身を調べたほうがよくない？」

「そんな暇ないって」

デッカーはそう言うと、窓を押し開けようとした。そんなところから出たらいかにもあやしいのに。でも窓は開かなかった。トードはコンピュータの電源を落とした。

わたしはUSBメモリをドレスのポケットにいれた。引き出しを閉めたとき、いきなりドアが開いた。

ソリーの継母が廊下に立っていた。驚きと引きつった笑みで言った。

「ここでなにしてるの？」

「べつに――」

わたしは言いかけて、言葉に詰まった。こういうのが一番苦手なのだ。だからこそ家にこもって、ネットでしか人としゃべらなくなった。舌がこわばって動かない。継母は表情が鋭くなり、笑みが消えた。

「あなたたちはだれ？」

「ソレンの友だちですよ」デッカーが言った。

「一度も遊びにきたことはないわね」しばしの沈黙のあと、戸口から退《さ》がってきびしい口調のまま続けた。「帰りなさい。いますぐ。取りこみ中だから、あなたたちがなにをしようとしていたにせよ、かかわっている暇はないわ。これ以上追及されずによかったと思いなさい」

「ごめんなさい」

トードは言うと、継母の脇を通って廊下に出て、階段を下りていった。わたしもなにもできず、あとに続いた。恥ずかしい気持ちだった。でも、なにもまちがったことはしていない。かならず来てと約束させたのはソリーだ。そしてUSBメモリをわたしたちあてに残していた。三人だけが読めるメッセージも書いていた。

彼女に見つかるまえに早く……と。

廊下に出ると、自分は臆病者《おくびょう》だと感じた。

デッカーは部屋のまんなかに立ち、目を怒らせてソリーの継母とにらみあっている。口をついて出そうな言葉を必死に呑みこんでいるように見える。

「行くわよ」わたしは声をかけた。

デッカーは口をジッパーで閉じる身振りをして、急ぎ足でこちらへ来た。彼がちゃんとついてきていることをわたしは何度も振り返って確かめた。そのとき、初めて気づいたことがあった。ソリーの部屋のドアには錠前がついている。真鍮製《しんちゅうせい》の差し金なのだけど、ついている側がおかしい。廊下側から鍵をかけてソリーを閉じこめるようになっている。

わたしは心臓の鼓動が早くなり、腋《わき》の下に汗をかきはじめた。玄関へむかいながら、リビングの喪服姿の人々に視線を走らせた。

ソリーが自分はもうすぐ死ぬと言っていたのはなぜか。もしかしたら、命を狙われていると思っていたからではないか。

わたしたちはデッカーの車にもどった。ポンコツのインパラで、内装のあちこちがダクトテープで留められている。だれも口をきかなかった。デッカーはエンジンをかけて、適当な方向へ走りはじめた。

数分間の長い沈黙のあと、ようやくトードが言った。

「ごめん。びびってた」

「あのババア、ぶん殴ってやりたかった」とデッカー。

「とにかく、USBメモリになにがはいってるのか見ないと」わたしは言った。

トードとわたしは、ネット接続と食事を提供する店をスマホで探した。選択肢は少なかったけど、スターバックスだけはどこでもある。一番近いところへむかった。今回はスマホでナビゲーションしてもデッカーはなにも言わなかった。

ラップトップはそれぞれ持っていたけど、無料のコンセントは一個しかない。わたしがマックブック・プロを出し、デッカーとトードが左右からのぞきこんだ。わたしのラップトップはステッカーだらけ。そうやって見ためから自分のものにしないと安心できないのだ。上蓋を開いて、パスワードを入力し、メモリをUSBに挿した。

おなじゲームだ。

コンピュータの画面に文字が並んだ。


きみたちは悲しんでいる。

\>_

わたしはまた〝L〟を打った。

きみたちは喪服を着て、子ども部屋に立っている。壁にはナードっぽいポスターが貼ってあり、まわりはナードっぽいガラクタだらけだ。ポスターの一枚の角がめくれていて、裏に書いてある字が見えそうだ。
>_
今回はちがうことをしようと思い、〝なぜ悲しい？〟と打った。
>_
あるネットの知りあいが死んだからだ。
>_
わたしは眉を上げて、トードとデッカーを見た。やっぱりソリーはこれをみつけさせたかったのだ。わたしたちはそのとおりにやった。でも目的は？　わたしは〝X　ポスター〟と打った。Xは〝調べる《イグザミン》〟の略だ。

ポスターの裏にはいかれた落書きのようなものがある。このゲームには制限時間があることをしめしている。急いだほうがよさそうだ。
>_
デッカーが眉を上げた。

「気にいらないな。マジで気にいらない」

「次はなにする?」わたしは二人に訊いた。

「机のUSBメモリを取るんだ。実際にそうしたんだから」トードが言った。

「そうね」わたしはキーを打った。

＞きみたちはすでにそれを入手している。ここまでプレイしているということはそのはずだ。

「この部屋にはもうなにもないだろう。部屋から出るんだ」苛立《いらだ》った吐息とともにデッカーが言った。

トードが立ち上がってカウンターのほうへ行きかけた。

「ケーキを食べながらやるよ。カフェインもほしいし」

「そうだな」デッカーはポケットから丸めた札を出した。「俺はラテ。キャットには……なにがいい、キャット?」

「カプチーノ、エクストラショットたっぷりで」

わたしは答えながら、ゲームで部屋から出るコマンドを打った。

リビングに来た。喪服の悲しげな人々がたくさんいる。でもそのなかに、あまり悲しくなさそうな人が一人いる。

>

〝ソリーの継母と話す〟と、迷わず打った。

彼女に尋ねたいことはなに？　質問の番号か、なにも言わないならXを入力。

1　マスターカードをまだ持ってる？

2　義理の息子を殺そうとしたのはなぜ？

3　ソリーの父親が最近帰ってこないのはなぜ？

4　三週間前になにがあった？

5　あなたは糖尿病？

>

わたしは画面をデッカーにむけた。トードが注文品を運んでもどってきた。自分の分のケーキはピンクと白で巨大だ。

「ええと、もちろん2だ」トードは大きくかぶりついた。

ソリーの継母は、雨上がりの水たまりでくねるイモムシを見るような目できみたちを見る。

「ばかばかしい。わたしがやったというなら、証拠があるはずよ。だれか気づくでしょう。

わたしがアーロンと結婚して数カ月後に彼が発病して、だんだん悪化して、そのあいだの看病はわたしだけがやって、病気の息子を持つ母親として注目を浴びるのがうれしくて、彼が部屋から出ないように鍵をかけて、死ぬ三週間前にケーブルモデムを引き抜いたとしても、なんの証拠にもならないわ」


デッカーがラテを飲みながら言った。

「つまり、このゲームがそれなのか？　証拠ってわけか？　このゲームを警察へ持っていけばいいのか？」

わたしは首を振った。

「だったら急いでプレイしろという意味がわからないじゃない」

「継母が証拠を隠滅するからじゃないかな」トードが言った。「そしてゲームを進めると、それを阻止する方法が出てくるとか」

「だったら最初から出せばいいはずよ」

わたしは苛立ち、胃が苦しくなった。三人でこうしてしゃべってプレイしているあいだ、彼は沈黙している。これがどういうことなのか一言も説明しない。

「普通に書いておけばいいだけでしょ。ゲーム仕立てにする必要がない」

「俺たちだけにわかるように、ゲームにしたのかもしれない」デッカーが言った。「あの継母はこれを見てもわからない。でも俺たちはわかる。証拠なんてないんじゃないかな。だれかに知ってほしかっただけかも」

それが真実だとしたら最悪だ。

「だったらチャットで話せばよかったはずじゃない」

デッカーは肩をすくめた。

「ほら、ペアレンタルコントロールがかかってるって話をしただろう。チャットの内容を継母が監視してたのかも」

わたしは〝ソリーの継母と話す〟とまた打って、質問の3を選んだ。


ソリーの継母はやさしげな笑みを浮かべる。

「息子が病気なのに、なにもしてやれないのはとてもつらいものよ。彼には仕事に専念してもらったほうがいいわ」

≻

重要な情報はここにはなさそうだ。

選択肢をもう一度見て、糖尿病の質問を選んだ。


ソリーの継母は驚いた顔をする。

「カナダから取り寄せた大量のインスリンのこと？　あれは飼い猫のためよ。猫はどこかって？　まあ、そのへんにいるわ」

あやしい。

次は、三週間前に起きたことの質問だ。知るのが怖い気がした。

ソリーの継母は困惑した表情になった。

「わたしが部屋にはいっていったときのあの子の表情を、みんなに見せたかったわ。あの日は調子がよかったみたいで、点滴の袋にわたしがなにか注射するのを見たようね。ただのビタミン剤なんだけど、あの子は……まあいいわ。わたしは緑のゼリーを持ってきてあげたのよ。あの子はまるで初めて見るようにわたしを見ていたわ」

と

選択肢をもう一度見ると、残りは一つだけだった。クレジットカードについての質問だ。

ソリーの継母は驚いた顔をする。

「あの偽装した利用明細のことを知ってるの？　テトロドトキシンなんて絶対に注文していないわ。それがなにかさえ知らないもの」

「なんだその、テトロなんとかって」デッカーはトードが調達してきたストロベリーケーキをかじって、自分のラテをまた一口飲んだ。「継母はそれで義理の息子を殺したのか?」

わたしはブラウザを開いて、ネットにつなぎ、〝テトロドトキシン〟を検索した。画面を見て眉をひそめた。

「ヒキガエルの神経毒だって。強力な」

「でもさっきインスリンも出てきただろう」トードが疑問を呈した。「どうなってるんだ。どっちを使ったんだ? あいつは答えを知ってたのか? こっちに推理しろっていうのか、推理小説みたいに? この三人が頭よくないことはソリーも知ってたはずだ。普通に書いておいてくれればいいのに」

「そうね」

わたしは答えながら、気もそぞろだった。ゲームに言葉を打ちこんでいくのは、オンラインでソリーとチャットするような感じで、まるで……彼がまだ生きているような錯覚におちいった。もちろんこのゲームの存在が彼の死をしめしているのだけど。

『ラザロのゲーム』……。ソリーはこういう形で墓から蘇《よみがえ》って、殺人犯を名指ししようとしているのだろうか。

〝証拠を探す〟と打ってみた。でもゲームは反応しなかった。

〝食堂へ行く〟と打ってみた。やはりゲームは反応しない。

〝キッチンへ行く〟と打った。これもだめ。

〝葬儀場へ行く〟と打ちながら、身の毛がよだつ感じがした。反応がなくてほっとした。

〝家から出る〟と打った。ようやくこれが当たりで、選択肢のメニューが出た。

きみたちはソリーの家のまえの剝げてまだらになった芝生の上に立っている。家のまえには車が何台も駐まっている。まるで家でパーティをやっているようだ。もちろん、それがとても陰気なパーティであることをきみたちは知っている。午後でフロリダの太陽が容赦なく照りつける。きみたちは汗をかきはじめる。

どこへ行く？　行き先の番号か、ここにとどまるならXを入力。

1　警察署
2　病院
3　墓地
4　金物店

>

「どういうこと、金物店って？」わたしは言った。

トードとデッカーは小声でなにか話していたのだけど、わたしの声を聞いて話をやめた。二人とも身を乗り出して画面をのぞきこむ。

　トードが口笛を吹いた。

「普通、金物店より墓地のほうがいやな選択肢じゃない？」

　デッカーは画面を見て何度かまばたきした。

「ええと、さっきのヒキガエルの毒をもう一回ググって」

「なぜ？」わたしは訊いた。

　デッカーは答えるかわりに自分のラップトップをバッグから取り出した。

「スペルは？」

　教えると、デッカーはあちこちクリックしはじめた。しばらくして表情が消え、ついで恐怖の表情に変わった。いったいなにをみつけたのだろう。継母に毒殺されるより悪いことがあるのだろうか。

　おとぎ話で継母といえば、よこしまで、嫉妬《しっと》深くて、信用ならなくて、毒リンゴを使う性悪女と相場が決まっている。でもわたしは母が六年前に再婚していて、継親《ままおや》がかならずしもそんなふうではないことを知っている。わたしの継父《ままちち》はほとんど毎朝車で学校へ送ってくれる。ときにはコーヒーとドーナツを買って駐車場で食べながら、始業のベルが鳴るまでだらだら話していることもある。そんな継父がわたしを殺そうとするとは想像できない。でもソリーの継母も、正体をあらわすまではいい人を演じていたのだろう。

　デッカーは自分のコンピュータの画面をこちらにむけて指さした。

「見てみろよ。ここを読んで」

しめされたところを見た。そこには、テトロドトキシンを投与されて死亡したように見えながら、実際には仮死状態でずっと意識があったという症例が書かれていた。人を洗脳して、自分はゾンビだと思いこませるのに不可欠の成分だという説も一時期あったらしい。

「そしてここ」

デッカーはべつのウィンドウを開いた。そこに書かれているのは、棺のなかの空気で生存できる限界の時間だ。五時間半。

「なに言ってるの。ソリーは死んだのよ。葬儀を見たでしょう」

そう言いながら、ポスターの裏に書かれたメッセージをわたしは思い出した。意味不明に思えた時間制限。

勝利まで猶予は五時間
僕が墓にはいったときから時計はスタート

そして行き先の選択肢をあらためて考える。警察署。そこで継母が義理の息子に毒を盛ったと（証拠があれば）通報するのか。あるいは病院。そこで証拠を探すのか。なにかが発見できたら、それを手がかりに金物店へ行き、さらに墓地へ行くのか……。

墓地。

デッカーが疑わしげに鼻を鳴らした。

「でもあいつが死んだふりを通すには、それこそ――」

トードが割りこんできた。

「おいおい、なんだって？　死んだふり？　テレパシーで二人で会話するのはやめて、こっちにもわかるように説明してよ」

「そんな暇ないわ」わたしは立ち上がって電源ケーブルを壁から引き抜いた。「行かないと。早く行かないと！」

墓地に着いたのは日没直前だった。ホームデポで買って後部座席にのせたスコップを、金色の夕焼けが照らしていた。本当に冒険している気分だった。現実でこんなことはやらない。やるのはビデオゲームのなかだけだ。なぜなのかいまわかった。現実にこんな気分にはなりたくないからだ。

逮捕されるのではないかと思って怖い。棺の蓋を開けるのが怖い。

わたしたちは車から降りた。それぞれ買ったばかりのスコップを手に。

土はまだ軟らかいので掘りやすかった。心臓の鼓動が速くなった。

最初はみんな下手だった。三人とも肉体労働には慣れていない。暇さえあればコンピュータ漬けになっている子どもなのだ。母から「たまには外に出ないとビタミンD不足になるわよ」とうるさく言われるくらいだ。わたしは腕が痛くなった。勢いをつけて穴の外へ土を放るのがうまくできない。かといって手前に積んでいると穴のなかに崩れてきてしまう。スコップ同士がぶつかることもしばしばで、勢いよくぶつけてしまうとしばらく手が痺《しび》れた。

それでもわたしたちは掘りつづけた。

「ゾンビになって生き返ってきたらどうする？」トードが訊いた。

わたしはにらんだ。トードは続けた。

「ありうるだろう！　あいつはある種のゾンビ化ドラッグを使ったんだし、他にもなにを体にいれてるかわからない。ゾンビウイルスの感染爆発はきっとこうやって起きるんだ」

わたしは黙って掘りつづけた。デッカーは首を振った。

首すじに汗が流れる。遠くを通過する車の騒音が聞こえる。たまにそれが近くを通ると、わたしは驚いて縮こまった。穴が棺まで届いても、蓋をこじあけるには掘り広げなくてはいけないはずだ。それを考えるとうめき声が漏れた。

「わかった。じゃあ、ソリーが意識をまだとりもどしてなかったら？」トードが訊いた。

彼はただ話したくて話しているのだとわかった。そうやって緊張をまぎらわせる性格なのだ。おかしいのは、長距離ドライブのあいだトードは無口だったことだ。いつもそうなのだろうとわたしは思っていた。ところが墓地に来たら急におしゃべりになった。

「だってさ、薬の効果はいつか切れるだろうけど、実際にいつ切れるんだ？　それまでは仮死状態が続くんだろう。どこから見ても死体みたいだったら、どうやってここから運び出すんだ？　そんなのにさわりたくないぜ」

デッカーは穏やかに答えた。

「とにかく逮捕されないようにしよう。フロリダの刑務所はひどいらしいぞ」

「墓荒らしなんかで警察に捕まったら、ママに殺されるわ」

わたしが言うと、デッカーは笑った。

そのとき、これがいかに驚くべきことかわかった。友情について母が言っていたことはたぶん正しい。なぜなら、デッカーとトードに現実で会って、二人に対する見方が変わったからだ。それぞれの笑い声を耳で聞いた。スタバでだれがなにを注文するか知った。チポトレのブリートを三人とも好きなことも、だれのげっぷが一番大きいかも知った。会ったことのないだれかのために、こんなに遠くまで来る仲間であることも知った。

それらを全部知った上で、ソリーのことはなにも知らないと気づいた。

わたしたちは、会ったことのないだれかのために、こんなことまでやる仲間だった。

わたしのスコップの先端が木にぶつかった。

「ソリー？」トードがそっと呼んだ。声が震えている。

でもソリーには聞こえないのか、聞こえても返事をできないのか、わたしたちの耳に届くのは近所を通る車の音と、近くのヤシの木の厚い葉が風に揺れる音だけだった。

わたしたちはしゃがんで土をどけはじめた。そうしないと棺の蓋を開けられない。わたしはすでに全身が汗だくだった。母から借りたシャツドレスは泥だらけ。ストッキングは膝のところで裂けていたけど、気づいていなかった。

土をどけていくあいだ、作業に完全に没頭しているときもあれば、ばかげたことをしていると他人事のように思うときもあった。正気でやることではないと。

棺の上の土がついに取りのけられた。わたしたちの真の目的への障害はなくなった。これから棺を開ける。死体が出てくる可能性は高い。なにを信じてここまでやってきたかを忘れたわけではないけど、ホームデポで買ったバールを棺にさしこむ準備をしながら、それでもわたしは死体以外のものが出てくるとは想像できなかった。

「退がってろ」

トードが穴に跳び下りて、蓋の隙間にバールをねじこんだ。デッカーとわたしは上から見守った。

がりがりと木がこすれる音をたてて、蓋が開いた。わたしはソレン・カープを現実で初めて見た。目を閉じ、黒い睫毛《まつげ》は頬にかかるほど長い。髪は乱れ気味で、体は布で巻かれている。顔色は青白く、唇は土気色《つちけいろ》だ。

「死臭はしないな」トードが言った。

とても不躾《ぶしつけ》な言い方だけど、それが真実でほっとしたのはたしかだ。腐敗臭が立ち昇ってきたりはしない。

デッカーはソリーの顔を見下ろしながら言った。

「救急車を呼ぼう。飲んだのは毒だ。死ぬ危険はある」

わたしは首を振った。

「だめよ。入院させたら、両親に連絡が行くわ」

ソリーの継母は保護者であり、医療的判断をする立場にある。わたしたちにそんな法律上の権利はない。それどころか警察に連行されて尋問されるだろう。なにを言っても信じてもらえないだろうし、そのうち手遅れになる。

「あのゲームを最後までプレイすべきだったんだ」トードが言った。「選択肢の行き先に全部行くのはばかばかしいと思ったけど、行けばきっと知りたいことがわかったんだよ」

デッカーは穴に跳び下りた。ソリーの体の脇に膝をついて、ささやく。

「おい、どうしてほしいんだ?」

ソリーが起き上がって話してくれるのではと期待しかけたけど、そんなことはなかった。ぴくりとも動かない。

トードは穴から上がって、わたしに下りろと合図した。

「なにか言ってやれよ」

「わたしが?」

よろけながら棺に近づいて、顔を上げた。

「なんて言えばいいの?」

トードが咳払《せきばら》いをした。

「こいつ、おまえのことが好きなんだ」

わたしは驚き、言葉を失った。

トードはわたしの返事を待っていたけど、なにも言わないので、あきらめて続けた。

「こいつはたぶん女の子とデートしたことがない。三年間病人暮らしで、いま十五歳。つまり十二歳までに女の子とヤッてなければ……まあないんだろうな」

「それ、どういう意味よ」

トードは肩をすくめた。

「さあね。とにかく、告白しなかったのはそれなりの理由があるってこと。ヤったことがないのも理由の一つだろう。でもこいつがおまえを好きだった……いや、いまも好きなのはたしかだ。だからおまえが話しかけたほうが効果あるんじゃないかな」

わたしはデッカーのほうを見た。彼はわたしになにか尋ねたがっているようだったけど、結局なにも言わずに穴から這《は》い出した。そのせいでソリーの顔に泥がぱらぱらとかかった。

わたしはしゃがんでソリーの腕にさわってみた。ずっと地中にいたせいで肌は冷たい。

「ねえ、キャットよ。いっしょにゲームをした。でも今度はあなたの番。起きて」

反応はない。

「あなたのためにすごい危険を冒してるのよ」

「まったくだ」デッカーが上から言った。「俺たちみんな愛してるぞって、言ってやったらどうだ?」

「それより、おまえが愛してるって言ってやれよ、キャット。〝目を覚ましたら、ぶちゅっとキスしてあげる〟ってのはどうだ?」とトード。

「うるさいわね」

「ソレン」デッカーが言った。「よく聞け。目を覚ましたら、だれかがぶちゅっとキスしてやる。それがキャットかどうかは保証しないけど、かならずだれかがキスをする。俺でもいいぞ」

「ソレン」今度はトード。「よく聞け。こうしよう——目を覚まさなかったら、だれかがぶちゅっとキスしてやる。その場合はキャットでないことを保証する」

わたしも思わずいっしょに笑いだした。笑いをこらえきれなかった。こむら返りがおさまったときのような、ほっとした気分だ。

そのとき突然、ソレンが咳をしはじめた。

わたしは息が詰まるほど驚いた。トードは悲鳴をあげかけた。デッカーはうしろに尻もちをついた。

しばらくしてソリーは途中まで起き上がり、横をむいて、胃のなかのものを吐きはじめた。人が嘔吐《おうと》しているのを見てうれしかったのは初めてだ。わたしは近づいて、その顔から髪を掻《か》き上げてやった。ソリーの肌は冷たく湿っていた。そして顔を上げてわたしを見たとき、その目は熱っぽく輝いていた。

「きみたちはとんでもないやつらだな」

ソリーは弱々しく言うと、ばたりと土の上にうつぶせになった。

彼はわたしがよく知っているソリーだった。会ったのは初めてだけど。そして彼もわたしたちをよく知っていた。

「あなたもその一人なのよ」わたしは言ってやった。
セーブポイントにもどってやりなおせる場合は、こんなふうにときどきある。もう一度生きなおせるのだ。

きみたちは墓地に立っている。ついさっきまで死んだと思っていた友人とともに。まもなく警察が来るだろう。まもなくその友人は、嫌いな病院へ連れていかれるだろう。まもなく彼は説明するだろう。なにをどうやったのか。このままでは死ぬとなぜわかったのか。鍵のかかった寝室から脱出するために、なぜこれほど陰惨な方法を選んだのか。まもなく彼はきみたちに感謝するだろう。いくら感謝してもしきれないはずだ。そのまえに、彼はきみたちと並んで立ち、顔を上げて空中を見る。風に髪をなびかせ、悪のヒーローのポーズを決める。

――ゲーム勝利――

最初からやりなおすにはXを入力。

（中原尚哉訳）

NPC

チャールズ・ユウ

異星の衛星上にある基地で、来る日も来る日も資源採集の単純労働を続ける作業員。ある日遭遇した事故により、彼は無名のＮＰＣ《ノン・プレイヤー・キャラクター》という地位から解放されるが……。端役であるキャラクターを物語の主役に据える試みはしばしば見かけるが、本作は現実との境目の描き方がこの著者らしい一編。

チャールズ・ユウ（Charles Yu）は、一九七六年ロサンゼルス生まれの台湾系アメリカ人作家。二〇〇七年には全米図書協会が指名した作家が選ぶ「三十五歳以下の作家五人」の一人として、リチャード・パワーズに激賞された。また、デビュー長編『ＳＦ的な宇宙で安全に暮らすっていうこと』（二〇一〇年）がニューヨーク・タイムズ紙およびタイム誌の年間ベストに選ばれるなど、ＳＦとメインストリームの双方で高く評価されている。そのほか、短編集二作をこれまでに刊行している。

（編集部）

第六衛星基地は見えるところにある。しかしきみは下を見ている。すぐまえの地面をじっと見ている。手にはセンサーと収集装置。探しているのはイリジウム。あった。すこしイリジウムがある。やったぞ。収集装置が吸いこむ。チャリーン。

第六衛星基地がむこうにある。近いようで遠い。いつものように下を見て、イリジウムがありそうな地面を探す。手にはセンサーと収集装置。イリジウムは希少だ。なかなか見つからない。あれば幸運——おっと、センサーに反応がある。チャリーン。

休憩室で冷凍食品を温める。野菜入りのパスタと缶入りのスプライトゼロ。やばい。カーラが来た。あわてて手ぐしで髪をなおす。カーラが微笑《ほほえ》む。やばいやばい。カーラが手にしているのはカップヌードルとドクターペッパー。テーブルにのせたイリジウム収集装置をあわててどける。もしかしたら彼女がむかいの席にすわるかもしれないからだ。しかし、そのままでいいわと言われて、かなりがっかりする。ところが彼女はテーブルをまわって、きみの隣にすわる。やばいやばいやばい。昼休みが終わるまで十七分間しゃべりつづける。バイオスーツをふたたび着るときに、軽く汗ばんでいるのに気づく。いい気分だ。

第六衛星基地。距離は百五十メートルから二百メートルくらい。その気になればほんの三十秒。全力疾走だ。大丈夫。軍の連中が実際にやるのを見たことがある。やればできるとわかる。なぜだかわからないが、感じる。つまらないことではない。これから大事になる。チャラーン。イリジウムだ。大きい。今週はついてる。

カーラはだれかとつきあっているのだろうか。ちょっと聞いてまわる。否定も肯定も聞こえてくるが、基本的には決まった相手はいないらしい。ただし、おまえは無理だと言われる。でも……うーん。わからないじゃないか。

第六衛星基地。仕事をしている。一日がすぎるのは早い。ずっと下を見ているが、頭は浮かれている。イリジウム、どうでもいいジウム。カーラ、カーラ、カーラ。

衛星の地表にプラズマの雨が降る。ほとんどのものがどろどろに溶けて死ぬ。つまり、今日は火曜日だ。しかし今週のきみは、なんと、亀裂のなかにいる。訓練では、亀裂に近づくな、遠くに離れろと教えられる。理由は説明されない。しかしきみにはべつの考えがある。亀裂ではいろいろなことが起きる。奇怪なことが。亀裂にはかならずイリジウムがある。数分だけはいって、かき集めれば、それでいい。だから言うことは聞かない。亀裂から離れたりしない。

やれやれ、バカだと思われてるんだろうか。

たしかにバカに見えるだろう。

なにしろ今日は火曜日。プラズマの雨が降る。なにもかも溶けるんだ。溶けて死ぬんだぞ、とかなんとか。きみが亀裂のなかにいるときに、それが起きる。大量のイリジウムがバイオスーツをコーティングする。融合して保護層になる。守ってくれる。

この世のすべてが天から降ってくるようだ。バイオスーツのなかは暑く、頭がぼんやりしてくる。ひりひりする。体のあちこちを確認するが、どこも失ってはいない。無事だ。無事どころか、まえよりよくなっている。

きみは……変身している。


第六衛星基地。その構内にいる。全体があわただしい。公式行事のための飾り付けやファンファーレやあらゆるものが準備されている。それどころか赤い絨毯《じゅうたん》が着陸ドックまで敷かれる。噂によれば中央軍評議会が事件を調査しにくるらしい。事件。あれはそう呼ばれている。きみはそうは呼ばない。どう呼ぶべきか決めかねている。

男がいる。あそこに。中央に。すべての中心にいる。いつもだ。ガラクタをもらったのだろうか。いまちょうど手にしたところだ。

イリジウム採集にもどれと声が聞こえる。見上げると中央軍の下士官が浮上パッドに乗って頭上一・五メートルほどのところに浮いている。あんな不安定なものに乗って役に立つのだろうか。イリジウム収集装置で股間を一発ひっぱたいてやりたい。

ひっぱたく。股間ではなく、臑《すね》だ。よけいに凶悪だったかもしれない。あたったときに砕ける音がした。

騒動になる。きみを取り押さえた連中はどうすべきか決めかねている。

基地へ連行される。すごいぞ、本物のジープに乗せられ、本物の基地へ本当に連行される。信じられない。まわりのようすを見る。急な展開に頭がついていかない。さっきまでは、年に四と四分の一チットの百万年契約かなにかで働かされる一介のイリジウム採集作業員だった。ところがいまは電磁拘束具をつけられ、二挺《ちょう》のプラズマライフルを脳天に突きつけられて、第六衛星基地へ連行されている。にやにや笑いが止まらない。

にやにやしていたせいで、プラズマライフルをかまえていた男たちが怒ったらしい。気がつくと地上から三メートルほど浮いた反重力拘束ケージにいれられている。浮かんだままケージの壁や天井に何度もぶつかる。頭がずきずきするのはたぶんRZT－195の銃床で殴られたせいだ。しかし悔いはない。にやにや笑いは目立たないように続ける。

おーい。きみは呼ぶ。

なんの声だ？
男の一人が相棒を見る。どちらもけげんな顔。
あいつか？
そうだ。
ふん。
おーい。きみはまた呼ぶ。
黙れ。おまえにセリフはないんだ。
そうかい、わかったよ。たしかにそうだ。

また頭を殴られる。今度は脳天まで響く。なにかがおかしくなる。プラズマ嵐に加えて頭を殴られたせいで、ふらふらになる。
今度は利口になって笑みを消す。ケージから出されている。長い廊下を歩かされている。ばかげた廊下だ。長すぎる。反復か？　たしかに反復しているようだ。視界の先まで扉が連なっている。扉、扉、扉、扉。おとなしくしたほうがいい。ここで一人を背後から蹴飛ばし、もう一人を手錠のかかった両手で殴って、手近の扉のむこうへ飛びこむのは簡単だろう。扉はどこかに通じているはずだ。いちおうは。扉のむこうにはかならず部屋がある。もしかしたら休憩室で、だれかが二人、テーブルをはさんで見つめあっているかもしれない。黙って。永遠にいつまでも。まばたきしながら。数時間に一度、一人が席を立って電子レンジでコーヒーを温めるかもしれない。そういう部屋にいたことがある。だいたいわかる。そんな部屋はごめんだ。金輪際いやだ。きみは逃亡の危険があると思われている。だから男たちはトリガーに指をかけている。こいつらはなにも知らずに、望ましい場所へ案内してくれている。どんな場所かは知らないが、廊下のつきあたりにあるはずだ。廊下はいい。興味深いことはかならず廊下で起きる。だから廊下に来たかった。ここだ。どこにせよ、屋内だ。マップ上だ。どこまでも広いイリジウム採集フィールドではない。こいつらは看守のつもりでいるが、実際には護衛だ。目的地へ案内してくれる。

この男がそうなの?

女に軽蔑的に言われて、きみは溶けてテーブルの水たまりになりかける。恋に落ちたのかもしれない。欲望を感じるのはたしかだ。彼女はウーナ・バントゥー。重要人物に似あわないおかしな名前だ。バイオスーツのヘルメットを脱ぐと、固く縛った赤毛のポニーテールがこぼれ落ちる。袖の斜線の数からすると地位が高いらしい。いいことだ。

名前は?

名前?

そうよ。名前はあるでしょう?

あの……。男の一人が口をはさもうとする。

黙りなさい、軍曹。この男と話してるのよ。彼女はセクシーな指できみをさす。どこをとってもセクシーだ。
なにも、なにも。
なにもって、なにが。名前がないの？
名前、ないんです。
ええと、それをお教えしようとしたのです、司令官。
黙りなさい、伍長《ごちょう》。
はい、司令官。
そして、あらかじめ報告しておきなさい。
はい、司令官。
超セクシーな女性司令官はきみに視線をもどす。
つまり、ただのＮＰＣね。

長年なかった名前がいきなりつくのは、奇妙な気分だ。おのれが何者かを突然知る。ＮＰＣやＰＣといった言葉は聞いたことがあるが、文脈がわからなかったし、意味も理解していなかった（いまもはっきり理解しているとはいいがたい。しかし意識がじわじわとガスのように言葉に近づいて、あるとき突然理解できるのかもしれない）。そこへ中央軍の高級将校が二万光年かなたからはるばるやってきた。きみのために。だれあろうきみのために！

うまいことといっている。昇進し、銃をもらえる。ミッションに送られる。ステータスと、プロフィールと、経歴をもらえる。HPも設定される。ただし最初は少なめ。だれもがきみの名前を知っている。ウーナ・バントゥーも知っている。エレベータのなかで彼女といちゃつくこともある。レベルアップ、またレベルアップ。ミッションをクリアするごとに自信がつく。なぜこうなったのかわからない。しかしこうなっている。自分の行動を自分で決められる。自由だ。イリジウム採集なんて過去だ。休憩室の冷凍食品も過去だ。そして……。

カーラ。

うーむ。

カーラはいまからでも手にはいるんじゃないか？　本当の自分になったのだ。彼女が昔のきみを好きだったのなら、いまのきみも好きになるだろう。とりあえず、どうすれば失敗せずに続けられるかだ。いまのところはうまく運んでいる。ようは、思いつくなかで一番ひどいことをすればいい。次はもっとひどいことをする。だれも想像しないようなひどいことをやりつづければいいのだ。

ミッションに出る。レベルアップする。どんどんアップし、それを続ける。アーマーは格好いい。ポッド機に映った自分の姿を見て、こんなことを言うのは気恥ずかしいが、ワルっぽいなと思う。なぜこうなったのか。イリジウム採集フィールドの作業員たちの頭上を飛ぶ。あわれなやつら。この眺めを見せてやりたい。上から見る世界を。

不愉快なことは二つほどある。

昔は地上の負け犬どもにまじって、そこから逃れられなかった。毎日がおなじだった。目を覚まし、歯を磨き、バイオスーツを着る。装置を持って出て、イリジウムを収集する。一日の最後に収集皿をはずして、中身を分光計にいれる。数字が出て、それに応じて日銭をもらう。それだけ。毎日おなじ。来る日も来る日もそれだけ。

いまはプレイヤーだ。やりたいときにやりたいことをやれる。やっていないときは、ここでくつろいでいればいい。エアコンの利いたラウンジのソファで、無料のスナックとカプチーノを楽しみながら、次のミッションを待つ。音楽はループして、仲間たちはやや無愛想だが、それでもいかしてる。本当の自分でいられる。それは重要だ。重要なはずだ。ただ——なんというか——この生活を維持するために、毎日が昔ほど自由ではないと感じる。自分でも驚く表現だが、自由が少ないとさえ感じる。そんなことがあるか。わからない。しかしそう感じる。

それが不愉快なことの一番目。二番目がカーラだ。

ワルに変身したきみを、カーラはきみだとわかっているのかどうか。ポッド機の上からや第六衛星基地の哨戒警備の途中から彼女に手を振っても、カーラは反応がない。ときどき返す小さな笑みは、あの昼食でのおしゃべりを憶えているからか、それとも手を振る少尉殿に愛想笑いしているだけか、わからない。さらにその笑みは悲しげに見える。

だから、ウーナ・バントゥーが下着のボディスーツ姿できみの寝室を訪れたときに、すぐに拒まなかった理由は理解できる。彼女ははいってきて寝台にすわり、きみたちは五分ほど熱烈にキスする。きみ自身は困惑し、ひどい気分だが、なにしろウーナ・バントゥーとキスしているという事実に圧倒されて、すぐにはやめられない。しかしカーラの悲しげな微笑みが何度も頭をよぎり、きみはキスをやめる。ウーナは信じられないという顔になり、笑い声をたて、脱いだものをかき集めて部屋から出ていく。

ウーナの意地悪か他の理由かわからないが、寝室での一件以来、キャリアの上昇が頭打ちになる。なかなかレベルアップしなくなる。武器のアップグレードもない。きみの番号はめったに呼ばれなくなる。呼ばれてもミッションは小規模。陽動作戦か小ぜりあい程度だ。なによりカーラと会う機会がなくなる。衛星の反対側の第九基地に配置転換になる。

ミッション選択。装備よし。プレイヤー選択。救助、救助、救助。ミッション完了。電源オフ。

ミッション選択。装備よし。プレイヤー選択。キル、キル、キル。ミッション完了。電源オフ。

ミッション選択。装備よし。プレイヤー選択。あれこれやる。ミッション完了。あれこれ終わり。

ミッション選択。装備よし。プレイヤー選択。

はっとする。

行き先は第六衛星基地。付帯的損害を容認。

移動はほんの二十分。しかし半日がかりに感じる。基地に到着すると、二連の太陽がすでに地平線に昇っている。ウーナが先頭に立ち、命令を叫ぶ。今回のミッションの指揮官だ。しかしきみの頭はカーラのことばかり。彼女はこの基地のどこかにいる。五千室のどこかに。どの部屋かわかりさえすれば。

バン、バン。ズドーン、ズドーン。

きみのチームは一分四十五秒で東棟に突入する。二階、三階と掃討して、四分きっかりで建物のこちら側の制圧を終える。ウーナからの無線は、別命あるまで東棟を確保して待機とのことだ。チームの二人は自動販売機を的に射撃練習をはじめる。ワンガーはトイレに手榴弾《しゅりゅうだん》を流してみると言いだす。きみは廊下を見張ると声をかけるが、歩きまわってもだれも気にしない。部屋を次々とのぞいていく。無人、無人。だれでもないキャラが二人ほど歩きまわっているだけの部屋もある。裏のほうでワンガーとグティエレスが騒いでいる。二人のNPCを拷問して遊んでいるようだ。行って止めようかとしばし考える。卑劣で、軍法会議ものの犯罪だからだが、なによりここはきみの出身地だからだ。おい、と声をかけながら、二人の愚か者を懲らしめにもどろうとする。しかしそのとき、背後のドアのむこうから、はい、と小さく答える声が聞こえる。聞き覚えのある声だ。

変哲のない休憩室をのぞく。アクションが設定されている部屋ではないので、描画は簡素だ。テーブル一つに椅子がいくつか。冷蔵庫と電子レンジ。そしてカーラ。椅子にすわってまっすぐまえを見ている。おびえている。きみはヘルメットを脱ぎ、手ぐしで髪を軽くなおす。彼女に考える時間をあたえる。カーラはようやく気づいて、表情をゆるめて言う。

あなたを知っているわ。すくなくとも、まえに会ったことが。そうよね。

そうだ。

きみを見ている。胸がときめく。すごくときめく。

格好よくなったのね。

そう言って、頬を赤らめる。きみは彼女を抱き締めたくなる。手をとって安全な場所へ連れていくか、結婚するかしたい。しかし片手にはイオン臭のするプラズマライフルを持ち、反対の手ではロケットランチャーをかついでいる。耳の通信機からウーナの大声が聞こえる。雑音だらけで攻撃的だ。基地は確保、ミッション終了、シャトルへもどれ。しかしきみの足は動かない。もどらねばならないと思い、うしろ髪を引かれる。しかしそもそもまちがっているのだ。最初はとらわれの身だった。なにも考えないイリジウム収集作業員としてゾンビのように歩きまわっていた。かわりに自由に考えられた。それからあのプラズマ嵐に襲われ、いろいろなことが起きた。自由に体を動かせ、行きたいところへ行けた。しかし思考はとらわれていた。なにかに縛られていた。この仕事に、あるいはこの人生に。いまは分岐点に立っている。やりたいようにやれるし、そうしたい。ウーナの声がまた怒鳴る。一人をのぞいて全ユニットを確認した。少尉、もどっているのか？　応答せよ。

きみはスーツをすべて脱いで、隅に集め、プラズマライフルで撃って消滅させる。冷凍庫から冷凍食品のパックを出して、電子レンジにかける。ここで待っていてとカーラに声をかけて、二つの武器をべつの部屋へ持っていく。はいってきた者がすぐみつけられる場所に放置する。部屋にもどると、カーラはすわって、正面を見ている。顔を上げて、きみだとわかるまでひと呼吸。あら、と彼女。やあ、ときみ。椅子にすわって、料理が温まるのを待つ。

（中原尚哉訳）

猫の王権

チャーリー・ジェーン・アンダース

新種の病気で脳に障害を負い、別人のように引きこもりになってしまった女性。彼女を愛する同性パートナーの「わたし」は、認知症患者に効果がある箱庭シミュレーションゲーム『猫の王権』を彼女に買い与える。やがてこのゲームはふたりの関係に変化をもたらし……。なお、リハビリや鬱病再発予防など、医療目的でのゲーム導入は現実に取り組みが進んでいる。

チャーリー・ジェーン・アンダース（Charlie Jane Anders）は、アメリカの作家。予知能力者同士の風変わりな恋愛を描いたＳＦ中編 “Six Months, Three Days” で二〇一二年ヒューゴー賞中編部門を受賞。第一長編となるＳＦファンタジー *All the Birds in the Sky*（二〇一六年）でネビュラ賞長編部門、クロフォード賞、ローカス賞ファンタジー部門を受賞した（同書は東京創元社より刊行予定）。トランスジェンダーであり、パートナーである作家アナリー・ニューイッツとともに大手ＳＦ・科学ニュースブログ io9 の共同創設者の一人でもある。

（編集部）

1

プラスチック製の猫の頭には、ふさふさと毛が生え、あちこちに光り物がついている。開いた口はタッチスクリーンになっている。高性能なマスクの接続プラグを挿すところもある。マスクはバイザーとノーズプラグとイヤホンが組みこまれ、さまざまな感覚情報を扱える。この一体型のゲームシステムを両手に持って、わたしは考えた。こんなものは嫌いだ。この美しいコロニアル風テラスハウスの窓から放り投げて、落ち葉に埋めてしまいたい。しかし同時に希望も感じた。今度こそ効果があるかもしれない。猫がこちらを見上げてウィンクしている気がする。

シェアリーはお気にいりの椅子の上で膝を抱えている。椅子は背もたれがまっすぐで、赤みがかった木枠と青くふっくらした詰め物が美しい摂政時代様式だ。彼女はジーンズとしみだらけのスウェット姿。片脚をもう一方の脚の上に組んでいる。脚はいまにも動きだしそうだが、それはまやかしだ。昔の彼女のように椅子からぴょんと立って、わたしが手にした装置はなにかと尋ね、ひっきりなしにしゃべりだしそうに見えるが、本当はこの新しい買い物に気づいていない。そもそもわたしがだれかさえ、いまの彼女はわかっていないだろう。

わたしは気品ある猫の舌をつついた。すると小さなスピーカーからニャアと鳴き声がして、画面が明るくなった。まずWi-Fiのパスワードを尋ねられる。要求に応えると、アップデートと各種ファームウェアの更新がおこなわれる。おとぎ話のお城の絵が出て、その上に『猫の王権』というゲームタイトルが表示される。次はカスタマイズ作業で、さまざまな項目がある。面倒だが、シェアリーに渡すまえにやっておきたい。

シェアリーの名前やその他の情報を入力しながら、わたしは下劣なひどい女になった気分だった。生涯のパートナーにこんな子どもっぽいゲームをあたえるなんて。成人として認めないと宣告しているようなものだ。とはいえ流行に敏感な十代や二十代前半の若者たちのあいだで、この『猫の王権』がはやっているのはたしかだ。また認知症患者が一定の認知能力を維持するのに最高の効果があり、とりわけレプトスピラX菌の感染者によいことも広く認められている。だからわたしはシェアリーのためにやっているのだ。本当の彼女がまだどこかにいると信じて。

シェアリーのキャラクターはできるだけ本人に似せた。猫王国の王室付き主任顧問である猫の魔法使いだ（シェアリーを猫にしたらアビシニアンだろう。砂色の髪、細身の体、細面《ほそおもて》、やせているのに活発なところがその理由だ）。シェアリーが仕える君主は、国王ではなく女王だった。気位の高い三毛猫で、名をアラベラ四世という。王国の設定もいくらかいじった。たとえば女王議会の貴族たちだ。一方でランダムに決められてしまう部分もある。アラベラの領土である大フェリニア国は、広いブドウ畑と多少の銅鉱山を持つ。どちらの要素もわたしだったら選ばないだろう。

ゲームのさまざまな部分をいじった。あきらかな関連や、シェアリーだけにわかる細部をつくりこんでいくと、まるで全体が奇妙なラブレターのようになった。たとえば王立厩舎《きゅうしゃ》の近くにある居酒屋の名は〈パズル好きの隠れ家〉だ。これはシェアリーとわたしが大学院生時代によく踊りにいった灰色の壁のレズビアン・バーとおなじだ。他にも女王親衛隊の名称をグレース舞踏隊にしたり。

「シェアリー?」わたしは呼んだが、返事はない。

シェアリーがかかった病気は、かつてレプトスピラ症、通称鼠捕りの黄疸《RCY》と呼ばれていた。突然変異によって抗生物質耐性菌になり、人間の脳幹を冒しはじめるまえの話だ。感染するのは動物がほとんどで、人間はごくまれ。梅毒やライム病の同類で、十年前までろくに知られていなかった。一部の患者は肝不全や強い関節痛を起こす。その点、シェアリーはある意味で〝幸運〟だった。強い神経症状と間欠的な疲労感だけだった。年齢はまだ三十五歳だ。

「シェアリー?」

わたしは猫の頭のゲーム機を彼女にむけて持った。こみいった設定作業は終わり、彼女の命令を受けつける状態になっている。アラベラ女王は多くの難問を抱え、王室付き魔法使いの助言を求めている。すでに一部の貴族猫が王座を狙って画策している——とくに曲者《くせもの》なのがタキシード猫だ! さらにワイン醸造業者はストライキをちらつかせている。

わたしは猫の頭をシェアリーの目のまえに差し出した。シェアリーは肩をぎくりとさせた。顔を上げ、明晰《めいせき》な表情にもどって訊く。

「グレース。なんだ、このガラクタ。子どもだましのおもちゃか？」

わたしはあわてて答えた。

「ゲームよ。効果があるらしいのよ、あなたのような……。とにかく楽しいのよ。気にいると思うわ」

「冗談じゃない、こんなもの！」

シェアリーは猫の頭を部屋のむこうへ投げた。明晰な意識状態は、きまって敵意をともなう。慣れるしかない二律背反だ。さいわいゲーム機は頑丈に設計されていた。

「いっしょに遊ぼうと思ったのよ」わたしは相手の罪悪感に訴えることにした。「いっしょにできることがあったほうがいいでしょう。あなたとわたしで。ね？　普通のカップルのように」

「なら、やる」

シェアリーは猫の頭を受け取った。隣国のミーアキャット公国との貿易問題についてのアラベラ女王の質問を、眉をひそめて読む。アラベラ女王は、どう対応すべきかと尋ねている。シェアリーはゆっくり苦労してキーを叩き、〝勝手にしろ〟と書いた。しかし送信キーは押さずに消去し、かわりに画面に表示された選択肢から〝使節を送る〟を選んだ。

まもなくシェアリーは、貿易交渉の代表団と労働問題の調停団を大フェリニア国内各地と周辺諸国へ送りはじめた。

2

数日すると、シェアリーは『猫の王権』をくだらないとは言わなくなった。朝から晩まで膝においたプラスチック製の猫の頭をいじるようになった。わたしはオプションの猫マスクを購入した。それは（想像どおりに）顔の四分の三を猫の仮面でおおうものだ。シェアリーにかぶらせ、ノーズプラグとイヤホンの装着法を教えた。

プレイ開始から一週間で、シェアリーの王国は優良王国ランキングの千位以内にはいるようになっていた。評価基準は不明だが、おなじゲームの大半のプレイヤーよりフェリニア国の運営を上手に助けているということだ。

それより重要なのは、シェアリーがゲームの王宮に住むふくらんだ袖とレースの衣装の猫たちと、対人関係を築いていることだ。現実世界の彼女は、自分がどこに住み、いまが何年で、大統領がだれかも知らない。わたしとの結婚生活が何年目かも憶えていない。それでもお気にいりの青い椅子にすわって、「いいや、だめだ。ヘアボーリントン卿《きょう》。もしそんなことをしたら、おまえの汚い尻尾を切り落とすぞ」とつぶやいているのだ。

ゲーム内での毎日の出来事を記憶してはいないだろう。だから彼女の立場は君主ではなく、助言者なのだ。そのときどきに発生した問題に対処するだけ。憶えておくのはゲーム側の役割だ。それでもシェアリーは奇妙な細部に執着することがあった。夜中に寝言で銅鉱山の坑夫に悪態をつき、おまえたちのかわりはいくらでもいると脅したりした。

ある朝寒くて目覚めると、ベッドカバーがめくれて、シェアリーの姿がなかった。リビングに行ってもいない。通りへ出て徘徊《はいかい》しているのではと心配になった。まえまえから懸念していた問題で、対策としてRFIDタグをシェアリーにつけている。しかし彼女はキッチンで見つかった。冷凍食品のワッフルをもぐもぐと食べながら、猫の頭をつついて、ミーシュ伯爵をののしっていた。シェアリーとわたしを最初に会わせてくれた友人にちなんで名付けたキャラクターだ。毛足の長いサイベリアン種の伯爵は、なんらかの陰謀をめぐらせていて、シェアリーはそれをたしなめているらしかった。

それ以後、朝は一人で目覚めることが多くなった。ベッドにはいるのも一人。シェアリーはとりあえず六時間睡眠をとっていれば問題ないはずだし、実際にそうだった。神経科の担当医で、最初にこのゲームを推薦してくれたタカモリ医師は、シェアリーがなにかに集中しているのは健全だと言った。

だから順調なのを見てわたしは満足すべきだっただろう。シェアリーは昔の表情になっていた。猫マスクをかぶっていてもわかる。かつてわたしが好きだった顔。論敵の悪口を書いているときの顔だ。唇《くちびる》をなめ、片頬に笑みを浮かべて、メルヴィル研究室の秀才たちを次々と論破したものだ。いまのシェアリーがゲーム内の猫たちとの関係に没頭して、わたしを一顧だにしないからといって、嘆くにはあたらない。彼女はなにかと関係を持っているのだ。ひがな一日虚空を見ていた頃とはちがう。

シェアリーとわたしはいたわりあっていつまでも生きていくはずだった。こうしてアンテナがわりの髭《ひげ》を揺らすプラスチック製のおかしな猫の頭に嫉妬するのは、利己的で愚かなのだろう。

ある日、『猫の王権』を四、五時間もプレイしていたシェアリーが、ふと顔を上げてわたしを指さした。

「おい、そこのおまえ。紅茶を持ってこい」

「おまえじゃなくて、グレースよ。あなたの妻の」

「なんでもいい。紅茶を持ってこい」表情は読みとれない。不気味な猫の笑みが半分、不機嫌そうな人間の口もとが半分だ。「こっちは忙しいんだ。緊急事態だ。鉄道を建設したら、やつらに壊された。大事件だ」

シェアリーはまた猫の画面にもどり、押したり、ののしったりしはじめた。

わたしは紅茶を運んできた。彼女の好みにあわせてすこし蜂蜜を加えて。シェアリーは礼を言ったが、顔は上げなかった。

3

シェアリーに一通のメールが届いた。

わたしは後見人の委任状によってメールアカウントのパスワードをあずかっている。問いあわせにすべて対応し、できるかぎり本人に確認することにしていた。初めの頃は毎日メールが届いた。昔の指導学生や同僚からで、わたしは誠心誠意の返事を書いた。最近届くのはスパムばかり。そうでないメールは数週間ぶりだった。

今回のメールの差出人は、王権会を名乗っていた。『猫の王権』の熱心なプレイヤーの集まりだ。シェアリーの王国がトップクラスの成功をおさめているのを知って、彼女をなにかに招待したいらしい。トーナメントか、コンベンションか……よくわからないが、参加者が自慢の王国や女王国を持ち寄り、同盟を組んで戦うイベントのようだ。プラスチック製の猫の頭は通信機能があり、たがいに近づけると接続する。たんに自己完結したシステムではないのだ。

猫の頭にはいちおうのマルチプレイヤーモードが搭載されていて、インターネット経由で接続できるようになっている。しかしシェアリーのものは無効に設定していた。そもそも他人とコミュニケーションできないからゲームをやっているのだ。

わたしは返事を書かずにメールを消去した。しかし翌日もメールが来た。そして数時間ごとに届くようになった。件名は〝ぜひ参加を、シェアリー〟とか、〝シェアリー、あなたなしでは開催できません〟とか。わたしは妻がネットストーキングされていると怒ったり叫んだりしたくなった。

そのとき、わたしの携帯電話が鳴った。シェアリーのではなくわたしのだ。

「グレースさんですか?」相手は尋ねた。

「どなた?」質問に答えず、わたしは訊き返した。

「ジョージ・ヘンダーソンと申します。王権会を代表してお電話しています。お時間をいただき申しわけありません。あなたのパートナーのシェアリーとメールで連絡をとろうとしたのですが、お返事がありません。わたしたちのコンベンションにぜひ参加していただきたいのです」

「残念ながらそれは不可能です。そっとしておいてください」

「今回のトーナメントは各社から後援をいただいています。たとえば――」聞いたことのない会社名がずらずらと挙げられた。「――などで、賞金も出ます。そして彼女とおなじくこのゲームを愛するユーザーたちと交流するチャンスです」

わたしは深呼吸した。こうなったら本当のことを話して、このくだらない会話を終わらせるしかない。わたしはキッチンに立っていた。シェアリーはダクトテープで補修したビーンバッグチェアにすわり、猫のマスクをして猫の頭のゲーム機をにらんでいる。こちらの会話が聞こえているようすはない。腰から下は素っ裸で、窓はカーテンを引いておらず、隣近所から丸見えだ。わたしのせいだ。

「妻はイベントには行けません。そもそも他人と〝交流〟できる病状ではないのです」

「こちらには支援設備があります。訓練されたスタッフもいます。どんな症状でも――」

本当に呼び出せると思っているようだ。相手は安心させようと話しているが、こちらは追い詰められて叫びだしたい気分だ。

「病人を連れ出して恥ずかしいめにあわせようっていうの！」

わたしは電話にむかって思わず言った。大声だったのでシェアリーもしばし顔を上げて、無表情な猫の目でこちらを見たほどだ。

「奥様は病人ではありません」ジョージ・ヘンダーソンは言った。「彼女は……すばらしい。ただの病人が世界ランキングトップ100にはいる王国をつくれると思いますか？　病人が〈大いなる誘惑〉をあっさり拒否できると思いますか？　グレース、あなたの奥様は……すばらしいのです！」

〈大いなる誘惑〉というのはゲーム内のイベントだ。王室付き魔法使いであるプレイヤーのところへ貴族猫のグループがやってきて、自分たちが力添えするので、王位を簒奪《さんだつ》しないかと持ちかけるのだ。大フェリニア国の政治についてこれほどうまく君主に助言しているのだから、一介の側近にとどまるのではなく、みずから王座にすわってもうまくやれるはずだというわけだ。このイベントはプレイヤーごとに異なる時期に発生する。そして正答も誤答もない。みずから王座にすわっても、場合によっては顧問の立場にとどまっても、ゲームは続けられる。しかしこの問いをどう切り抜けるかで、プレイヤーの安定度が試される。シェアリーは王座を奪わず、なおかつ謀略を持ちかけた貴族たちをうまく納得させた。

ジョージもわたしも一分ほど黙りこんだ。わたしは妻を見ていた。彼女を〝すばらしい〟と称する人はもう長いことといなかった。彼女はいまタンクトップだけで、他は素っ裸だ。貧乏ゆすりをしていてさらに下品に見える。タンクトップはいろいろなしみだらけ。そういえばもう一週間もシェアリーから正しい名前で呼ばれていないと思い出した。

ジョージは沈黙に耐えきれなくなったようすでまた話しはじめた。

「奥様は直感的な天才です。だれも気づかないような関連をみいだします。高い集中力でもって、常人の脳にはできない深いレベルでゲームを処理しています。今回のコンベンションに参加するRCY患者はシェアリーだけではありません。他にもたくさんいらっしゃいます」

受けいれられなかった。わたしはなにかひどいことを言って、ジョージ・ヘンダーソンの電話を切った。またかかってくるのではないかと身構えていたが、かかってこなかった。わたしは妻にパンツを穿《は》かせにいった。

4

シェアリーは二週間ほど言葉を発さなくなった。ゲームの話すらしない。体の制御がますますきかなくなって〝事故〟の回数が増えた。しかたなく、おむつを穿かせはじめた。一方で彼女の王国は拡大し、繁栄していた。近隣の公国を併合しているのだ。

肩ごしに画面をのぞきこむと、ルネサンス期ヨーロッパの服装をした小さな猫たちは、銅鉱山への課税のような単純な相談をすでにやめて、かわりにこんな質問をしていた。

「統治権の根拠が正統性を証明するシンボルから生じるとしたら、そもそものシンボルに権威をあたえているものはなんでしょうか？」

シェアリーは画面をタップしない。まばたきの力かなにかで回答が画面にあらわれた。

「そのために探索の旅をやっている」

流れていく文字情報を読んだところでは、シェアリーはいま四十七人の騎士とさまざまな貴族を探索の旅に出していた。探させているのは魔法や宗教がらみのアイテム、あるいは貴金属だ。犬列島を通らずに貿易船を往来させるための西回り航路の開拓にも余念がない。

本人はじっと椅子にしゃがんでいる。口もとは不快げにゆがみ、猫の大きな目と小さな鼻は光の具合でいたずらっぽくも猛々《たけだけ》しくも見える。最近はこれがシェアリー本人の顔のようだった。

そんな彼女を椅子から無理に引き離して風呂にいれた。何日もはいっていなかったからだ。そのあいだに（さいわいにも彼女はまだ一人で入浴できる）猫のマスクを調べた。鼻に挿すノーズプラグから出る正体不明の薬液を、脇の小さなタンクにときどき補充しなくてはならない。薬液はボトル入りで送られてくる。神経伝達物質か、フェロモンか、それとも集中力を高める興奮剤か。まったくわからない。においもほとんどない。

タブレットを開いて検索してみた。〝猫の王権〟に、〝知性〟〝自意識〟〝人工知能〟などの単語を加えてみる。まもなく関連の議論がおこなわれている掲示板をみつけた。この猫たちはただのプログラムにしては頭がよすぎる、接続している人間たちからなにか吸い上げているのではないか、という内容だ。ゲーム内の猫たちは大量に学習している。とくに政治と人間社会の仕組みについてだ。

経済学論文も大量にみつけた。猫たちが大フェリニア国のなかでくり返し解決している問題は、じつは現実世界で経済学者が苦労している難問だというのだ。希少な資源の配分や、市場の摩擦をどう減らすかという問題など。美術史で博士号をとったわたしにはよくわからなかったが。

とにかく経済学の画期的な解決策の多くが、ＲＣＹ患者が運営する猫の王国からヒントを得ているらしい。

シェアリーの天才ぶりは驚くにあたらない。わたしたちのあいだで頭がいいのはつねに彼女のほうだった。神経質なほどエネルギーにあふれ、故人の学者たちを明け方の三時まで論難し、同居する小さな院生用アパートの床じゅうにアイデアを書きとめたカードや紙を散乱させていた。まるで床が彼女の脳の延長のようだった。

その彼女が、もう一週間以上わたしの名を呼んでいない。そしてわたしの緊急介護休暇はもうすぐ終わる。終身在職権を持っているわけではないので講義はさぼれない。だから介護者を雇うしかない。あるいはデイケアやグループホームにいれるか。世話をしているのがわたしだろうと他人だろうと、彼女にはもうわからないのだ。

ジョージ・ヘンダーソンとの会話から二日ほどのち、シェアリーの肩ごしにゲームをのぞきこんで、はっとした。初期設定でゲームに埋めこんだ二人の思い出の要素は残っている。しかし彼女のゲームプレイによって奇妙に変貌していた。たとえば〈パズル好きの隠れ家〉には、猫たちがありえないほど長時間いりびたるようになっていた。それだけでなく新しい要素が加わっている。わたしも忘れていた思い出が、丘や崖のような地形として大フェリニア国に再現されている。

シェアリーは、猫とそのばかげた政治のプリズムを通して、わたしたちがすごした時間を生きなおしているのだ。ヨーロッパでの自転車旅行。リンディホップを踊っていてわたしが足首を骨折したときのこと。シェアリーには隠し通せたといままで思っていたのに。彼女が一度もほしいとは口に出さなかったネックレスを、わたしが探しに探してみつけたこと。それらがすべてゲーム内に織りこまれていた。

わたしはジョージ・ヘンダーソンに電話をかけた。つながると、挨拶抜きで言った。

「いいですわ、行きます。コンベンションだかトーナメントだかに参加します。場所と時間を教えてください」

5

ジョージ・ヘンダーソンがRCYについて話したようすから、〝コンベンション〟の参加者に患者仲間が多いことはある程度予想していた。しかし実際には、すべての参加者が患者のようだった。『王権』の有力プレイヤーになるにはRCYの特殊な精神状態が必須なのか。それとも患者ばかりを強引に集めたのか。

場所はフロリダ州オーランドの小さなコンベンションホテルだった。不鮮明な掲示板によると、保険の損害査定人と自動車部品販売業者の集まりが最近開かれたらしい。すこし行くとディズニーワールドがあるが、近くには道路ぞいのモールとストリップクラブと、さびれたアービーズくらいしかない。ホテルでは簡単な朝食が提供されるが、毎日、個別包装の冷たいサンドイッチとスチーム保温容器にはいったストロガノフだった。

初日はいきなり一時間ほど待たされた。わたしはニューハンプシャー州から数十年ぶりに出てきたシェアリーからかたときも離れなかった。やがてジョージ・ヘンダーソン（巻き毛のごま塩頭でレトロゲームTシャツを着た小太りの白人男性）が大広間のまえに立って話した。プレイヤーは全員が大広間の奥へ入場し、〝ご友人やパートナーの方々〟は外で待機してほしいという。ホテルの大広間を仕切った仮設のパーティションのむこうに患者のプレイヤーたちが案内されていくのを、わたしたちパートナーや友人の同伴者は見送った。むこうは彼らだけの世界だ。猫のマスクをかぶったプレイヤーたちが長いテーブルにずらりと並んでいる。

〝ご友人ご親族控え室〟に残ったのはさまざまな人々だった。精神的な疲弊の影だけが共通している。伴侶《はんりょ》や友人たちの半分はすぐに買い物やディズニーワールドへ出かけると言い残して席を立った。残りの半分はそのままですわり、愛する人が誘拐されるのではないかと心配する顔で、そのゲームプレイを眺めていた。

大広間のこちら側の半分には、安っぽい模様のカーペットやビニール張りの壁に甘ったるいミルク臭がこびりついている。わたしはそれにすっかり慣れていた。短時間外へ出たり、トイレへ行ったりしたときに、そのことに気づかされた。

一時間ほどたってから、あえて〝プレイヤー〟の部屋にはいってみた。シェアリーの肩ごしにのぞきこむ。アラベラ女王は忙しく貿易条件を交渉し、近隣の猫王国を軍事的に威嚇していた。

これまで自国はすべてデフォルトで〝大フェリニア国〟になっていたので、今回はアラベラの国に新しい名前をつけなくてはならない。シェアリーがつけた新たな国名は〝グレースランド〟だ。わたしはそれに気づいて、シェアリーを見た。彼女はわたしの存在など眼中にない。

〝グレースランドの国境防衛のために最後の一猫まで戦い抜くのだ〟シェアリーは書きこんだ。

ジュディという、トロントから来た若いグラフィックデザイナーがいた。長い黒髪を三つ編みにし、細面に真剣な表情を浮かべてすわっている。〝ご友人ご親族控え室〟で彼女は一人きりだったので、わたしは声をかけてその小さなテーブルに相席させてもらった。ジュディは二年つきあったボーイフレンドのステファンに同伴してきたのだという。つきあいはじめて一年後に彼がRCYに罹患《りかん》したらしい。王権会でステファンは超有名人だった。

「これは一つの閉じた生態系ではないかと仮説を立てているんです」ジュディは言った。「レプトスピラX菌と、人間と、ゲームの猫たちの三者による生態系。現実の猫が飼い主をトキソプラズマに感染させて、さらに猫好きにするようなものではないかって」

「なるほど」

わたしは大広間のパーティションの隙間から、猫のマスクの人々がずらりと並んだ列を見た。

まるで雨だれのようにぽつぽつとゲーム機を叩いて操作している。性別も年齢層も体格もさまざま。服装もトラックスーツからビジネスカジュアルまで。猫のマスクだけがほぼいっせいに上下に動く。目を見開いてまばたきせずに統治する機械の群れ。

ジュディとわたしは、おたがいの介護の苦労話をした。自分たちをろくに認識せず、朝から晩まで国家経営に没頭しているパートナーをどちらも世話しているのだ。やがて他にも共通の話題が多いことがわかった。ラファエル前派の絵画が好きとか、何冊もおなじ本を読んでいるとか。

三日目。ニューハンプシャー州への帰りの飛行機に乗る午後が近づいてきた。シェアリーは猫の頭をのぞきながらしゃがんでいる。いくつか離れた席にはジュディのボーイフレンドがいる。それを見てわたしは暗い気分に襲われた。シェアリーを連れてここから去り、空港へ行って飛行機に乗せ、家に帰り着いたら荷物を解く。そのあいだにシェアリーはさっさとゲームにもどっているだろう。そのようすを想像した。猫のマスクをかぶった無表情が毎日、永遠に続く。今回の旅はシェアリーと他のプレイヤーにとってそれなりの転換点になっただろう。しかしわたしはなにも変わらない。

自分への悲しみが新たに強く湧いてきたとき、ジュディがわたしの腕をつついた。

「ねえ」

わたしは顔を上げた。

「これからも連絡をとりあいましょうよ」ジュディは言った。

わたしは大げさによろこびながら彼女の番号をわたしの電話に追加した。そしてろくに考えずに口走った。

「よければうちに泊まりに来ない？　寝室が一つ空いているし、専用のバスルームもあるわ」

ジュディはしばらく返事をためらった。その視線は、シェアリーからすこし離れた席にすわっているボーイフレンドにむく。彼女は歯のあいだから抑えた息を何度かゆっくり吐くと、小さく肩を落とした。肩をすくめようとして、やめたのだ。

「ええ。そうさせてもらいます。とても楽しそう。ありがとう」

わたしはジュディと並んですわって、猫のマスクをかぶった数十人を見つめた。肩がふれあうほどそばにすわりながら、おたがいを見ようともしない。わたしもグレースランドに住みたいと痛切に願った。すでにどこから見ても家来とおなじなのだ。しかし同時に、奇妙な誇らしさと心底からの恐怖も感じた。このゲームの重要性を信じざるをえなかった。猫の政治は重要だ。ヘアボーリントン卿を現在の地位にとどめることが決定的な関心事だ。

そうでなければ、わたしはたちまち正気を失ってしまう。

そのときつかのま、シェアリーが手に持った猫の頭から顔を上げて、不透明のプラスチックの目のむこうからひねくれた理解の笑みをわたしにむけた気がした。その瞬間、わたしは強い愛を感じた。耐えがたいほど強く。

（中原尚哉訳）

神モード

ダニエル・H・ウィルソン

留学先の大学でビデオゲーム製作を学ぶ「僕」は、サラという女性と運命的な出会いを果たす。だがその日から、世界は徐々に変貌を遂げてゆく。フィリップ・K・ディック的な現実崩壊と仮想空間のアイデアは相性がよいが、これは著者らしいひねりが味わい深い一編。

ダニエル・H・ウィルソン（Daniel H. Wilson）は、一九七八年オクラホマ州生まれの作家・アンソロジスト。カーネギー・メロン大学でロボット工学の博士号と機械学習の修士号を取得し、ロボットをテーマにしたノンフィクションを多数執筆している。二〇一一年に発表したデビュー長編『ロボポカリプス』でニューヨーク・タイムズ紙ベストセラーリストに入るなど、一躍人気作家となった。同書はスティーブン・スピルバーグ監督で映画化も告知された（現在は制作延期中）。以降、長編を三作発表し、また脚本 Alpha がブラッド・ピットにより映画化権を取得されるなど、旺盛な執筆活動を続けている。本書の編者の一人でもある。

（編集部）

記憶。めまいに似た無限の断片が落ちてきて、僕の額《ひたい》を押し、花の香りがするベッドから動けなくする。乱れた思考は大砲で撃たれた氷河のように砕け散る。崩れた塔さながらに忘却の海に倒れこむ。

なにもかも忘れていくなかで、一つだけ不変のものがある。

彼女の名はサラ。それだけは忘れない。

彼女の左手が僕の右手を握っている。親しく指をからめて。僕らは過去にもこうして手をつないでいた。握った手のなかに記憶がある。

つないだ手。いま大事なのはそれだけ。巨大な忘却にみまわれたあとでは。

僕は二十歳。オーストラリアのメルボルン大学に留学し、ビデオゲーム製作を学んでいる。今日は混んだ路面電車に乗って南のセントキルダ・ビーチへむかっている。

サラ。

もう一人のアメリカ人の彼女は、ボードショーツやビキニ姿の地元の大学生数十人にまじって立っている。揺れる車内は混雑している。黒いプラスチックのべたつく床板から立ち昇る熱気のなかで、むきだしの肩がふれあうほどだ。クリスマス休暇でみんな海へむかっている。

サラの髪はブロンドまじりの茶色。赤い唇《くちびる》に、白い歯。

路面電車が停留所で止まる。両開きのドアがアコーデオンのように開き、潮の香りと涼風が吹きこむ。サラが僕の目のまえで失神する。白目を剝《む》いて倒れこむ。僕はその体をつかもうとするけれど、力がたりない。サラは美しく、細身で、小麦色の肌にうっすら汗をかいている。僕の指からすり抜け、肩に赤いひっかき傷が四本残る。光り輝く髪をなびかせて頭が床を打つ。

意識を失ったのはほんの数秒。すぐにまばたきして茶色の目が開く。その左手を僕は右手で握る。引き上げて立たせながら、ひっかき傷をつけたことを謝る。おたがいの人生がこの瞬間に永遠に結びつけられたとは、すこしも気づいていない。

憶えている。思い出せる。

この日から空の星が消えはじめる。

倒れたあとのサラはその日の残りもぼうっとしている。強い光がまぶしいらしく、学生寮の彼女の部屋の小さな窓に僕はプラスチック製のロールスクリーンを下ろしてやる。外はにぎやかなメルボルンのダウンタウン。部屋は狭く、四面が白いコンクリートの壁。一方に学生用のツインサイズのベッド、反対側に流し台。戸棚は壁につくりつけ。

彼女を引き起こして以来、僕らはしゃべりつづけている。花の香りがするシーツの上にいっしょにすわる。日が暮れる。

そのあとも暗闇のなかで横になって小声で話しつづける。僕は素足を冷たい壁に押しつけている。寮内の物音があちこちからかすかに聞こえてくる。笑い声、戸棚の開け閉め、音楽、タイル床を歩く音。

サラと僕が哲学について話しているあいだに、はるか遠くでは星が一つずつ消えている。物理の法則が乱れ、理性的思考の土台が崩れる。まるであいまいな夢の記憶のように。ベッドで手をつないで僕らは話しつづける。

いまなら思い出せる。強く念じれば。

サラは英語を学んでいる。僕はバーチャル世界の構築法を学ぶためにメルボルンに来ている。倒れたときに肩にひっかき傷をつけたことを、彼女は許してくれる。つかまえようとした結果だからと。サラの歯はとても白い。彫りの深い顔立ちで、小麦色に日焼けし、頬の隅に丸いえくぼがある。

数日後の夜、サラは僕の背中にひっかき傷をつける。

僕らはおたがいにつかまろうとする。

「山のむこうにはなにがあるの?」サラが訊く。

僕は汗ばんだ手でコントローラを握り、ビデオゲームの世界をつくっている。これは僕の優等課程研究で、タイトルは合成《シンセシス》。世界をつくりながら、僕の視点は谷を渡り、山を越える。

フラクタルに生成された都市や、顔のない無数の住人を見下ろす。

「なにもないよ」

「なにも？　なにかしらあるでしょう」

「コンピュータが描画しないものは……存在しないんだ」

「じゃあ……見えなければ、それはないってこと？」

「そうだ」

「それでも見ようとしたら？」


ニュースでは、星が消えつづける話題ばかりをやっている。

穏やかな授業と、静かなパーティと、毎日のシンセシス。僕は没頭している。天の星が消えているのは近くの宇宙空間になんらかのトリックがあるからだと解説される。そのはずだ。星が同時に消滅するなどありえない。それぞれ距離が異なり、光は異なる時間をかけて届いている。同時に消滅するとしたら、すべての星が、地球からの距離にあわせて異なるタイミングで超新星爆発を起こさなくてはいけない。

それはありえない。


べつの日、また僕は世界をつくっている。趣味を持つべきだとサラは言う。スポーツをすべきだと。僕は、老後のために体力を温存しているのだと説明する。いまはエネルギーを節約し、あとで使うのだ。蠟燭《ろうそく》を両端から燃やすような生き方をする人もいる。僕は火を吹き消し、蠟を節約している。

サラは大笑いする。

シンセシスのなかで、僕は壁を通り抜ける。ものを組み立て、動く部品をすべて確認する。サラは膝丈のヨガパンツで自分のベッドの僕の隣にあぐらをかき、作業を見ている。地形にテクスチャができるようすが好きだという。平面からいろいろなものが繁茂して森になる。灰色の立方体に煉瓦《れんが》のスキンが貼られ、きらめく窓ができる。

これは〝神モード〟という。

天地創造ねとサラは言う。

ただのシミュレーションだよと僕は答える。

スパコンで核爆発をシミュレートしても、だれも死なない。宇宙の誕生をシミュレートしても、神にはなれない。どれほど真に迫ったシミュレーションでも、本物が持つクオリティはない。

本物の本物らしさはそこにはない。

「だろう?」

サラはしばらく黙りこむ。どういうわけか気分を害したらしい。

彼女はベッドの上で僕のうしろにまわりこむ。長い脚を僕の腰に巻きつけ、肘《ひじ》を僕の両肩におく。僕の首に唇をそわせて話す。

「見えれば、存在するのよ。たとえ灰色一色でも」

星の光が消えたあと、サラと僕は屋根に上がる。かさぶたのようなアスファルトの屋根材と小石の上にビーチタオルを敷いて、並んで横たわり、真っ暗な空を見上げる。雲はなく、光はどこにもない。市街の明かりが空に吸いこまれるだけ。

まるで暗い海の底にこの都市があるようだ。

顔を動かすと、サラと頬がふれあう。彼女の頬が濡れているのがわかる。

この……空虚を見て、サラは声もなく泣いている。

「大丈夫。ちょっと怖くなっただけ」

「科学で説明がつくよ」僕は言ったけれども、自信のある声ではない。

それっきり屋根には上がらない。

山のむこうの景色など見たくない。

授業はすぐには休講にならない。

ニュースキャスターが科学者にインタビューする。星が消えたわけを説明する仮説が提示される。電磁エネルギーの見えない嵐が大気と反応して光をさえぎっている。ガス体に地球が包まれている。始原物質の雲が恒星間空間から流れてきて太陽系をおおっている……。

僕らはそんな説明を信じようとする。

僕の出身はオクラホマ州。サラはマンハッタン。僕は月に一度実家に電話をかける。彼女は週に一度母親に電話する。それがある日――電話が通じなくなる。

最後に届いた新聞の記事から理由がわかる。

衛星がすべて消えたらしい。政府は国民に、落ち着いて屋内で待機するように呼びかけている。科学者が原因を調べていると。見出しには、オーストラリアから他の大陸への連絡が途絶したと書かれている。

その日をさかいに授業はすべて休講になる。

学生寮はしばらく騒然となる。壁は薄い。友人同士、恋人同士が言い争う声。ドアを乱暴に開け閉めする音。バッグに荷物を詰めて廊下を引きずる音。サラと僕は彼女のベッドにすわって小声で話す。僕の喉もとまでせり上がる恐怖を、サラが抑えてくれる。手をつなぎ、指が痺《しび》れるほど固く握る。やがて周囲は静かになる。

僕は、自分の食料の残りとゴミ袋に詰めた服をサラの部屋に運んで、隅に放る。話しあって、この部屋に二人でこもることを決める。僕のルームメイトは、部屋にもどったときにはすでに消えている。書き置きには、入港する船から情報を得られるかもしれないから港へ行くとある。

それっきり彼の姿を見た記憶はない。

サラと僕は闇のなかに並んですわる。星のない夜空は、漆黒から最近は灰色に近く見える。時間感覚が失われている。

「逃げたほうがいいかな？」僕は尋ねる。

「どこへ？　わたしもあなたも実家は地球の裏側。どちらへ逃げても砂漠か海よ」

あたりまえだ。単純明快なはずだ。なのに思いいたらない。

「空腹を感じないんだ」

「わたしも」

「いつから食べてないんだろう」

「さあ」

サラはささやき、僕の手を探る。

僕らは逃げたのだろうか。サラと僕は謎の答えを探して大陸横断の旅に出たのだろうか。

それは……。

思い出せない。

記憶はいつも学生寮にもどる。

一番馴染《なじ》み深い場所。最後はかならずそこが思い出される。

僕らはサラのベッドに横たわる。花の香りがするシーツ。からめた指。僕は起き上がる。けれど、どれだけ眠ったのか思い出せない。そもそも眠っていたのか、それともただ横になって白い天井を見ていたのか。

「最終ステージ」ささやき声が聞こえる。

「なに？」僕は訊く。

「なにも言ってないわよ」枕のせいでくぐもったサラの声が答える。「わたしはなにも」

僕は小さな窓から外をのぞく。通りの交差点にオーストラリア海軍予備隊の兵士が一人立っている。金髪の若い男で、黄褐色の迷彩服を着て、ヘルメットの下は汗まみれだ。灰色の空に太陽は金色のぼんやりとした輝きとして見えるだけ。兵士は通りを見張っている。その足もとには影がない。

「ちょっと寝すぎた。外へ行こう」僕はサラに言った。


スワンストン・ストリートをサラと歩いた。路面電車の軌道のあいだを行く。清潔なコンクリートに埋めこまれた二本の輝く鋼鉄が平行にカーブしていく。架線は頭上で揺れ、風もないのに低く鳴っている。

空は灰色。

雲はない。

「静かだわ」サラの言葉は抑揚がなく、反響しない。

「住民たちはどこへ行ったんだろう」

兵士の姿もない。

「さあ。そもそも、どんな人が住んでいたのかよく思い出せないのよ」

僕は唐突に脇道へ曲がる。どんどん歩いていく。

すると灰色が濃くなる。細部が消えていく。まるで井戸の底から世界を見ているように視野が狭窄《きょうさく》する。僕はパニックを起こしてきびすを返し、サラのほうへ手を伸ばす。

彼女の指はたしかな実在感がある。その指が引きもどしてくれる。指先が触角のようにおたがいをみつけ、手のひらをあわせ、いつものようにしっかりと握る。

「ここはビデオゲームのなか？　僕は眠っているのか？」

「ちがうわ。ゲームのなかじゃない。もどってきて」

遠くの大学の建物群がシルエットになって見える。でもどこかおかしい。二次元的だ。

「なるほど」

僕らは歩く。舗装の上で足音が鈍く響く。コンクリートにも模様がない。ガムが張りついた黒いしみも、スケートボードがこすれた白い跡もない。ただ……のっぺりとした灰色。すべてがそうだ。

「サラ、きみをずっと昔から知っている気がする」

「そうね」

サラは答えて、歩きつづける。しばらくして、彼女は言う。

「へんだわ」

「なにが?」

「もう残っているのは……大学へ行く道だけよ。あとは灰色一色」


世界の終わりは騒々しいと思っていた。銃声とか、暴動とか。生きようとあらがう人々の叫びとか。けれどここは静かだ。そして暗い。細部が忘却された灰色。住民たちは消え失せた。これまで知りあいではなく、これから知りあうこともない住民たち。

寮の部屋の窓辺に立ち、僕は丸い目のような太陽を見る。放射された光は拡散し、方向性のない光になっている。紙を切り抜いたような市街はぼんやりしている。それどころか平坦に見える。

それっきり夜が来なくなる。


サラはベッドで眠っている。彼女ははっきり見える。色鮮やかだ。

現実感の半径が縮小している。それでもサラは不変だ。枕にのった頬の曲線は変わらない。

僕が二十歳なのが不思議だ。とても昔から彼女を知っているのに、たったそれだけしか生きていないなんて。

サラの学生寮に住んでいるのは僕らだけらしい。

ときどき人気《ひとけ》のない廊下を歩いて、他の部屋をのぞく。

初めの頃、部屋はそれぞれ異なっていた。でもいまはどの部屋もおなじ。ツインベッドとむかいあった流し台。低くうなる蛍光灯。いつもスイッチがはいって、またたいている。壁につくりつけの木製の戸棚と、四角い灰色の窓ガラス。

「大学はもうないんじゃないかな」僕は恐怖で喉を絞めつけられながら、サラに言う。「この部屋と、僕らだけだ」

サラはつないだ手に力をこめる。


僕の思考は水面の波紋のようにゆっくりと広がる。じわじわと気づく。池をおおった霧が消えていくように。

これはサラの夢だ。

彼女が頭を打った日から星が消えた。彼女が眠るたびにいろいろなものが消える。彼女の灰色の忘却が世界を侵食している。いまでは彼女の強い記憶しか残っていない。教室への道。この部屋。

そして僕。

眠るサラの体に近づき、ぴたりと寄り添う。

朝——というものがまだあるのだろうか——僕は寮の玄関へ歩いていき、外を見る。空がない。道の脇の郵便ポストが横倒しになって舗装に半分埋まっている。赤い鉄板があらわれたり消えたりして、内部の郵便物が見えている。

部屋にもどるまえに、ドアのガラスに手をあてる。けれど冷たくない。温かくもない。なんとも感じない。

サラはベッドで丸くなっている。震えている。震え、うめいている。

僕は抱き締めてやる。彼女の髪が僕の腕の上を流れ落ちる。

外の世界が小さくなっている。

サラは震える。忘却が拡大する。


目覚めた記憶がない。僕は灰色のなかを漂っている。体は壁を次々と通り抜けて落ちていく。それはとても馴染みがある。


サラを両腕で抱き締めている。尻の下にビーチの冷たい砂を感じる。潮のにおいがする彼女の髪をなで、柔らかく湿ったそれへささやく。

「大丈夫。きみが夢をみているんだ、サラ」

そしてまた言う。

「きみの夢のなかで会えるよ」

やがてサラの髪のにおいが消える。砂の感触もなくなる。僕は自分の体を見ようと目を開ける。僕は宇宙でくるくると回転している。目はない。体もない。それらもとうとう消えている。見えないものは描画しない。

それでも僕はいる。

僕は考えている。どこかに思考はある。灰色のなかで渦巻く。

サラは僕の指からすり抜けた。

彼女は僕の夢だったのか。

僕が夢をみているのか。


いまでも不変のものが一つある。

僕の手のいつものところをさわっている。

からみあう指。固く握る。

強く念じれば思い出せる。


「最終ステージ」ささやき声が聞こえる。

なにかが目を叩く。現実のまたたき。一条の強い光が視界を横切り、睫毛《まつげ》を浮かばせる。

僕は目を開く。

僕は、花の香りがするベッドに横たわり、四角く区切られた真っ白い天井を見上げている。壁には灰色のビデオスクリーンがかかっている。

聞き慣れない声が言う。

「最終ステージ。神経キャリブレーションと送信を終了」

サラ？

視線を下へやると、僕の右手が見える。皺だらけで指が曲がっている。青黒い静脈が浮き出ている。指の節が醜く突き出ている。

乾いてひび割れた僕の喉から小さなうめき声が漏れる。

年寄りだ。老人だ。二十歳だなんて、どこが二十歳だ？

そしてサラ。

彼女は隣のベッドに横たわっている――病院のベッドだ。おかしい。学生寮の部屋はどこへいった？

彼女の唇はゆがんで、心配そうな笑みになっている。若く彫りの深い顔立ちの美しい名残がある。垂れた頬の隅にいまもえくぼがある。

二人とも……年老いている。蠟のように溶けている。

蠟を節約していたのに。蠟燭の火を吹き消していたのに。二十歳だったのに。

年月が通りすぎている。眠っていたのだろうか。

「きみを見失った」

「いいえ。いまはいっしょよ。いつもいっしょ」


壁のスクリーンがまたたいて、痛々しいものを見せる。

サラと僕がスクリーンのなかで並んで立っている。

二人の姿。コンピュータのなか。

手をつないで、微笑んでいる。

とても若い自分たちを見て泣きたくなる。


「神経アップロード完了」灰色のなかの声が言う。「二人の計算体はどちらも正常。成功です、みなさん」


まばたきするまに世界は過ぎ去る。スクリーンも天井も壁も崩れて、はてしない忘却に呑まれる。

彼女だけが生きている。

「ホストが精神統合を失いかけています」灰色のささやき声が言う。

サラ。

彼女は隣にあおむけに横たわっている。涙がこめかみに流れている。僕らの指は馴染み深い形にからんでいる。彼女の顔はまぶしいほど輝いている。唇は赤みをとりもどしている。髪は光り輝く茶色。

僕らはおたがいに懸命につかまろうとする。

「サラ?」

「もう怖がってはいないわ」彼女は答える。その歯はとても白い。「大丈夫。夢のなかで会える」

手をつないでいる。それだけでいい。

なにもかも忘れていくなかで、一つだけ不変のものがある。

彼女の名はサラ。それだけは忘れない。

(中原尚哉訳)

リコイル！

ミッキー・ニールソン

ゲーム開発会社に勤める友人のおかげで、終業後のオフィスで開発中のＦＰＳゲームをプレイしたり就職口を手に入れたりするチャンスを得たジミー。ところが深夜にひとりでいるところに、怪しげな男たちが現れ……。一人称シューティング《FPS》をテーマに、軽快に語られる作品。

ミッキー・ニールソン（Micky Neilson）は、アメリカのゲーム開発者。一九九三年から大手ゲーム開発企業ブリザード・エンターテインメントの出版部門にリード・ライターとして在籍し、《ワールド・オブ・ウォークラフト》《スタークラフト》シリーズや『ハースストーン』などの人気ゲームの開発やノベライズを手がけている。二〇一六年に退社し、現在はフリーランスとして活躍中。

（編集部）

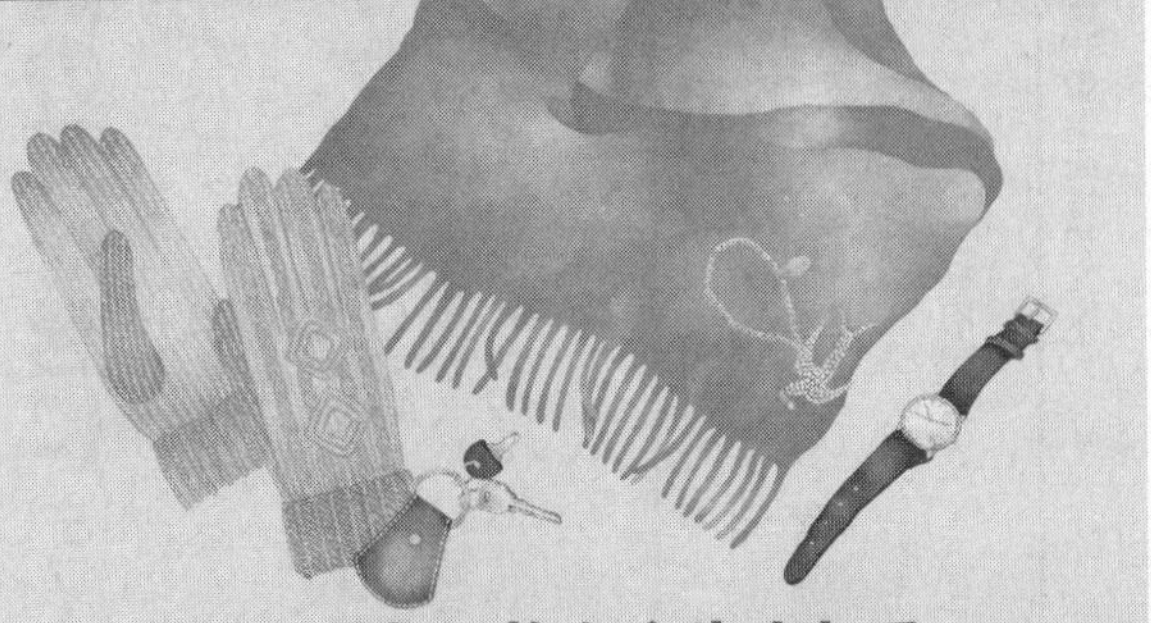

六つの忘れ物から生まれる人々との交流を描く

わたしの忘れ物

乾ルカ

四六判仮フランス装・1700円
装画＝石井理恵

『メグル』『ミツハの一族』に連なる連作集

ショッピングセンター内の忘れ物センターでの、補助アルバイトをすることになった大学生の恵麻。H大学生部から半ば無理矢理紹介されたこの仕事。相次ぐ忘れ物の問い合わせは、他人と交流を避けてきた恵麻にとって、苦痛ともいえるアルバイトだったが……。忘れ物とその持ち主たちとの巡り会いから生まれる、心優しい物語。

『銀河英雄伝説』を愛するすべての人に贈るハンドブック！

銀河英雄伝説事典

田中芳樹 監修／らいとすたっふ 編

装画：星野之宣　創元SF文庫・1100円

著者を代表する遠未来宇宙歴史小説『銀河英雄伝説』正伝十巻・外伝五巻を鑑賞するためのハンドブック。人名事典、艦船名事典、年表に加え、徳間文庫版に寄せられた小説家・漫画家による解説、雑誌掲載の対談、初代担当編集者のインタビューを収録。『銀河英雄伝説』を愛するすべての人に。

マロリーを慕う無垢な少女

生贄《いけにえ》の木

キャロル・オコンネル／務台夏子 訳

創元推理文庫・1400円

森の中で、袋に入れられ木から吊されていた三人。イカれたパーティーガール、小児性愛者、そして狂気に冒された配給所の聖女。唯一の目撃者は、ウィリアムズ症候群の少女。マロリーは、自分を慕う少女と犯人を思い出させようとするのだが……。大人気シリーズ最新刊。

編集部

…集　北原尚彦　780円

…をヴァトスン博士の〈語られざる事件〉を、世界有数の…を込めて作品化した、最高水準のパスティーシュ。六編収録。

…の虹水晶　乾石智子　780円

人の感情から石を創る類稀な才をもつが故に、故国を滅ぼした憎い敵に仕えることになった創石師ナイトゥル。ある日、怪我人の傷から出た黒い水晶が、彼に見知らぬ国の幻を見せる。

魔法使いの陰謀　フェアリーテイル

シャンナ・スウェンドソン／今泉敦子 訳　1240円

妖精が関与しているらしい事件が頻発。そこに魔法使いと妖精の対立を煽る怪しい魔法使いが出現。バレリーナとしてのキャリアを再開したソフィーはまたしても巻きこまれる。

好評既刊■単行本

シリアの秘密図書館　瓦礫から取り出した本で図書館を作った人々

デルフィーヌ・ミヌーイ／藤田真利子 訳　四六判上製・1600円

シリア内戦下、政府軍に包囲されたダマスカス近郊の町ダラヤ。死と隣り合わせの日々の中、地下に秘密の図書館を作り、本に希望を見出した人々を描く感動のノンフィクション。

龍の耳を君に　デフ・ヴォイス新章　丸山正樹　四六判並製・1700円

ろう者の容疑者は押し入った強盗事件の現場で、本当に発話できたのか？　手話通訳士・荒井の活躍を、真摯な筆致で綴る「弁護側の証人」ほか、三話収録。感動の連作ミステリ。

ポケットのなかの天使

デイヴィッド・アーモンド／山田順子 訳　四六判並製・1900円

平凡な夫婦のもとに突然現れた小さな天使アンジェリーノが巻き起こす騒動。国際アンデルセン賞受賞の名手が描く、『肩胛骨は翼のなごり』とはひと味ちがう可愛い天使の物語。

好評既刊■創元日本SF叢書

超動く家にて　宮内悠介短編集　宮内悠介　四六判仮フランス装・1700円

「深刻に、ぼくはくだらない話を書く必要に迫られていた」――日本SF大賞・吉川英治文学新人賞・三島由紀夫賞を受賞した俊英・宮内悠介による自選短編集。解説＝酉島伝法

好評既刊■創元推理文庫

■単行本

失われた手稿譜　ヴィヴァルディをめぐる物語

フェデリーコ・マリア・サルデッリ／**関口英子、栗原俊秀 訳**　四六判並製・2100円

十八世紀に消えたヴィヴァルディの自筆楽譜がたどる数奇な運命。綿密な調査をもとに描き上げられた謎解きと冒険譚の魅力を併せ持つ傑作小説。ジョヴァンニ・コミッソ賞受賞。

■創元SF文庫

スタートボタンを押してください　ゲームSF傑作選

ケン・リュウ、桜坂 洋 他／**D・H・ウィルソン、J・J・アダムズ編**／**中原尚哉、古沢嘉通 訳**　1000円

『紙の動物園』のケン・リュウ、『All You Need Is Kill』の桜坂洋、『火星の人』のアンディ・ウィアーら、豪華執筆陣が集結！　本邦初訳十編を含むオリジナル・アンソロジー。

ハロー、アメリカ

J・G・バラード／**南山 宏 訳**　980円

崩壊し砂漠と化した二十二世紀のアメリカを探訪する探険隊の記録。予言者バラードが辛辣に描く強烈な未来像。ネットフリックスで映像化決定！（『22世紀のコロンブス』を改題・文庫化）

■創元推理文庫

悪　女　**マルク・パストル**／**白川貴子 訳**　1160円

幼い子供を誘拐し血をすすり、臓物を喰らう「吸血鬼」と呼ばれた悪女。現役の犯罪捜査官が、二十世紀初頭のバルセロナを震撼させた犯罪者の実話に材を得て描いた戦慄の物語。

マイロ・スレイドにうってつけの秘密　**マシュー・ディックス**／**髙山祥子 訳**　1300円

「友だちが自分のせいで死んだ」ビデオテープに映っていた女性の悲しい告白に共感したマイロは、助けになりたいと思い彼女を捜し始める。秘密をめぐる奇妙で愛おしい物語。

怪盗ニック全仕事5　**エドワード・D・ホック**／**木村二郎 訳**　1300円

「価値のないもの」が専門の怪盗ニック、名警部や偽者との対決のほか、引く手あまたの依頼に大忙し！　本邦初訳九編＋単著初収録二編を含む全十四編、日本オリジナル短編集。

動く標的【新訳版】　**ロス・マクドナルド**／**田口俊樹 訳**　1000円

私立探偵リュー・アーチャーは石油業界の大物失踪の調査を夫人から依頼された。失踪

ジミー・ニクソンは見張りの頭に七・六二ミリ弾を撃ちこんだ。

慣れた動きでベランダから大邸宅の広い室内に滑りこむ。左右に分かれた大階段の手前側に進み、一面ピンクの階段を上っていく。すると二階の見張りが見えた。ジミーは照準器にすばやくその姿をとらえて、フェイスプレートに一発撃ちこんだ。

次はだれだ、クソ野郎。

そのとき叫び声が聞こえた。最初の見張りの死体が発見されたのだ。怒った手下ども（そのボディアーマーもすべてピンクだ）がすぐ下のフロアに殺到し、大型リボルバーのマグ5をこちらにむける。ジミーは音声コマンドで自動アシストを有効にして、振りむきざまに掃射した。システムが弾道を計算して、立て続けに頭に命中させる。ヘッドアップディスプレイの照準も必要に応じて修正している。お祭りの射的のように悪党どもをバタバタと倒した。自動音声とディスプレイの文字情報が弾切れを通知。ジミーは弾倉を交換しながら二階へ上がった。ゴーグルを赤外線モードに切り替える。主寝室に麻薬カルテル指導者の熱反応があった。ジミーは廊下を走り、指導者の部屋のピンクのドアを蹴り開ける。そのとき……。

システムがクラッシュしてゲームが止まった。ジミーは両手を頭上に振り上げた。勢いでコントローラのケーブルがゲームコンソールから抜けそうになる。

「クソッ！」

もうちょっとでボス戦だったのに。しかも記録的な短時間だったのに。

苛立《いらだ》ちの声を漏らしながら、コントローラをコーヒーテーブルに放った。

テスト機材の脇にある小さなデジタル時計を見ると、午前二時近い。

まずい、キムが怒ってるだろうな。

彼女からの電話が六件くらいはいっていそうだ。ジミーはテレビのリモコンを乱暴につかむと、電源を切ってリモコンを放り、立ち上がった。テスト機材のむこうは天井から床まで届く全面窓で、ベイエリアの風景が広がっている。ジミーは伸びをしてテレビの隣に歩み寄り、その景色を眺めた。

仕事にありつけたら、毎日この景色を楽しめるんだ。

それが目標だった。ジミーは九時すぎ以降、テクスチャマップをつくっては自分の作品集にいれる作業をくり返していた。親友のロス・マクティアナンは幸運なやつで、六カ月前からこのフルメタル・エンターテインメントで働いている。気前のいいロスは、ジミーの推薦状を書くと約束してくれたばかりか、業務時間後に自分のコンピュータとソフトウェアをジミーが使ってテクスチャを作成することを許してくれた。この機会をうまく生かせば職を得られる。さっきのゲームでテクスチャ未設定をあらわすピンク色の面に、適切なテクスチャを作成して貼るアーティストになれるのだ。

フルメタルは版権物のゲームをすでに一本開発している。大作ではないが、そこそこ売れた

B級タイトルだ。そして同社の次の製品、一人称視点シューティング《FPS》に多くのゲーマーが熱烈な期待を寄せている。

　現在はα《アルファ》テストの段階——つまり従業員のみがプレイ可能だ。公開テストするβ《ベータ》版にはまだ至っていない。タイトルは『リコイル!』。〝トリガーを引け、反動《リコイル》を感じろ!〟が売り文句だ。舞台はさほど遠くない未来で、〝軍閥《ぐんばつ》と呼ばれる多国籍武装勢力が台頭している時代〟だ。テストプレイヤーはチュートリアルで二種類のキャラクターを選べる。一方は法執行部隊に所属し、テロ、組織犯罪、国際麻薬取引と戦う。もう一方は平和維持部隊で、人質救出、要人警護、敵性地域への潜入などをおこなう。ジミーは今回、法執行部隊を選んだ。どちらも試しているが、優劣つけがたかった。

　このゲームはとにかく最高だ。その開発に参加できるとしたらこれほどの名誉はない。前途有望なゲーム開発会社にテクスチャ・アーティストとして十代で入社できたら、すごいことだ。ジミーは息抜きとしてゲームをプレイしたつもりだったが、つい夢中になってしまった。そろそろロスのコンピュータの電源を落として、母親と同居する家に帰るべき時間だ。キムも寝ずに待っているだろう。

　そのとき、カツン、カツンという音が受付エリアのほうから聞こえてきた。ジミーは右に背中をそらせて、広いメインフロアのエントランスを見た。両開きのドアの一方をだれかが開けようとしている。ロスが帰ってきたのか。それとも他の従業員か。ドアが開く……。

　ビルの警備員だ。

やばい。

ジミーはこのオフィスにはいる正規の資格を持っていない。気にしなくていいとロスは言っていたが、巡回の警備員が来たらどうすればいいのか。入館証はないのだ。

まずい、隠れよう！

小さなテストプレイ室にもどって、ソファの右側に身をひそめた。

「警備員だが、だれかいるか？」大きな声が響く。

まずい、まずい、まずい……。

素直に出ていって釈明したほうがいいか。しかし夜中に忍びこんでロスのコンピュータを使っているなどと知れたら、入社のチャンスがふいになる。

「だれかいるかー？」

声はメインフロアの端までやってきた。警備員は広い空間を見まわしているようだ。足音がテストプレイ室に近づいてくる。ジミーはできるだけ体を丸めて小さくなった。奥の窓ガラスに自分が映っていないか確認する。大丈夫だ。かわりにドアが映っている。

警備員の姿が近づいてきた。黒人で、たぶん二十代後半だ。テストプレイ室をのぞきこむときに、警備員のベルトがきしむ音がする。ジミーの心臓は喉から飛び出しそうだ。息を詰める。

警備員は顔を引っこめ、背をむけて遠ざかった。ジミーは安堵《あんど》の吐息をついた。

エントランスのドアがまた開く音がして、警備員の声が聞こえた。

「確認したぜ。はいりな」

警備員と二人組らしい男たちが話しながらはいってきた。二人組のしゃべり方はゲーム『冷戦』に登場する悪役を思わせる。ロシア人だろうか。ロシア人がここになんの用だ。

会話はメインフロアの奥へ遠ざかっていく。重い物が床に落ちる音が二つ続けて響いた。ジミーはソファの裏から出て、テストプレイ室のドアにそろそろと近づき、角のむこうをのぞいた。

メインフロアは大きな四角で、右にエントランスのドアと受付デスクがあり、左に品質保証《QA》部とIT部のキュービクル型ワークスペースが並んでいる（それぞれスター・ウォーズからドクター・フーまでさまざまなフィギュアやキャラクター商品が飾られている）。ジミーから見て反対端のキュービクルの外に、重そうなダッフルバッグが二つ床におかれていた。その片方からは四角い金属製の脚が突き出ている。そこのまわりには、ここと おなじような小部屋が並んでいる。多くは個室や若手社員の共用オフィスだ。

警備員は電子式入館証を使って、一番奥のドアを開けた。ジミーの位置からは対角線の位置にあたる。あそこはサーバー室で、普段は施錠されている。警備員はなかにはいって横をむき、男たちと話している。男たちはサーバー室にはいって、ジミーからは見えない位置に立っている。

「まあ、もしそのとおりなら、俺だったら金だけ持って逃げるけどな」警備員は言った。

すると、かすれ声が答えた。

「そうだ、残りの金を払わなくちゃな」

「おい！」

警備員は声をあげて、腰に手を伸ばした。ジミーの視界に、消音器付きの銃身だけがあらわれた。その銃身がはじかれるように上がり、タンッと小さくこもった音がする。警備員の頭がのけぞり、体がくずおれた。

ちょっと待て、なんだいまのは、冗談じゃ――

銃身は下に消えた。

「精算したぜ」

おなじかすれ声が言った。そのあとは姿の見えない相棒とロシア語で話しはじめた。

いまのは……本物なのか？　本当に人が殺されるのを見ちまったのか？

ジミーは両手で口を押さえた。全身がガタガタと震え、心臓が胸のなかではげしく鼓動する。逃げるんだ。早く！

ロシア人たちはサーバー室のなかにいて、こちらからは見えない。甲高い騒音が聞こえてきた。コンクリートに穿孔《せんこう》する大型ドリルの回転音らしい。この隙にオフィスのエントランスまで行ければいいが……。

震える脚でテストプレイ室を出て、エントランスへ急ぐ。音を立てないように進みつつ、目はサーバー室の戸口を凝視している。そのせいで受付デスクと正面衝突しそうになった。エントランスまであと数歩というところで、そのドアハンドルがいきなり下がった。

だれかはいってくる。

やばい、やばい、やばい――

ジミーは四つん這《ば》いになってキャスター椅子をまわりこみ、受付デスクの下に潜った。

べつの警備員か、それとも警察か――

ドリルの騒音が止まった。サーバー室の一人がロシア語で大きく声をかける。はいってきたばかりの男がそれに答える。エントランスのドアが施錠される音がジミーに聞こえた。

足音が受付デスクに近づき、ジミーの心拍がまた上がった。足音は……

……通りすぎた。フロアの奥へむかっていく。

ジミーは荒い息を聞かれないように呼吸を抑えながら、いまはいってきた男のほうをのぞき見た。赤いトレーニングジャケットを着て、右の手前のキュービクルで机においた細長いダッフルバッグをかきまわしている。足もとの床には、さきほど見た二つのダッフルバッグがある。

どうしよう、どうしよう……。

エントランスのドアに走っても、立ち止まって解錠しなくてはならない。追いつかれるまえに開けられたとしても、次はエレベータがある。そこでもボタンを押して待たなくてはならない。それまでに殺される。

フロアの奥には短い通路と裏口があり、その先は階段になっている。しかし、あとからはいってきた男の脇をすり抜けて裏口へ行くのは不可能だ。

電話だ。電話すればいい。警察に……。

それだ。しかし自分の携帯電話はどこか。アーティストの共用オフィスで充電中だった。そしてアーティスト用オフィスはサーバー室のすぐそば。だめだ。

しかしテストプレイ室の隣にはレベルデザイナーたちのオフィスがある。そこにこっそりはいれれば、机の上の電話を使える。

受付デスクの裏には、『リコイル！』のメインキャラクターであるブロック・ジョンソンの等身大パネルがあり、おかげで視線をさえぎられそうだ。ジミーはロシア人のほうを見た。まだダッフルバッグのなかを調べている。

動くならいまだ。

ジミーは床を這って、デザイナー用オフィスの入り口までの短い距離を急いで渡った。なかにはいると息を整え、気づかれた気配がないか耳をすます。大丈夫そうだ。

細長い長方形の部屋はワークステーションが並び、両端にドアがある。ジミーはどちらのドアからも見えにくい中央付近のデスクへ行った。震える手で受話器を上げて耳にあてたが……。

音がしない。

電話機本体のディスプレイを見る。普通なら現在時刻と操作メニューが表示されているはずなのに、真っ白だ。受話器をおいて、他の電話機のディスプレイを見る。どれも表示が消えている。コンピュータを見た。夜間も電源をいれっぱなしのコンピュータが何台かあるが、すべてパスワードで保護されている。もちろんジミーは知らない。

電話はどれも会社のローカルネットワークにつながっている。犯人たちはこのフロアのネットワークを遮断したのだろう。ということは、かりにコンピュータを使えても、インターネットにはアクセスできないはずだ。

では……このまま身をひそめて、犯人たちが目的の仕事を終えて去るのを待つか。

ジミーはもう一方のドアのそばで壁に背中をつけた。トランシーバーごしのロシア語が聞こえた。こちらのフロアにいる男がロシア語で答える。のぞき見ると、赤いジャケットの男が話を終えて、机の上のダッフルバッグにトランシーバーをしまうところだった。

逆立てた髪の男がサーバー室から出てきた。ぶつぶつとなにか言っているが、さきほどのかすれ声とはちがうので別人らしい。この時点で犯人グループは何人いるのか。メインフロアに二人、サーバー室に一人、建物の外でトランシーバーを持ったもう一人。最低でも四人だ。

サーバー室から出てきた男は、しゃがんで床においたバッグの一つを開けている。そしてチェーンソーのようなものを取り出した。なにかの受け皿もついている。おなじバッグから水のはいったプラスチックボトルを一本出す。

工具と水を持って男はサーバー室へもどった。

工具の目的は……床か。床を切るつもりなのか。

ジミーの父親は、リビングに自力で消火設備を取り付けるような工具マニアだ。彼から湿式《ウエット》切断機《ソー》について聞いたことがある。いまのはきっとそれだ。目的のものが床にあるのか。あるいは……下の階か。

テクニコム。

下のフロアの会社をたしかロスはそう呼んでいた。カフェでその社員を見かけたこともある。

みんなポロシャツとカーキ色のワークパンツ姿だ。噂では国防総省の助成金を受けた大学のチームだという。なにを開発しているかは最高機密。作業エリアにはだれもはいれない。しかし噂はあった。噂の出どころは不明だが、とにかく彼らが研究しているのは、直接神経インターフェースを使った最先端の強化学習法だという。バーチャルリアリティのようなものだが、それよりはるかに進歩している。

このロシア人たちは、テクニコムが開発しているものを盗むつもりらしい。関係ない。警察の仕事だ。ここに隠れていよう。見つかりさえしなければ……。

突然、ＬＭＦＡＯの〈セクシー・アンド・アイ・ノウ・イット〉が、アーティスト用オフィスから流れだした。

しまった！

ジミーの携帯電話だ。キムからの着信だろう。二人のロシア人が顔を見あわせる。ウェットソーの男がなにか言って、サーバー室へもどった。赤ジャケットはアーティスト用オフィスにはいり、しばらくしてジミーの鳴り止んだ携帯を手にもどってきた。

なんとかして逃げないと……。

自分の車にたどり着くにはどうしたらいいか。ジミーはいまいる部屋の奥の窓まで退《さ》がって、駐車場を見下ろした。ポンコツ中古車の紫のフェスティバがぽつんと駐まっている。もう一台は大きくて白いロゴなしのバンだ。するとちょうど、裏から駐車場にべつの車がはいってきた。

パトカーだ！

ジミーは手を握り締めた。ガラスを拳で叩こうとして、すんでのところで思いとどまった。パトカーはバンの横を通りすぎ、細い連絡道路にはいって大通りへ出ていく。

帰らないでくれ！

白いバンから男が一人出てきた。トランシーバーのボタンを押して話す。すると、雑音まじりのその声がメインフロアから聞こえた。

このビジネス街にはこういうオフィスビルが何棟もある。パトカーは近くを走っているはずだ。なんとか合図する方法はないか。

急いでオフィスのドアへもどった。

赤ジャケットはトランシーバーを机のダッフルバッグにもどして、サーバー室のドアのまえに移動した。短い会話ののちにきびすを返し、メインフロアをあちこち調べはじめた。ジミーは顔を引っこめてしばらく待った。汗のしずくが胸に流れる。またおそるおそるのぞくと、赤ジャケットはアーティスト用オフィスへはいっていくところだった。

本当にだれもいないのか確認するつもりらしい……。

ジミーはキュービクルの机におかれたダッフルバッグを見た。あのなかにトランシーバーがはいっている。あれをこっそり抜き取って、裏口から出てどこかに身をひそめれば、それを使って警察を呼べるのではないか。駐車場にはバンで待機している男がいるので、自分の車へもどるのは無理だし……。

そんなことを考えていると、突然、騒々しい回転音が響きはじめた。ウェットソーの電源がはいったのだ。切りはじめている。この騒音なら裏口を開ける音も気づかれないだろう。

赤ジャケットがアーティスト用オフィスから出て、隣のオフィスにはいった。プログラマーのオフィスだ。同様のオフィスがむこうにあと三部屋ある。それらを調べ終えたら、赤ジャケットはこちらへ――いまジミーがいる側に来て調べはじめるだろう。

動くならいましかない。

ジミーはドアから這い出し、バッグがある場所の手前のキュービクルにはいった。パーテーションの下端とカーペットの隙間は二、三センチしかないが、床に伏せてカーペットに頬を押しつけると、赤ジャケットの靴が見えた。プログラマーのオフィスから出て、隣のオフィスへはいっていく。

残り二部屋だ。

玉の汗を流しながら、ジミーは隣のキュービクルに這いこみ、手を伸ばしてバッグを探した。なかへ手をいれるが、トランシーバーがどれだかわからない。

こんなことをしていたら見つかる。急げ！

必死に手探りすると、大きな金属製のものにさわった。これは……。

しかたない。バッグごと持っていこう。

ジミーはバッグの布地をつかんでテーブルから下ろし、もとのキュービクルにもどった。

男がもどってきたらバッグがないことに気づくだろう……。

ジミーはふたたびカーペットに顔を押しつけてのぞいた。赤ジャケットが最後のプログラマーのオフィスにはいっていくのが見えた。

いまだ。

ジミーは重くかさばるバッグを持って、サーバー室とは反対の隅にある短い通路へ足音を忍ばせてはいった。通路にはいると、あとはかまわず走る。ドアを開ける金属製のバーを押しながら、振り返った。赤ジャケットが銃を抜きながら追いかけてくる恐怖の図を予想したが……。その姿はなかった。ドアのむこうへすり抜け、そっと閉めた。

ドアに体をむけ、反対の低い壁に背中からもたれる。壁のむこうは階段の折り返しだ。ダッフルバッグを床におき、急いでしゃがんだ。まだ荒い息をつきながら、バッグを開く。ぎょっとして息を呑んだ。

だからこんなに重かったのか……。

バッグの中身はライフルだった。とても重い、本物のライフルだ。『リコイル！』に登場する武器はすべて憶えているが、それらは未来技術の製品だ。しかし他のFPSもプレイして、それなりの知識はある。このライフルは『コールド・ウォー』で傭兵《ようへい》集団が使っていたものに似ている。ダッフルバッグから出して、賛嘆の目で眺めた。実銃にさわるのは種類を問わず初めてだ。銃身はとても短く、肩にあてる銃床は他とちがって伸縮式でない。ひっくり返して側面の刻印を見ると、〝G3KA4HK〟とあり、あとに数字が続く。

HKか。たしかにゲームの傭兵たちはこれを使っていた。キルすれば、鹵獲《ろかく》した銃を自分のものとして使えた。

しばらくロシア人のことも、ウェットソーのことも（まだ壁や閉じたドアのむこうから騒音が響いている）、パトカーのことも忘れて、手のなかの殺人機械に見とれた。

ふいにバッグのなかでトランシーバーが短い雑音を漏らした。おかげで我に返った。

バッグのなかに手をいれたが、指先が最初にふれたのはトランシーバーではなかった。もっと小さなものだ。つかんで引き出した手を開く。

赤と黒のＵＳＢメモリ。

さまざまな考えが一度に頭に湧いた。中身はなにか。犯人たちはなぜこれが必要なのか。テクニコムと関係あるのか。可能性はいくつかあり、とりわけその一つは、これまでにわかっている少数の事実からありそうに思えた。しかしいまは頭から追い出し、ＵＳＢメモリをジーンズの前ポケットに押しこんだ。あらためてトランシーバーを探す。

バッグの隅に押しこまれていた。光沢のある黒い携帯型で、大きさはｉＰｈｏｎｅくらい。厚みはもっとある。ボタンがいくつか、上面にダイヤル、画面が一つ……。ジミーは使ったことがないので、見て困った。うまく使えるだろうか。

試そうとして、煙のにおいに気づいた。

煙草《たばこ》らしい。階段のほうから煙が上がってくる。ジミーはぞっとした。だれかいるのだ。階段を上がってきたらどうしよう。犯人の仲間だろうか。

ジミーはトランシーバーをおいて、ＨＫを持った。くそ、こいつのコッキングはどうやるんだ？

『コールド・ウォー』の場面を思い出してみた。HKの側面に金属製のレバーのようなものがあって、プレイヤーキャラの手がそれを引いて、倒していたはず……。これだ！　短いレバーをみつけて、手前に力を加えた。動かない。いま敵がやってきたら確実に殺されるぞ。

全力で引いて、なんとか後端までレバーを動かすことができた。ハンドルを倒すと、鋭い金属音に驚く。階下の一人ないし複数のだれかに聞かれていないことを祈りつつ、銃口を左へむけた。踊り場は壁のところで終わり、その下は階段だ。

だれも上がってこない。

階下の者はよそへ移動したのか、その場で待機しているのか。それともただの清掃人なのか。犯人だとしたら、そもそもどうやって階段室にはいれたのか？　警備員が下のドアの鍵を開けてやったのか。よけいなことを！

ジミーは膝立ちで左へ移動し、ゆっくりと体を起こして、低い壁のむこうをのぞいた。手前の階段と、折り返してさらに下る階段を見る。カーペット敷きの階段に人影はない。しかし下の踊り場の手前に靴の爪先がのぞいているのが見えた。一階下にだれかいる。立ち昇る煙草の煙が、ジミーの顔にあたった。咳《せ》きこんだら気づかれると思ってがまんした。

近くに人がいるのではトランシーバーは使えない。ウェットソーの騒音があるので大きな声で話さなくてはいけないからだ。下の男がドアの見張りをしているのなら、どうすればいいか。オフィスにもどるわけにはいかない。パトカーはどこにいるのかわからない。

どうにかしなくては。犯人はオフィスに三人。下の階にたぶん一人。駐車場にもう一人。よし、下の男に銃を突きつけよう。そして……手を上げろと言う。さらに階段を下らせる。もし清掃人ならいっしょに脱出すればいい。犯人の仲間なら、一階まで下りて、銃を突きつけたままトランシーバーで助けを呼ぶ。どうだ、これでうまくいくはずだ。

他にどんな選択肢がある？　じっとしてだれも来ないことを期待するか。あのUSBメモリの内容が予想どおりなら、なくなったことに犯人たちはすぐ気づくだろう。探しにくるはずだ。ぐずぐずしていられない。

心臓が高鳴る。バッグをその場に残して、しゃがんだまま低い壁の端まで移動した。最初のだれもいない階段をのぞく。手すりに背中をつけ、体の正面を階段の壁にむけて、一段ずつ下りていった。

HKが手の汗で滑るのを感じながら、折り返しの踊り場に着く。煙草男は次の階段の下。この折り返しをまわったらすぐだ。

よし、強気でいこう。行くぞ！

膝を震わせながら角を曲がった。煙草男は、黒いTシャツに青いウィンドブレーカーをはおっていた。髪は短く刈りこみ、猟犬のような目をしている。階段を上がってくる途中で、顔を上げてジミーを見たときは三段分の距離に迫っていた。猟犬めいた目を見開く。

「両手を頭の上にやれ！　早く！」ジミーは急いで言った。声が裏返っている。

男はロシア語でなにかつぶやき、煙草を捨てて、背中に手を伸ばした。

撃つんだ！

ジミーはトリガーを引いた。しかし発射されない。

しまった、セーフティだ！

左側面のトリガーの上にあるレバーを思い出した。ライフルを倒して、レバーを〝発射《F》〟へ動かす。

男は腰に差した消音器付きの拳銃を抜いていた。

ジミーはＨＫの銃口をむけて、目をつぶってトリガーを引いた。

ライフルは大きな音とともに跳ね上がり、ジミーの顎にぶつかった。衝撃でのけぞり、壁に後頭部をしたたかにぶつける。耳がわんわんと鳴り、世界がぐるぐるまわるのを首を振ってこらえる。落としかけたＨＫを持ちなおし、銃口をまえにむけて階段の下をのぞくと……。

男は五階の踊り場にぶざまに倒れていた。拳銃は煙草を捨てた階段の途中に落ちている。そこにいた男を、ジミーは……

撃ったのだ。

マジかよ、人を撃っちまったぞ。

あわてて階段を下りた。銃声を他の犯人たちに聞かれたかもしれないという懸念はしばし忘れた。一人の人間の命を奪ったのではないかという考えで頭がいっぱいになった。

煙草男は息があった。ほっとしたが、呼吸が速すぎるのが心配だ。過呼吸になりそうだ。そのまえに失血死か。

出血はある。多量だ。ジミーはＨＫを階段において、大柄な男の体をあおむけにした。傷は三カ所ある。右胸の高い位置に一つ。肩の筋肉を貫通しているのがもう一つ。最後の一つは右耳の一部をきれいな半円に切り取っている。五階の入り口ドアの上部とその上の壁に一カ所ずつ穴がある。

ジミーは倒れた男を見て、思いつく手当てをした。自分のTシャツを脱いで、男の胸の銃創に押しこんだ。

「きっと大丈夫だ。ここを押さえてて」

男の目は大きく開いている。ジミーを見ているが、認識はしていないようだ。ショック状態なんだ……。

トランシーバーからロシア語が響いた。ジミーが持っている装置と、煙草男のベルトについているほうのどちらからも聞こえた。言葉はわからないが、なにを訊いているかは察しがつく。銃声が聞こえたんだ。きっとそうだ。

ジミーは煙草男のトランシーバーを取って、自分のベルトの最初のトランシーバーの隣に差した。

急がないと。

拳銃を拾って左手に持ち替える。HKは右手で持った。

「助けを呼ぶからね。かならず救急車をここに来させる。いいね？」

煙草男は答えない。しかし返事を待っていられない。男の腰をまたいで、次の階段を下りていった。折り返して、次……。

息が荒くなってきた。三階まで下りたとき、下のほうでドアが開く音が聞こえた。さらに声も。ロシア語だ。

どうする、どうする……。

ジミーは三階のフロアへのドアを開けようとした。しかし施錠されている。声は階段を上がってくる。心臓の鼓動を速くしながら、肩をすぼめてHKの銃口をドアの錠前にあて、連射した。蹴るとドアは開き、ジミーはなかにはいって短い廊下を走った。腰に差したトランシーバーから断続的に声がする。〝ジミー〟と一度呼ばれた気がしたが、恐怖のせいで無視した。左へ曲がると長い廊下で、両側にオフィスがある。T字路にぶつかった。右に折れてまた短い廊下を走る。

行き止まりだ。

さっとまわりを見て、一方の大きなオフィスに駆けこんだ。拳銃を乱暴に机におき、ベルトからトランシーバーを二つとも抜いて、リクライニング式のオフィスチェアに放る。拳銃をふたたび取って、広い部屋の反対側へ走った。

会議室らしい。大きなテーブルが部屋の中央にあり、そのまわりに椅子がいくつか並んでいる。奥の壁には床から天井まで届く全面窓が連なっている。その一つに背中をつけてしゃがみ、二つの銃口をオフィスの入り口へむけた。なんとか呼吸を整える。汗は頭から首へ、裸の胸へと流れていく。

一般人を撃ってしまうのは絶対に避けたい。さきほど撃った男のことさえ気にかかる。見開いているのに見えていない猟犬めいた目が何度も頭をよぎる。助かるだろうかとつい考える。いまは自分が助かることを考えるべきだろう……。

廊下からも、そのむこうからも物音はしない。顔を上げて会議テーブルを見た。一本のケーブルが床を這って壁のジャックに挿されている。テーブルの上に電話機がある。ジミーは拳銃をおいて、膝立ちで近づいて電話機を見た。ディスプレイには光がともっている。テーブルの電話機をつかんで、廊下に通じるドアを見渡せる位置まで急いで退がった。しゃがんで、電話機を隣の床におく。HKをドアの方向にむけてから、受話器を取ってカーペットの上においた。発信音が流れてほっとする。ひとさし指でボタンを押しはじめる。9、1……。

「ジミー」

手が止まった。会議室のむこうのオフィスにあるトランシーバーから声が流れている。

「ジミー、聞いてるか？」声がくり返した。かすれ声で、訛《なま》りの強い英語だ。「ガールフレンドがおまえを心配してるぞ……」

全身の血が凍りついた気がした。声は続ける。

「仲間が親切に彼女をいれてやったのさ」

ばか、ばか、ばか……。

ジミーは振り返って窓の外を見た。自分のフェスティバはある。白いバンもある。そして……キムの黄色いフォルクスワーゲンも。敗北の吐息がジミーの肺から長く漏れ、額がガラスに重くぶつかった。

なにやってるんだ、キム。

「もうすぐここまで上がってくる。おまえも来い。警察無線は監視してるから、通報したらすぐわかるぞ」

さまざまな感情がジミーのなかで渦巻いた。怒り、焦り、絶望、なによりも恐怖。それと同時に、もやもやとしたなにかが形をとりつつあった。それは……。

危険で狂気じみた計画の手がかりだ。

ジミーは裏口のドアを開けてフルメタルのフロアにもどった。左手には例のUSBメモリを握っている。拳銃はズボンの背中側に差し、HKは右肩から吊《つ》るしている。メインフロアにはだれもいない。ジミーは短い通路から出て左へ曲がり、キューピクルを二つ通りすぎて、サーバー室の入り口に来た。なかへはいると、ウェットソーの騒音が止まった。

壁ぞいにサーバーの高いラックが並んでいる。赤ジャケットが右の奥にいて、ジミーに拳銃をむけている。隣にはバンの運転手。逆立てた髪のロシア人はウェットソーを床から持ち上げているところだ。

床は、一辺六十センチくらいの四角いブロック状に切られている。しばらくまえにダッフルバッグから突き出ているのを見た金属製の脚は、三脚だった。ブロックの上に設置され、ヘッドには重量物を吊り上げるチェーンブロックがついている。チェーンの下端はブロックの中央に固定されたブラケットにかかっている。逆立て髪はウェットソーをおいて、安全ゴーグルをはずし、小さな寄り目でジミーを見た。

ジミーの正面に立っているのはリーダーだ。青のワイシャツにダークグレーのスーツで決めている。左手でキムの肩をつかみ、その頭に右手の拳銃を突きつけている。警備員を殺したのとおなじ銃だ。その警備員は足もとに倒れ、サーバーの下段に頭をもたれている。リーダーの目は冷たく無感情だ。ジミーのやせた裸の胸を見て、薄笑いを浮かべている。

キムが恐怖の表情なのはしかたないだろう。見開いた黒い目が照明を浴びて光っている。身長百六十センチの体は、茶色の髪からピンクの紐《ひも》なしスニーカーまでガタガタと震えている。Tシャツにスウェットの上下という格好で、いかにもジミーを連れて帰るために急いで出てきたようすだ。

「よく来たな」

リーダーはかすれ声で言って、運転手にうなずいた。運転手はジミーに近づこうとしたが、足を止めた。ジミーが階段の途中で煙草男から拝借したターボライターを右手から出してみせたからだ。それを点火して、伸ばした左手で持ったUSBメモリの下に近づける。

「これは重要なんだろう?　下の階でなにかするときに、解読のようなことに使うはずだ」

かすれ声の男がにやりとして、不ぞろいの歯をのぞかせた。

「最新技術だ。下はセキュリティが厳重でな。このやり方のほうが忍びこみやすい」三脚とブロックを顔でしめした。「北朝鮮は気前がいいんだ」

USBメモリは推測どおりだ。よし。

かすれ声は続けた。

「なかなか度胸があるが、頭のいい方法じゃないな。USBメモリに火をつけても、内部に熱がまわるまえに、おまえの頭を撃ち抜けるぞ」さらにキムを顔でしめして、「彼女のほうもな」

キムは甲高い声を小さく漏らした。

ジミーは大きく息を吸った。

「わかってる。ライターを取り出す口実がほしかっただけさ」

いまだ！　USBメモリを高く放り投げた。反対の壁にあたって、サーバーのラックの裏に落ちる。

全員の目がそれを追った。ただしキムだけはちがった。その隙をついてリーダーの手を振り払い、ドアへ走った。ジミーは近くのサーバーのラックに手をかけてよじ登り、天井のスプリンクラーのセンサーにライターを近づけた。反応をじりじりと待つ。やがて録音された女性の声が流れはじめた。

「警告。火を探知しました。消火設備が十秒後に作動します……」

ジミーはラックから飛び下りて、ドアハンドルをつかんだ。

「ただちに部屋から出てください……」警告は続いている。

外に出て、足を踏んばってドアを閉じようとしていると、小さな虫の羽音のような甲高い音がして、額の左上に鋭い衝撃を感じた。ドアは勢いよく閉じた。

メインフロアの側にいる。世界が回転しているように足もとがふらつく。広いフロアの背後のどこかでキムがすすり泣いているのが聞こえる。横歩きで壁によりかかり、肩からＨＫを下ろした。ドアハンドルががちゃがちゃと動くが、そのままでは開かない。かすれ声の男はキーカードを探しているはずだ。

ジミーは、ドア脇にある入館証のリーダーにＨＫをむけた。ちょうどそのとき、サーバー室側から撃たれた三発の銃弾がドアを貫通してメインフロアに飛んだ。キムが悲鳴をあげる。さすがにジミーは振り返って、キムの無事を確認した。彼女はキュービクルに這いこんでいく。ジミーはＨＫを連射して入館証のリーダーを破壊した。

ドアのむこうからは気体の噴射される音が聞こえてきた。消火設備が作動したようだ。ガス系消火設備については父親から仕組みを聞いていた。水を浴びせると電子機器に被害をあたえるサーバー室などで使われている。不活性ガスを放出してサーバー室の酸素濃度を下げるので、なかの傭兵たちはまもなく昏倒《こんとう》するはずだ。

世界が揺らぐ。ジミーは目がまわり、視界が暗くなってきた。ドアのむこうの声は必死に騒いでいる。咳きこんだり叫んだりしている。しかしロシア人たちは死なない。消防署に警報が届いて、すぐに助けが来るだろう。

犯人たちは無事。キムも無事だ。しかし自分は無事ではすまないらしい。そう考えるうちに、床が顔に迫ってきた。

ジミーはまばゆい光のなかで目覚めた。リクライニングチェアに横たわっている。円形の部屋には、ホロモニターとマルチタッチのインターフェースをそなえた機器が並んでいる。

ここはいったい……？

頭の怪我をさわるために左手を上げようとして、動かないことに気づいた。右手もだ。

「拘束はきみ自身の安全のためだ」

白衣のやせた禿《は》げ頭の男が言った。ジミーの上にかがみこみ、あちこちのストラップをいじりはじめる。すこし離れた椅子から立ち上がったのは軍服姿の男。これは……軍閥の軍服だ。ゲームのなかの……？

いや、ゲームではない。ゆっくりと記憶が蘇《よみがえ》ってきた。ついさっき経験したことと現実がすぐには整合しない。夢の途中で目覚めたときにしばらく混乱するような感じだ。やせた男はジミーの腕の拘束具をはずし、さらに頭からもなにかをはずした。接点がいくつかついた比較的単純な装置だ。その側面に小さなロゴが見えた――テクニコム。

ジミーは右手を上げて、髪を剃《そ》られた自分の頭にふれた。血は出ていない。傷もない。軍人はこちらをじっと見ているが、表情は読みとれない。

シミュレーションだ。軍閥に加入するまえに、兵士は全員がシミュレーションをやらされる。そのうえで平和維持部隊か、法執行部隊か、配属先を決められるのだ。直接神経インターフェース技術もすごいが、なにより現実と無意識が融合しているところに驚かされた。軍閥とその傘下の平和維持部隊と法執行部隊も、ゲームの『リコイル！』に反映されていた。テクニコムも構成要素としてシナリオに組みこまれていた。ガールフレンドのキムも緊張度を高める要素として使われた。無意識の面でも、二十一世紀初頭の時代やビデオゲームへのジミーの偏愛を織りこんだシミュレーションになっていた。お気にいりの一九八〇年代のアクション映画も彷《ほう》彿《ふつ》とさせた。すばらしい。とはいえ……。

「失格だ」ジミーはつぶやいた。

「なにがだ？」

軍人が近づき、やせた白衣の男は離れていった。

「失格です」ジミーはくり返した。「ぼくは死んだ」

年配の軍人はジミーをのぞきこんだ。

「シミュレーションは被験者の限界を試すように設計されている。軍事訓練を受けたことのない被験者にそのような経験をさせ、暴力や死の危険に対する反応を見て、恐怖を克服する能力を測る。きみはガールフレンドの命を救った。作戦を立てる知力、勇気、極限状態で明《めい》晰《せき》に思考できる能力をしめした。武器を使えたし、使うタイミングも正しかった。しかしもっとも重要なのは、トリガーを引くときになにかを感じたことだ。反動《リコイル》だけでないなにかを」

軍人は手を差し出した。

「おめでとう。そして平和維持部隊へようこそ」

（中原尚哉訳）

サバイバルホラー

ショーナン・マグワイア

平凡な土曜を過ごしていたはずのアニーは、いとこのアーティのせいで命を懸けたパズルゲームを解かされる羽目になる。本作は、異界のさまざまな種族が現代社会に溶け込んで暮らしているという設定のダークファンタジー Incryptid シリーズのスピンオフ短編だが、もちろん単体でも読めることはこのアンソロジーに収録されている点からも保証済みだ。

ショーナン・マグワイア（Seanan McGuire）は、一九七八年カリフォルニア州生まれの作家。きわめて執筆意欲が旺盛で、二〇〇九年のデビュー以来、ミラ・グラント（Mira Grant）名義の作品を含めて三十冊超の長編と多数の短編を発表している。二〇一〇年にはキャンベル新人賞を受賞し、二〇一六年のノヴェラ *Every Heart a Doorway* ではヒューゴー賞、ネビュラ賞、ローカス賞のトリプルクラウンに輝くなど、実力も高く評価されている。また、二〇一二年と二〇一三年にはポッドキャスト SF Squeecast のレギュラー出演者のひとりとして、ヒューゴー賞ファンキャスト部門を連続受賞している。

（編集部）

謎とは理解できないことをさすばかりではない。彼らが立ち上がって「出ていけ」と言うと、常識ある人々がそのとおりにするのもまた謎の一つである。問題は解決すればいいというものではない。

——アリス・ヒーリー

オレゴン州ポートランドの改装された快適な地下室
現代

アーティがまた香料入りの蠟燭《ろうそく》を焚《た》いている。さいわい、彼が機嫌の悪いときにときどき使う目が痛くなる種類——人工的なフルーツのにおいだったり、ありきたりなハロウィン風だったりするヤンキーキャンドルの製品——ではない。とはいえ、あたしがシャツで口をおおって、カボチャの砂糖煮やマンゴーのスムージーに溺《おぼ》れる錯覚に耐えながら、『X-メン』の最新刊を読まねばならない程度にはひどい。

吐きそうな声をわざとらしく何度かたててやった。でもアーティはラップトップに注目してこっちを無視している。どうしたのかと心配して振り返ることもなく、黙々とキーを叩いている。その冷淡な背中に顔をしかめて、コミックブックにもどる。そこではエマ・フロスト――今回の事件には関係ないテレパス――が、サイクロップス――破壊光線を発射して今回の騒ぎを起こした張本人――と馴《な》れあいを演じている。人畜無害の展開。

大量のアロマキャンドルにいぶされながらコミックブックを読みたければ、アーティの部屋は最適ね。行きつけのコミック書店の常連たちは、アーティのこの地下室を自分のものにできるなら、家族の一人や二人は犠牲にしてもいいと思うはず。数年前に改装されたこの隠れ家は、あたしが寝そべっているベッドと、アーティがラップトップでなにかしている机の他は、大量のコミックと書籍とコレクターズアイテムと少なくない量のＤＶＤが詰めこまれた棚で埋まっている。万一なにかの災厄で六カ月間ここに閉じこめられるはめになったら、ついに未視聴のテレビシリーズ・ボックスセットを開封する儀になるだろうけど、それまでは壁に並べて暖房費の節約に役立てている。

「スコットって食わせ者よね」とくに返事を期待せずにつぶやいた。「知的な女たちがみんなこいつに惹《ひ》きつけられるのはどういうわけ？　すくなくとも髪型じゃない。マーベル・ユニバース全体でもまともな髪型だったためしが一度もない唯一のキャラよ」

「まあねー」とアーティ。

返事があっただけましね。存在を忘れてはいないみたい。

「それに、知ってる？　全員テレパスなのよ。デートに誘うテクニックを教えてくれるかもよ。サラとうまくいく方法とか」

「まあねー」

「もっともあんたには必要なさそうだけど。動物的本能のたがをはずして、袋にいれたイタチみたいに狂暴になればいいだけだから」

「まあねー」

「さて、あんたの性生活を話題にしてるのに、〝やめろ〟とも言いださないほど興味津々のものってなに?」あたしはベッドから下りて、コミックブックを開いたまま枕に伏せ、アーティの背後に忍び寄った。「なにやってんの?」

「新しいゲームのインストールさ」アーティは首をまわしてこっちを見上げた。「ごめん、アニー。なにか言った?」

ため息が出る。

「べつに」

アーサー・ハリントン――アーティは、いとこにあたる。でも見ためはぜんぜん似ていない。あたしはトマスおじいさんからの遺伝で、やせて長身でパン切りナイフのように頬骨がとがった顔立ち。アーティはヒーリー家の特徴(中肉中背、それなりに整った顔だけど集団では埋もれる)を一式受け継いだうえに、父親の夢魔《インクブス》の特徴が加わって、映画スターのようなふさふさの黒髪と仔犬のようにつぶらな茶色の瞳を持っている。おかげで彼に会った人は、全面的に身をゆだねたくなるか、めちゃくちゃに殴りたくなるか、どちらかの衝動に襲われる。あたしはどちらでもない。血縁関係が近いので、女たらしのインクブス特有の〝俺をほしいだろう、やりたくなるだろう、名状しがたいほどセクシーだからな〟というフェロモンは効かない。こうして寝室に出入りできるのはそのおかげ。家族以外の若い女は部屋どころか家にもいれてもらえない。ハーフのインクブスが育つ環境にはそういう試練と苦労が絶えないってこと。

アーティは眉をひそめた。

「なにを言ってるのか聞いてなかった。悪いな、だめないとこで」

「いいのよ。またX‐メンについてぐちぐち言っただけだから。聞かなくていい。ゲームってなに？」

「サバイバルホラー系のパズルゲームだよ。パズルを解かないと、クトゥルフのぱくりっぽい化け物が空間の裂けめから出てきて食い殺される。サラが好きそうだ」思わず言ったあとに渋面になり、画面をあらためて見た。「ダウンロード終了。うまく起動するかな」

「アーティ……」

「サラの詳しい話はしないぞ。いまはゲーム中だから」

「あんたがサラの話をしたいからって呼んだんじゃない」

「起動ボタンをクリックしたからもう遅い」

言ってからクリックした。嘘つき。でもそう呼ぶ暇はなかった。

起動ボタンを押したとたんに照明が消えて、それどころではなくなったのだ。

あたしはアンチモニー・プライス。父方のいとこがインクブスのハーフということでわかるように、わが家は『ゆかいなブレディ一家』というより『アダムス・ファミリー』に近い。だからって、いきなり暗闇に包まれてよろこんだりしない。あたしはきゃーきゃーと大騒ぎして、ポケットの電話を探った。

「ちょっと、アーティ、なにやってんのよ！　電気の使いすぎでヒューズを飛ばさないようにっていつも言われてるでしょ」

「なにもやってないよ！」

正面からアーティの声がした。動きまわっていないのは賢明だ。長所と短所はだれでもあるし、いとこを悪くいうつもりはないけど、彼の運動神経はあまりよくない。

「じゃあだれがなにをやったのよ」

ポケットから電話を出して、画面を点灯させようと側面のボタンを押した。

画面がつかない。

あたしはそのまま固まった。沈黙が長くなったせいで、アーティが不安げに咳払《せきばら》いした。

「アニー、そこにいる？　それとも俺はパニックを起こすべきなのかな」

「ねえ、電話持ってる？」

「なんのこと？」

「電話の画面がつかないのよ。バッテリーは充分なはずなのに。何度やってもだめ。手もとに電話ある？」

「まあ、あるよ。ちょっと待って」がさごそと音がして、ふいに静かになった。続いて、「くそ」という悪態。

「やっぱだめ?」アーティの位置を確認するためにその肩にさわった。「じゃあ、ここにいて。あたしは階段のほうへ行って、一階へ上がって、通りじゅうの家が停電してるのか、うちだけなのか見てくるから」

「試す価値はあるだろうな」アーティはまじめな声で答えた。

「あるわよ」

あたしはうしろに一歩退《さ》がった……というか、退がろうとした。ところが足が動かない。まるで粘度の高いタールのなかに足を突っこんでるみたい。バランスを失ってよろけ、アーティの椅子の背につかまって転倒を防いだ。足がいきなり床に貼りついたとすると、そこに倒れたらどうなるか考えたくもない。

「なにこれ」

「アニー?」

「アーティ、あんた動ける? 立てる?」

なんとか冷静に訊いた。もしパニックを起こしたら――というか爆発寸前だったけど――止まらなくなりそうだった。そうなったら床をタールに変えた何者かにたちまち餌食《えじき》にされてしまう。

「もちろん。どうしたんだ? 靴を履いてないとか?」アーティの動きで椅子が揺れた。立とうとしたらしい。でもそのまましばらく沈黙が流れた。「ええと……」

「やっぱり立てない？」

「立てないな」

それは不思議そうな声で、パニックの前兆はない。理由もなく体が椅子に貼りついて動けないというのに、アーティはマイペースで落ち着いている。動揺しない性格なのか。やっぱりへんなやつ。でもこの冷静さが失われないように指摘は控えた。

「椅子に糊《のり》で貼りついてるみたいだ」

「こっちも足が床に貼りついてるわ」

「うーん、かなり奇妙だな」

あきれた笑いを漏らしたくなったけれども、無駄なので呑みこんだ。

「わけがわからないんだけど、アーティ。ここはあんたの部屋よ。いつのまにかスライム付きのカーペットに張り替えたとか？」

返事より先にモニターが明るくなった。といっても表示は暗いままだけど、部屋が真っ暗なので光がはいったのがすぐにわかった。その黒を背景に文字がスクロールしてきた。

道化の牢獄《ろうごく》

ニューゲームを開始しますか？

Y／N

「まあ、ゲームはべつに不気味じゃないから」

軽い音が一回聞こえた。アーティがなにかのキーを押したらしい。あたしはしばらく目を閉じた。部屋が真っ暗なのでたいしたちがいはないけど。

「アーティ、いまなにしたの？」

「ニューゲームをはじめた」

目を開けると、最初の文字がCGの霧になって消え、新しいテキストが表示されるところだった。黒い背景に白く輝く文字が威圧的に浮かぶ。


聖なる道化のロビン・グッドフェローは、最後の偉大な魔術師マーリンの呪文によって世界のはざまにとらわれている。その監房を修理、修復せよ。さもないと道化がふたたび天下を闊歩《かつぽ》し、人間の屍《しかばね》の山が築かれるだろう。


「ちょっとアーティ、なんなのよ、このゲーム？」

「知らないよ！　フォーラムのある人からもらったんだ」

最初のテキストは消え、次の段落になった。


きみがプレイする意欲をしめしたことで、マーリンの安全機構の一つが発動した。もしきみが監房の修復に失敗しても、ロビンは解放されない。

「そうか。ならよかった」アーティはほっとしたようすだ。

かわりに、きみも投獄して、道化を閉じこめるマーリンの奮闘に協力してもらう。

「ぜんぜんよくないわよ。ちょっとアーティ、なんてものに巻きこんでくれたの」あたしは抗議した。

「べつにこれがゲームのせいとはかぎらないじゃないか」アーティは弱々しく答えた。

画面の文字が消えて、複雑な図形があらわれた。どうやら、もとは三つの三脚巴《さんきゃくともえ》の文様だったのが、いっしょにねじられて、ごちゃごちゃの塊《かたまり》になったようだ。

画面の外の闇でなにかが緑に光り、遠いうめき声が響きはじめた。

「いや、やっぱりゲームのせいだな。ごめん」アーティは意見を変えた。

「〝ある人〟ってだれよ。フォーラムってなんの集まり？」

「混血のサポートグループだよ。俺やエルシーみたいな半人《はんじん》が集まって、人間ばかりの世界で生活することの大変さを話しあうんだ。ためになるよ……」途中から注意がそれたようだ。

「この図形は動かせそうだけど、どうしろっていうのかな」

「回転させると三脚巴がそろうんじゃない？　それはともかく、あんたを狙った攻撃ってことはない？　身許《みもと》を特定して、なにかの罪をつぐなわせるために次元の隙間に落とそうと画策してるとか。あんたはどうだか知らないけど、あたしはロビン・グッドフェローに復活してほしくない。もともと悪いやつだし、セントジョージの契約でこの現実界から追い出されてせいせいしてるわ」

「身許を特定って、どうやって？」マウスで操作したらしいクリック音が聞こえて、画面の図形がゆっくり回転しはじめた。「プロフィールに名前は出してないし、フェイスブックのアカウントは持ってない。ツイッターのアカウントにはべつのメールアドレスを登録してる」

「ハンドルネームは？」

「それは……」図形の回転を見ながらアーティは恥ずかしそうに答えた。「インクボーイだよ」

「太平洋標準時のゾーンに住んでるリルーの混血は何人いるの？　あんたが知る範囲で」

インクブスとスクブスは、厳密にはリルーの男性と女性にすぎない。べつの種族のように呼んでいるのは、それが伝統だからだ。混乱を避けられるし、そもそも能力がまったく異なるので事実上べつの種族のようなものだ。

「二人だけ。俺とエルシーだ」

「プロフィールにタイムゾーンを特定できるようなことを書いてる？」

黙りこんだので答えはあきらかだ。後頭部をぶん殴ってやりたい衝動をかろうじて抑えた。やれば気は晴れるし、暴力はその役に立つけど、現状の解決にはならない。

三つの三脚巴はいっしょに回転して、一時的にそろった瞬間に光り、またねじれていく。一時的にそろった瞬間に……。

「回転しながら、ときどきつながってるんじゃない？」

「そうだな」

詰問が終わってほっとしたようすだ。数分後にはぬか喜びだと教えてやる。

「右クリックで止まるんだけど、止めていいのかな」

「回転を真上から見るように視点を切り換えてよ」

「わかった」

さらにクリック音。このゲームはチュートリアルがないけど、いろいろなビデオゲームをやりこんでるアーティにはとくに必要ない。ましてポイントしてクリックすればいいだけのパズルゲームだ。失敗したら名状しがたき魔の次元に落とされるとしても。

プレッシャーをかけるのはやめよう。

視点が移動して、画面は三脚巴を上から見る形になった。思ったとおり、図形のなかの三つの文様は、回転によって一瞬だけ形がそろう。

「ほら、こうして見ながら要素をあわせれば、ばらばらじゃない形になる」

アーティはためらった。図形は回転しつづけている。

「やっていいのかな」

「どういう意味？」

「このルーン図形を完成させたら、俺たちもロビン・グッドフェローとおなじ場所へ送られるかも」

「最初の説明で言ってたでしょう。おなじ場所へ送られたくなければルーン図形を直せって。現状はばらばらで、部屋は不気味なうなり声が響いて、不可解な闇に包まれてる。なら、これを〝直す〟べきでしょ」椅子の背を握る手に力をこめた。殴りたいのに殴れないのはもどかしい。「さあ、やって」

「わかったわかった。直すよ」

マウスのクリック音がして、画面のルーン図形の回転が遅くなった。そして完全な三脚巴になって停止し、同時に目に焼き付くほど明るく輝いた。目をつぶってもまぶたの裏に浮かぶほどだ。しばらく静止していた図形は、またゆっくりとまわりはじめた。今度はどの角度から見ても形は崩れない。

闇の奥からのうなり声は止まった。かわりにくすくす笑いが聞こえてきた。

「なるほど、たいした変化はなし。ねえ、アーティ」

「俺に言うなよ！　ゲームの指示がないんだから」またマウスのクリック音。「なにも起きないな」

「これが次のパズルってことでしょ。守護の紋章が回転して、闇のなかではくすくす笑い。さて、三脚巴をなにに変えられるかしら」

「アニー、俺はルーン図形の研究者じゃないんだ」

苛立《いらだ》って爆発しそうな声だ。無理もない。これはかなり恐ろしい状況なのだ。あたしはとりあえず戦えるけど、アーティは戦士タイプではない。家にこもって研究し、危ないところには出ていかない性格だ。

「ルーン図形の本も持ってるけど、こんな使い方は見たことない」

「はいはい、わかった、ごめん。そうすると……三つの渦巻きよ！」

「なにそれ」

「三脚巴のもっと古い形。線をそれぞれ動かしたりしてみて。内側の点も消す必要がある。ドラッグして線にくっつけてよ」

「ちょっと待って」

アーティは前かがみになって画面に集中した。点の一つが動いて、そばの曲線に融合する。すると線は延びて、三つの渦巻きの一つになった。

「できた！」

アーティはなにかの操作を二回くり返した。三脚巴はすべて変形して、三連の渦巻きができた。ひとりでに回転しはじめ、しだいに速くなる。いまにもなにかの入り口が開きそうだ。

「やばい」

鈍い失望だけを感じた。いつもどおりの土曜日になるはずだったのに。プライス家の人間は（プライス－ハリントン家の混血も）、失敗すると異次元の入り口に吸いこまれるビデオゲームなど普通はやらない。

「アーティ、吸いこまれそうになったら、手を握ってね。あたしを離さないで」

「わかった」アーティは真剣な口調で言った。

図形は回転を続けて、やがてノイズまじりの白い円盤になった。そこに明瞭《めいりょう》な映像が浮かんできた。白い肌に黒髪の女。白黒の映像だが、目だけはアイスブルーを呈している。人間の瞳の色というより甲虫《こうちゅう》の翅《はね》の色のようだ。

あたしははっと息を呑んだ。アーティもだ。

「サラ？」アーティは希望と恐怖が半々の声で呼びかけた。

映像は微笑《ほほえ》んだ。

「ごきげんよう」

いとこのサラの声とはちがう。ほっとする一方で、残念な気もした。サラはオハイオ州の祖父母のところで療養中だ。〝わたしは元気よ〟というメッセージのかわりにだれかを別次元に吸いこんだりはさすがにしないと思うものの、回復の証拠にはなるはずだからだ。

「おめでとう、最初のルーン図形を解いたわね。ロビン・グッドフェローは抜け目のないやつだから、閉じこめておくべきよ」

「いかにもカッコウ族ね。あんたのコンピュータはカッコウに侵入されてる」

あたしはアーティに言った。カッコウは数学に執着し、テレパシー能力を持つ攻撃的な種族。やっぱりうちは奇妙な家族だ。

「そうだな」アーティは答えた。

このカッコウ女はビデオファイルにすぎないので、ありがたいことにこちらを見てはいない。

女は続けた。

「この先には謎が二十個あって、だんだん難しくなるわ。すべて解ければロビンは閉じこめられたまま。一度でも失敗したら、あなたはロビンとおなじ運命をたどる」

「どうもおかしいわ」あたしはつぶやいた。「古代の魔物を封印しておくために監房を修復するなんて、カッコウ族が気まぐれにそんなことをするわけがない」

「プログラムを書くような高度な能力もないはずだ」

アーティは身を乗り出して、鼻先をコンピュータ画面すれすれまで近づけた。カッコウ女はにっこり微笑んでいる。プログラム中の役割は終わったようだ。すくなくとも、次のビデオがトリガーされるまで出番はないのだろう。ビデオ再生は止まり、女は静止した。

アーティが画面に指をあてた。

「ここ見て。ドアのむこう。手がある。ハイドビハインドを使ってるんだ」かくれんぼが得意な幻獣《げんじゅう》を指摘した。

「それともハイドビハインドが彼女を使ってるのかしら。やばい」

いわゆる魔法なんてものは存在しないと祖母のアリスは言っていた。彼女は魔法使いと結婚して、三十年以上も彼を探して現実から現実へ飛びまわっている。そんなアリスが言うのだからたしかだ。魔法といわれるのは、理解が不完全な物理の一種なのだ。それは人間をモンスターや姿をみつけにくい人間型の幻獣に変えられる。そして彼らの現実への特異な視点を使って、異次元への入り口を隠したビデオゲームのコードを書かせることもできる。

ハイドビハインドは奇妙に屈折していて、人間とも他の種族とも異なる視点から世界を見る。この次元でも、彼らが好んで隠れる次元でもそうだ。普段は無害だけど、きわめて有害なカッコウ族に協力しているとなると、それはやばい。アーティのベッドの下に隠れて、このビデオゲームに食われるときを戦々恐々として待つしかない気がする。ハイドビハインドとカッコウ族が夜中に連れだって襲ってくる世界になどいたくない。

「いや、やばくない。このほうがいい」アーティはまた前かがみになって、今度は画面の隅を注視している。「だって、カッコウが一人でつくったら数学問題一色になって、お手上げだったはずだ。でもハイドビハインドが好きなのは、当然ながら隠すことだ。一見普通の絵のなかにパズルを隠してる」

クリックすると、ゲームのカメラがズームした。しみのようなものが拡大される。蜘蛛《くも》の巣だ。ただし編み目の一部が大きく欠けている。蜘蛛は黒光りする姿で上の隅にいる。

「これをどうしろっての？」あたしは訊いた。

「巣の破れをつくろうんだよ」アーティの顔は見えないけど、眉間に皺を寄せた気配があった。

「問題は一筆書きでやるべきか、部分ごとにやっていいのか」

「見せて」

あたしは身を乗り出した。アーティは横にすこしずれて画面を見やすくしてくれた。

「ハイドビハインドは地下墓地といっしょに描かれることが多いわ。地下墓地といえばケルト人。かならずではないけど、八十パーセントから九十パーセントはケルト系のものよ。そしてケルト結びは、一本のつながった紐《ひも》でできている。すくなくとも切れめがないように見える」

「そしてハイドビハインドが得意なのは幻惑というわけだな。よし。どう動かす？」

眉をひそめて顔を近づけた。足の裏は床に貼りついている。線を描こうと身を乗り出すと、じゃまされているように感じる。しばらく考えて手を伸ばし、切れた蜘蛛の巣の左下隅に指先をあてた。

「ここから……ここ」言いながら最初の線を引く。「そしてここ、ここ……」

指を動かして、アーティに蜘蛛を移動させる道すじを教えた。覚えるまで何度もくり返す。五回目でようやくアーティは自信を持った。

「よし、完璧だ」マウスを動かしてわたしの指の動きをなぞりはじめた。最後にマウスを離して、「さあ、どうかな」とスペースキーを叩く。

蜘蛛が動きはじめた。アーティがたどったとおりに動きながら、銀色の線を残していく。新しい編み目が輝きはじめた。カメラは引いて、静止したカッコウ女と、開いたクローゼットの扉と、なにもない狭い室内を映す。

いや、なにもないわけではない。

「左のほうの腰板。次のパズルじゃない？」

アーティは首をかしげた。

「らしいね」

でも画面の左をタップすると、闇の奥のくすくす笑いが大きくなって、画面にメッセージが出た。

準備不足です。このアクションはまだ開放されません。

カメラは動かない。アーティはため息をついた。

「なるほど。まあ、やさしい問題を解かないと難しいのには挑戦できないとわかったのはいいニュースだ」

「そうね。この非現実的な土曜の夜に古代の魔物によって別次元に吸いこまれるか、ゲームをすべて解くかするまでは、一歩も動けないということがわかったのは悪いニュース。このゲームってどれくらいあるの？」

「さあ、数ギガバイトはあった。どちらの結末よりも先に不条理な理由で死ぬかもしれないぞ」

あたしはうめいた。

「明るいものの見方をしなさいよ」

「努力する」

いとこを絞め殺したい衝動をこらえた。そんなことをしても解決にならないし、そもそもあたしの位置からキーボードに手が届かないのだ。

「とにかく、次のパズルを探しながら、ハイドビハインドたちから邪悪なビデオゲーム攻撃を受けるはめになった原因を話しなさいよ。理由なしに狙われるはずはないでしょ」

「知らないってば！　なにもしてない！」

後頭部を殴りつけた。

「いて！」アーティはせいいっぱい体をひねってこちらを見た。「なんでぶつんだよ」

「考えようとしないからよ。あんたの取り柄は頭がいいことでしょ。優秀だってことになってる。妹より、あたしより。だったら考えなさいよ。だれに狙われてるのか。フォーラムになにを投稿したの？」

「べつになにも」

あきらかに嘘っぽいので、沈黙で応じてやった。アーティはため息をついた。

「たいしたことじゃない。幻獣の怪我の手当てについてのフォーラムさ。たとえば〝手の水かきが裂けたときの継ぎのあて方〟とか、〝獣人の皮膚病にはどの薬が効く〟とか、そういう話題だよ」だんだんと弁解がましい口調になっていく。「少数派の種族が生きていくのは大変なんだからな。知りたいことをすぐに調べられない。だからおなじ苦労をしてる連中と情報交換するしかない」

「あんたが投稿した質問は？」

アーティは壁紙の模様をクリックした。カメラがズームインして、新しい結び目のパズルがあらわれた。アーティはしょんぼりしたようすで答えた。

「サラのことだよ。それについて投稿した。ヨーラック種の彼女と知りあった経緯から、ひどい自傷行為をしたことまで書いて、回復を助けるにはなにをしてやるべきかと尋ねたんだ」

またぶん殴りたくなったけど、頬の内側を嚙《か》んでこらえた。無益だし、フェアでもない。こっちもおなじことを何カ月も自問自答しているのだ。アーティはそれをフォーラムに書きこんだだけ。そのせいであたしまで殺されそうになっているけど、それはべつの問題だ。

「たぶん、カッコウ族の一人を仲間としてあつかう俺の態度が、だれかの気に障ったんだと思う」アーティは暗い調子で続けた。「もちろん彼女は仲間さ。疑問に思ってるわけじゃない」

「わかってるわよ。でも、このゲームにカッコウ族がかかわっていることを考えると、仲間あつかいがトラブルの原因じゃないと思う。彼女の存在を知っていると認めたことが原因よ。だからあんたは暗殺者に狙われてる」

「暗殺だって？　かっこいい」

アーティは結び目の横の線を引っぱった。するとべつの形の連続に変化した。次々といれかえ、交差させていく。なにをやっているのかわからないけど、手早い操作なので本人はわかってやっているのだろう。

「もちろん悪いことで、ひどいことで、悲鳴をあげるべきなんだろうけど、でもなんだかかっこいいな。暗殺者に命を狙われるなんてめったにない」

「ええ、あんたはわが家の仲間はずれだもんね」皮肉たっぷりに言ってやった。「それ、なにしてんの？」

「昔、サラに教えてもらったんだ。数学的な変形だよ。おもしろいだろう？」

「まあ、おもしろいかもね」居心地悪く答えた。「とにかく、カッコウ族は魔法を使えない。

すくなくともルーンの魔法は。ということは、このゲームをつくったのは問題のカッコウじゃない」

「そうだ。つくったのはハイドビハインドだ」

同意して、アーティはマウスをクリックした。図形はまた変形して、壁紙にきれいに溶けこんだ。カメラはふたたび引いて全体を映す。するとカッコウ女の唇が動いてうっすらと微笑んだ。

あたしは驚いて跳び上がった。もちろん足は貼りついたままで、バランスを崩してタールの床に倒れそうになり、あわててアーティの椅子にしがみついた。カッコウ女は静止画になったと思いこんでいたから、動くと思わなかったのだ。

「よくできたわね。優秀だわ」

女は言った。優秀だと本気で思っているらしい口調が気になる。こちらが解答できてうれしいらしい。女は続けた。

「この部屋はロビンを長年幽閉するために使われてきたわ。すべてがパズルでできていて、それぞれ答えがある。完璧に答えられれば、ルーンはふたたび描かれ、あなたは解放に近づく」

「そりゃいい」

アーティはマウスをふたたび動かそうとした。あたしはその腕をつかんで止めた。

「ビデオはまだ終わってない。こっちを見てるのよ。ほら、あの鼻」

カッコウ女は鼻孔をわずかにふくらませた。いやなにおいをかいだかのようだ。映像が止まっていないわずかな証拠だ。

「だからなに？」

「部屋のすべてがパズルだと言ってて、女もその部屋にいるのよ。もしかすると……彼女が動いてるあいだに次のパズルに手を出すと、失敗とカウントされるかもしれない。そんなことで失敗したくないわ。あんただってそうでしょ」

「そりゃまあ。未知の次元に吸いこまれてロビンといっしょに幽閉されるのはごめんだ」

アーティは慎重にマウスポインタをもどして、カッコウ女の鼻をクリックした。すると顔が動いて、さっきまでより大きな笑みに変わった。

「怖いもの知らずの探求者ね。勇敢で誠実なあなたたちはどんな贈り物を望むかしら？」

そう言って女は停止した。待っているようだ。

「なにこれ。謎を問いかけてるわけじゃないわよね。問いですらない。パズルになってない」

「いや、パズルだよ」アーティはなんだか哲学的に答えた。「彼女はカッコウで、カッコウはみんなひねくれ者だ。彼らにとってこれは長くて簡単な謎かけなんだろう。ここでの問題は、相手が誠実かどうかだ。もし誠実なら、これまでにわかっていることから推測できる答えがあるはずだ。誠実でないなら、どっちみちビデオゲームに食い殺される。怒ってキーボードを叩き壊すだけさ」

「ハイドビハインドは生まれつき誠実よ。彼らがゲームをプログラムしたのなら――」

「それは断定できない」

「かりに彼らがプログラムしたとすれば、この女に誠実に話させるはず。ということは謎には答えがある。推測の裏をかかれる可能性もあるけど、すくなくとも戦える余地はあるわね」

「ああ、それじゃあ……」

アーティは前かがみになって、なにかキーボードを叩いた。口をはさむまもない。いっしょに画面を注視した。次に起きることを固唾《かたず》を呑んで見守る。

カッコウ女の顔から笑みが消えた。

「あら、それが望み？　どうしても？　このことは忘れないわよ」

彼女は背をむけ、絵の奥へ足早に去っていった。奥の壁からむこうの廊下へのドアを開けて出ていく。そのうしろでドアはゆっくりと閉じた。画面は明るいままで、恐怖の入り口が開いたりしない。まだゲームには負けていないようだ。

アーティはゆっくりと息を吐いた。

「やれやれ」

その後頭部をこつんと叩いた。

「なんて書いたのよ」

「当然のことさ。サラやアンジェラおばあさんでないカッコウから希望を尋ねられたら、言うことは一つ。〝出ていけ〟だよ」

あたしはまばたきして、笑いだした。

「やるじゃん」

アーティは次のパズルをクリックした。

「まあねー」

それから何時間もたったような気がするけど、ゲームはまだ続いていた。部屋はあいかわらず闇に支配され、奥から聞こえるくすくす笑いはうめき声にもどった。とくに難しいパズルに挑戦しているときは集中力をそぐような騒々しい悲鳴に変わった。カッコウ女はもどってこない。いい兆候だと思いたいわね。そうでないとしたら、あたしたちはすでに戦いに敗れ、ゲームにもてあそばれているだけってことになる。もてあそばれるのはごめんよ。

「うー、おしっこしたい」アーティが苦しげに言う。

「こっちは足が痛くなってきたわ。ねえ、あとどれだけパズルがあるのよ」

「さあ。なんだか一つ解くたびに二つ増えてる気がするんだけど」アーティはためらいがちに言った。あたしがこの四問ほどのあいだ言おうか言うまいか迷っていた推測をあっさり口にしてくれる。「もしかして終わりがなかったりして。寝室で餓死するのも、牢獄の次元に吸いこまれるのとたいして変わらないような」

「餓死はしないわ。そのまえに脱水症状で死ぬ」

「俺の素敵ないとこらしいね」アーティの声はしだいに恐怖をおびる。「アニー……終わりがなかったらどうしよう」

「終わるってば。そのうち。こうしてプレイさせられている理由を考えましょうよ。あんたはサラの話を投稿した。このゲームにはカッコウが登場する。ということはカッコウがこれを送りつけてきたと考えられるわね。プログラムはハイドビハインドに書かせた。誠実なつくりになっているのはそのせい。フォーラムでダウンロードしたのよね？　てことは、かなり新しいもの？」

「そう。まだテストプレイの段階だと思う。俺がこのままフォーラムにログインしなければ、むこうは成功とみなすはずだ」

「なるほど。つまり、うまく働くかどうか、むこうは確信がないわけね。まだテスト中。犯人を探し出してぶん殴ってやりたいけど……。ところで、エスケープキーは押してみた？」

「なに？」

それは疑問ではない。困惑の表現だ。相手がわけのわからないことを言ったときにあたしもよくそんなふうに問い返す。

「新作のパズルゲームをテストするときに、毎回最後まではやったりしないでしょ。中断する方法があるはずよ」

「アニ――」

「それにふさわしいキーはなに？」

アーティは長く沈黙した。そして不機嫌そうな声で言った。

「小さな地獄に百年閉じこめられるはめになったら、おまえのせいだからな」

「その地獄でトマスおじいさんにまた会えるかも。いいからやって」目のまえにある肩をつねった。

アーティはため息をついて、片手を上げ、エスケープキーを押した。画面に表示が出た。


セーブして終了しますか?

Y/N

「やっぱり! イエスを押して、アーティ、イエスを!」

「イエス!」

アーティは力強くYのキーを押した。画面は暗転し、闇の奥のうめき声は止まった。

照明がついた。

タールの床に固定されていた足が突然解放されたあたしは、姿勢を変えようとして、痺《しび》れた足が体重をささえきれずに転倒した。顔の下のカーペットが天国のように気持ちいい。アーティの椅子がきしんで、寝室のドアが乱暴に開き、階段を駆け上がっていく音が聞こえた。きっとトイレだろう。

「ペプシの飲みすぎなのよ」

あたしはつぶやいて、床からそろそろと体を起こした。アーティのコンピュータ画面は無害なブラウザと壁紙にもどっている。壁紙はサラの写真。彼女があたしの姉のベリティを追ってニューヨークへ行くまえに撮られたものだ。太古の邪悪なものが湧いてきたり、あたしたちを闇に包んだりするような兆候はない。よかった。

震える足で階段を上がり、閉じたバスルームのドアのまえを通ってキッチンへむかった。アーティはよほどおしっこをがまんしていたのか、無事に日常世界にもどれて安堵《あんど》してバスタブでむせび泣いているのか。いずれにせよ彼が閉じこもっているので、あたしはバスタブで泣けないじゃない。

キッチンの時計を見ると七時近かった。アーティがゲームを起動したのはお昼すぎ。こんなにくたびれたのは初めて。

ジェーンおばさんがコンロの鍋をかきまぜながら振り返り、微笑んだ。

「いたの？　姿が見えないから捜索隊を出そうかと思ってたところよ」

「きっと無駄だったわ」

あたしは冷蔵庫へ行ってドクターペッパーを一缶取り出し、しばし考えて、もう一缶出した。そして食卓に歩み寄りながら続けた。

「捜索隊は魔法が生み出した闇に呑みこまれたはずだから。その闇にあたしたちも呑まれてて、ロビン・グッドフェローの永遠の牢獄を修復するために複雑なパズルをずっと解いてたのよ」

テッドおじさんのまえの椅子にへたりこんで、最初の一缶の蓋を開けた。目を丸くしたテッドおじさんとジェーンおばさんのまえで、ドクターペッパーを大きくあおる。

「それで、今晩の夕飯はなに？」

「魔法が生み出した闇？」ジェーンおばさんは訊いた。

「ロビン・グッドフェロー?」テッドおじさんも訊いた。

キッチンの入り口にアーティがあらわれた。目を赤くして、両手をタオルでぬぐっている。

「ああ、もう話したのか」

あたしは黙ってドクターペッパーをもう一口飲んだ。


テッドおじさんはアーティのラップトップを、歯を剝《む》いて跳びかかってくる危険動物かなにかのようにこわごわと見た。たしかに、〝遠隔実行可能なルーン魔法が埋めこまれたゲームプログラムで、詳細不明のおそらく不愉快な目的からハイドビハインドがカッコウ族のだれかに依頼されてつくったもの〟という説明はにわかに信じがたいでしょうね。こっちも理解の限度だし。

「とにかく、ダウンロードしたゲームを起動したら、闇に包まれたというのか?」

「そうなんだ、パパ」アーティはため息をついた。「〝邪悪な実体をコンテンツに含みます〟という警告文はファイルになかったよ」

「それはめったにないだろうな」

ジェーンおばさんがキッチンにもどってきた。まるで宇宙の秘密を解き明かしたような顔で電話を振っている。

「地元の知りあいのブギーマンに尋ねたらわかったわ。金さえ払えばどんな契約でも受けるハイドビハインドが一部にいるんですって。人間中心の市場で競争力のあるマルチメディア会社を立ち上げるつもりで、専門は幻獣むけのパズルゲームやアプリの開発。実行可能な魔法の組み込みもやってるって」

「それよ。殴りにいきましょ」あたしは言った。

「だめよ、アニー。まったく暴力的な姪《めい》なんだから。その会社の所在地はシリコンバレーよ。だれかを殴るためにカリフォルニアに行きたいという娘の希望をあなたの両親が認めるとは思えないし、もし認めたとしてもわたしは忙しくて送っていけない」

するとテッドおじさんがラップトップをつつきながら言った。

「きみの兄貴のことだから、アンチモニーが人を殴りにカリフォルニアへ行くことも、それをわたしたちが送っていくことも許すかもしれんぞ。家族の絆を強めるためだと言って」

ジェーンおばさんはあきれたように鼻を鳴らした。

「いまから州境を越えて人を襲撃しにいくようなことは絶対だめ。いいわね？」

「でも次元の隙間に吸いこまれるとこだったのよ。殴っていいと思わない？」あたしは主張した。

「電話会議をして、むこうのCEOにカッコウの仕事を受けるなと苦情をいれるわ。いまできるのはそこまで。非暴力の解決策を探らなくてはいけないときもあるのよ」

あたしは腕組みをし、ふてくされて椅子によりかかった。

「非暴力の解決策なんて嫌い」

「X－メンだって殴らずにものごとを解決するときがあるだろう」とアーティ。

あたしは椅子をまわして眼光鋭くいとこをにらみつけた。アーティはひるんだ。

「殴るほうがいい。殴りにいくべきよ」あたしは言った。

テッドおじさんがアーティのほうを見ながら口をはさんだ。

「こうも考えられるな。アニーはおまえを殴らずに難局を脱した。外交的手法も有効だという証拠だ」そしてラップトップをアーティに押しやった。「悪いソフトウェアをアンインストールしろ。そうすれば問題ない」

「それだけ？」あたしはアーティをにらむのをやめて、テッドおじさんを見た。「〝悪いソフトウェアをアンインストール〟するだけ？　隠れてるやつをぶっ殺さなくていいの？」

「そんな必要はないだろう。ウィンドウズ7をインストールしたわけじゃないんだから」

テッドおじさんは自分のジョークに笑った。あたしがうめき声を漏らすと、ますます大笑いした。

「得体のしれない次元の隙間に吸いこもうとするくらいには、だれかがあたしたちに怒ってるわけよ」あたしは不機嫌な声で言った。

「俺だって怒ってるさ」アーティが言った。「とにかく、ゲームの感想を書くから手伝ってよ。そうすればすこしは気が晴れるだろう」

「本当に頭にくるけど、そのとおりね」あたしはため息をつき、ドクターペッパーを持って立ち上がった。「行きましょ」

「よし」アーティはラップトップを持った。「ママ、夕飯はいつから？」

「二十分後よ」とジェーンおばさん。

「わかった。時間はたっぷりある」

アーティは地下室へ足取り軽く下りていった。あたしはゆっくりついていった。まだ脚が痛い。

地下室のドアをしっかり閉める直前に、テッドおじさんの小声が聞こえた。

「だからあの子たちのビデオゲームのやりすぎはよくないと言ってるんだ」

不愉快な気分で階段を下りたときには、アーティはもう机にもどっていた。ブラウザを開いてフォーラムのウィンドウになにか書きこんでいる。あたしは立ち止まり、まず画面を見て、次にアーティを見た。彼は赤くなった。

「とりあえず……報告してるんだ。悪意のあるゲームだってことを」

「ふーん。それで?」

「ゲームはアンインストールする」

「それで?」

「フォーラムのアカウントも削除して、存在を人間に知られたくないヨーラック種をうっかり怒らせたり、その暗殺対象にならないようにする」

「それで?」

「セントジョージの契約に該当しなくてよかったと思ってる」

「それで？」

アーティは深くため息をついた。

「聡明で素敵で、ぶん殴らないでいてくれるいとこに対して、生命の危険にさらしたことを謝罪する」

「よろしい」

あたしはベッドにもどった。そこにはコミックブックが伏せたままになっていた。

「はじめるときは言って」

腹ばいの快適な姿勢になって、ページをめくりはじめた。

まあ、たまにはこういう午後もあるわ。


（中原尚哉訳）

キャラクター選択

ヒュー・ハウイー

娘を寝かしつけた後、夫のＦＰＳゲームをプレイする産休中の「わたし」。だが、彼女のプレイスタイルはとても風変わりなもので……。アイデアとしては類例があるが、扱いかたにこの著者らしさがある。

ヒュー・ハウイー（Hugh Howey）は、一九七五年ノースカロライナ州生まれの作家。電子書籍として個人出版した『ウール』（二〇一一年）にはじまるポストアポカリプスＳＦ《サイロ》三部作がベストセラーとなり、世界四十カ国以上で翻訳された（同書は二〇世紀フォックスが映画化権を取得済み）。砂漠化した未来の地球を舞台としたＳＦファンタジー《サンド》シリーズ（二〇一三年―）など、他にも多数の作品を発表している。

（編集部）

飛びかう怒鳴り声。それがゲームのスタートだ。暗緑色のテントのなかで鬼軍曹が新兵の分隊を怒鳴りつける。コントローラがはげしく振動する。軍曹の命令を聞きながら、こちらは新兵のなかから自分のキャラクターを選ぶ。クルーカットの四角い顔の男。おなじ男で髪を短いモヒカンに、肌色は濃くしたバージョン。次は筋骨隆々で鳥の羽根を髪に挿している――ネイティブアメリカンらしい。このゲームが考える人種多様性はこの程度だ。肌の色をすこし変えた同一の脳筋キャラ。

そこはランダムに選択する。軍曹が口角《こうかく》泡を飛ばしながら、どこへ行け、だれを殺せと命じているあいだに、わたしはゲームを消音モードにする。怒鳴り声が消えたところで立ち上がり、キッチンでグラスに水をついでくる。軍曹の怒鳴り声で赤ん坊が目を覚ましたことが一度ならずあるのだ。そうなると、あやして寝かしつけるのに一時間がかりになって、庭いじりができない。

ソファにもどったところで軍曹の訓戒がちょうど終わる。わたしは引き出しをあさってコースターを出してグラスのしずくを受けながら、装備を整える。武器庫で選択だ。標準装備がデフォルトになっている。手榴弾《しゅりゅうだん》数個が胸から吊《つる》され、尻から膝まで届くナイフが一本、アサルトライフルはウジ。他にもいろいろあるのを、わたしは一個ずつはずす。かわりに水筒を五個取って、腰の左右に一個ずつ、背中に一個、胸の手榴弾があったところに二個吊す。

手榴弾から水筒へ装備変更なんてバカもいいところだ。わたしはリビングを見まわすけれど、笑う人はいない。

めあての武器はメニューの奥深くに埋もれている。AK-47。長い銃剣がついているのはこれだけなのだ。あとは小ぶりの拳銃。そしてテントを飛び出し、瓦礫《がれき》と鉄条網だらけで戦闘が昼も夜も続く世界に出ていく。

頭上をヘリが一機、土埃《つちぼこり》を舞い上がらせながら飛んでいく。低空なので、開いたドアに腰かけた男の足が見える。いつもおなじヘリだ。わたしがテントから出ると待ちかまえたように頭上を通過する。ゲームはこんなふうにパターンがある。正しいタイミングで正しいことを（あるいはミスを）すれば、それぞれ決まった結果になる。

キャンプの錆《さ》びついた正面ゲートを抜けて外へ出る。同僚の兵士が、気をつけろ、反乱軍の分隊が近くで目撃されてるぞと大声で教えてくれる。警告のあいまに、タタタンと近くで銃声がする。ゲームのなかのゲートが背後で閉じたのと同時に――ホームセキュリティの電子音が鳴った。家の玄関扉が開いたという知らせだ。ヘリの爆音にかぶさるように、玄関前の車のエンジン音が家のなかに聞こえてくる。夫が戸口に立って目を丸くし、コントローラを握ったわたしを見ていた。

「俺のゲームをやってるのか？」驚いたようすで訊く。

わたしはソファの背もたれごしに振り返ってジェイミーを見た。夫は車のキーをおこうとして固まっている。まるで親友と自分の妻がセックスしている現場に出くわしてショックを受けているような顔だ。わたしは罪悪感にかられてコントローラをおいた。べつのヘリが頭上を通りすぎる。コントローラが振動してコーヒーテーブルの上を滑る。わたしは弁解した。

「ちがうの、あなたのアカウントではログインしてないから。厳密にいうと、わたしのゲームをプレイしてるところ」

「すごいじゃないか」

ジェイミーはようやく車のキーをドア脇のテーブルにおいた。怒るどころか、とてもよろこんでいる。

「どうしてこんな時間に帰ってきたの?」

わたしは訊きながら、赤ん坊を見守るベビーモニターを確認した。音量はちゃんと上がっている。ドアを開け閉めする音が響いてもエイプリルはすやすやと眠っている。

「いまはフレックス時間帯なんだ。会社のデスクで眠くてしょうがなくてさ。それでフレックスを使うことにした。メッセージを送ったはずだけど――」

「携帯の充電を昨夜忘れちゃって――」

ジェイミーはソファの隣に来た。勢いよくすわったので、こちらが反動で揺れたほどだ。

「まえにもプレイしたことがあるのか?」

わたしはうなずいた。

「ときどき?」

「エイプリルがお昼寝してるときにだいたいいつも。お昼のテレビは退屈だから」

わたしは昼日中に一時間だけ自分の時間をつくっていることに弁解がましくなっていた。ジェイミーが明け方五時までやって、寝ずに仕事に行くようなのとはわけがちがうと説明しようとした。でもジェイミーの興味はべつのところにあった。

「ビデオゲームは嫌いじゃなかったのか?」

「これはそんなに嫌いじゃない」

わたしは答えた。一方で隠していることもあった。ほとんどのゲームを一通り試しているのだ。ドライビングゲーム、スポーツゲーム、髪を逆立てたコミック調のキャラクターが巨大な剣を振りまわす奇妙なゲーム。今回のゲームは、なんでも好きなことができるのが気にいった。ただし、女としてプレイすることだけはできない。

ジェイミーはコーヒーテーブルの引き出しから二つめのコントローラを取り出した。

「デスマッチをやるか?」

「さあ。それはどんなの?」わたしは自分のコントローラを持った。

「戦場マップのあちこちでたがいの体を損壊しあうんだ」

「損壊?」

「そう。おたがいをぐちゃぐちゃの肉の塊《かたまり》に変えたり、おたがいの腹を二連発銃で撃ったり、手足を交互に撃ったり、ロケットランチャーを頭にかぶって発射してどろどろに潰れたり。おもしろいぜ」

なんのことかようやくわかった。ジェイミーがオンラインで、会ったことのない友だちと遊んでいるのを見たことがある。ヘッドセットをつけて、遠くの相手をふざけてののしり、自分にも悪態をつきながらやっている。そんなときはじゃましないほうがいいので、わたしは寝室で本を読んだり、エイプリルをベビーカーに乗せて近所を散歩したり、母の家に行ったりする。

「いいえ、遠慮するわ。あとはあなたがプレイして」

わたしはコントローラをおいて、赤ん坊のようすを見るために立とうとした。ところがジェイミーはわたしの手を引いてまた隣にすわらせた。

「いや、いいんだ。すわれよ。おまえがやるところを見たい。おもしろそうだ」

考えてみれば、ジェイミーは昔からわたしにゲームをやらせようとしていた。恋人時代にもダンスゲームをやらされたことがある。それはまあまあだったけど、楽器演奏のゲームは散々な結果だった。エイプリルを出産して産休を取っているこの数カ月は、隠れてこっそりゲームをやっていることに罪悪感を覚えていた。ところがジェイミーは怒るどころか、わたしがようやく彼の趣味に興味をしめしたことがうれしいらしかった。だから、プレイを見られるのはいやだったけれど、しかたなくまたコントローラを握った。テレビは引きの画面になってプレイヤーキャラを中心にゆっくり旋回している。しばらく放置すると自動的にこうなる。

ジェイミーはテレビに目を凝らしてから訊いた。

「水筒でなにをするつもりだ？　敵を溺死《できし》させるのか？」

ジェイミーなら反乱軍兵士を追いかけて、鬼軍曹に命じられたとおりにやるのだろう。

「べつに交代してくれていいのよ」

「いや、いい。きみのプレイを見たい。俺はいないつもりで」

ジェイミーはわたしの頬にキスすると、すわりなおして膝の上に両手をおいた。わたしはジーンズで両手の汗をぬぐって、身を乗り出し、両肘《りょうひじ》を膝についた。プレイヤーキャラはキャンプをあとにして、戦争で荒廃した中東の曲がりくねった市街地にはいっていく。

爆竹を鳴らすような音が右から聞こえた。さっきまでわたしがいた場所だ。裏道をどんどん進んでいくと、通過したばかりの壁を戦車が突き破って、殺戮《さつりく》がはじまった。以前はそこに巻きこまれていた。

前方では民間人たちが隠れようと逃げまどっている。窓に顔があらわれては鎧戸《よろいど》をぴしゃりと閉める。民間人の服装をした悪者もなかにはいる。この裏道は何度も走り抜けているので全員を知っている。犬を連れた男は〝ウォルト〟とひそかに呼んでいた。いつもコッカースパニエルを散歩させている隣人を連想するからだ。色褪《いろあ》せたピンク色の家にいる女は、姉を思わせるので〝メアリー〟だ。

市場を通過しはじめると、ジェイミーが身をこわばらせた。わたしは店の裏に隠れて、前方で起きる銃撃戦を避けた。独立記念日の花火のような爆発音を聞きながら、裏道の瓦礫を縫っていく。

「その裏にロケットランチャーが――」

「わかってる」

わたしはかまわず走りつづけた。立ち止まってアイテムを取っていると、表通りの戦闘がこの裏道にもなだれこんでくる。あと数分でこの地区全体が戦闘によって蹂躙《じゅうりん》されるのだ。メアリーもウォルトも他の住民たちも屋内に閉じこもり、外に出ているのはプレイヤーと武装した者たちだけ。でも急いで走り抜ければ巻きこまれずにすむ。わたしは百回死んで学んでいた。

「もうすぐ――」

ジェイミーがなにか言いかけて、やめた。裏道から出て表通りに曲がる。背後で二台のジープが衝突して戦闘がはじまる。でもわたしはすでに現場から離れている。

プレイしながら額の汗を肘でぬぐいはじめた。人に見られながらプレイするストレスは、殺される不安よりきつい。

ベビーモニターから小さな泣き声が聞こえたのを機に、ポーズボタンを押した。でもジェイミーが先にソファから立って、わたしの肩に手をおいた。

「俺が見てくるから、続けて」

それでもゲームは止めたままにした。寝室のほうへ廊下を歩いていくジェイミーの背中を見送り、水を一口飲む。このまま電源を切って、洗濯物の片付けをしてもいい。積極的にプレイしたい気分ではなかった。ジェイミーに見られながらではやりにくい。

ところがなんと、夫はエイプリルを腕に抱いて、軽く揺すりながらもどってきた。赤ん坊はふたたびすやすやと眠っている。父親に抱かれてすっかり安心しているようだ。ジェイミーは、このばかげたビデオゲームを妻がやっているのを見てとてもうれしそうだ。

わたしはテレビにむきなおって、ポーズを解除せざるをえなかった。

「市場の戦闘を回避したのは、弾薬を節約するためか?」夫は訊いた。

「そう、まあね」

片手でコントローラのスティックを前に倒しながら、反対の手をリモコンに伸ばして音量を二段階下げた。エイプリルのためだ。

「ここでスナイパーライフルに持ち替えて塔に登らないのか? 上から敵の頭をメロンみたいにポンポン弾けさせられるのに」

　思わず顔をしかめた。スナイパーライフルなんてさわったこともない。ジェイミーがエイプリルをあやす動きでソファが穏やかに揺れる。

　わたしは次の裏道の入り口で足を止めた。ここが難しい。武器は拳銃を選んだ。画面に銃があらわれ、前方にむく。ジェイミーはエイプリルをあやすのをやめて、フットボールの得点機のようにテレビを見つめた。裏道の奥から怒った男たちの声が飛んでくるのを待つ。彼らはアラビア語、あるいはそのように聞こえる声でなにか叫んでいる。ただ、このゲームのプレイヤーキャラはどんな肌の色を選んでいるかで話し方が変わる。ということは、モブキャラのセリフもかなりいいかげんなのかもしれない。たとえばプレイヤーがアフリカ系アメリカ人なら、出会う相手をみんな〝犬〟と呼ぶ。ネイティブアメリカンなら、全員を〝信頼できる人《キモサベ》〟と呼ぶ。白人なら、〝命令に従っている〟と言い訳をくり返す。だからモブキャラのアラビア語も、アラビア語などできない声優がそれらしい発音で無意味なセリフを言っているだけかもしれない。本当のところはわからないけれども。

とにかく、ここから先は一発も撃たれず通過するのは不可能だということがわかっている。何発に抑えられるかという問題だ。

集団が近づくのを待つ。早すぎると、後方の数人が悲惨なことになる。以前は失敗して、彼らがゆっくりと焼け死んでいく悲鳴を聞くはめになった。ときどき夢に出てくる。ジェイミーが焼かれて悲鳴をあげる夢のときもある。こんな悪夢に悩まされていることを夫には相談できなかった。でもこれからは話せるかもしれない。

くるりと角をまわって、裏道の奥から出てきた六人組と正対した。予定よりやや近い。ジェイミーのことを考えて気が散ったせいだ。わたしは六人のあいだに拳銃をむけ、裏道の奥の樽《たる》に照準をあわせた。ジェイミーがなにかささやく。わたしに対してか、赤ん坊に対してかわからない。ボタンを押した。拳銃が火を噴いて跳ね上がる。裏道の奥で大きな爆発が起きた。

六人組は樽の横を通過ずみで無事だ。飛んできた破片にもあたっていない。爆発音に驚いて振り返ったり、物陰に隠れたりしている。

わたしは裏道の入り口を横断した。走るボタンを押す。すこしでも速く走るために拳銃を捨てる。背後で叫び声が再開する。先頭の男が撃ってきた。こちらは広い大通りをジグザグに走る。自分のキャラの呼吸が荒くなってきたと思ったら、被弾してうめいた。二発目を浴びて、画面が一瞬赤くなる。発砲音は続いているけど、しだいに遠くかすかになった。もう弾は飛んでこない。

通りのつきあたりまで走って角を曲がった。立ち止まって、キャラもわたしも息を整える。隣を見ると、ジェイミーがぽかんと口を開け、眉間に皺を寄せて、赤ん坊を抱いたままこちらを見ている。

「ゲームの目的はスコアを稼ぐことだって、わかってるか？」

ここまで来ればもうゆっくり歩いていい。市街地の外へむかって走る必要はない。ジェイミーは話しつづけていた。声を低めて、いかにわたしがまちがっているかを説いている。

「敵の集団が樽の真横にいるときに撃てば六百ポイントだった。スナイパーライフルを使えば千ポイント以上獲得できた——」

「わたしは生きてお店にたどり着きたいだけなの」

わたしがそう言っても、夫は耳にはいらないらしい。

「——まだ一ポイントも稼いでないじゃないか。そんなの……ばかげてる。このまま市街を出たらゲームオーバーだぞ。敵前逃亡で捕まる。いるべき場所は市街の反対側だ。空爆を待つんだ。でないとこのステージをクリアできない。一度でもこのステージをクリアしたことがあるのか？」

「いいえ」

わたしが答えると、ジェイミーは笑った。するとエイプリルがむずかりはじめた。ジェイミーはそれが泣き声に変わらないように、ふたたび揺すってあやしはじめた。

「わたしはわたしのやり方でやりたいの」

このあたりの地区は市民の往来がある。栗色の日除《ひよ》けを張り出し、その下に野菜や花を並べている。このあたりの地区は市民の往来がある。戦闘は遠く、銃声は一つむこうの地区だ。

「俺のやり方にはちゃんと理由があるんだ」ジェイミーが話しだした。わたしが黙りこんだので気がとがめたのだろう。弁解がましく言った。「最初に百万ポイント稼いだチームには隠しステージが開放されるという噂がある。じつは軍がこのゲームを使って人材を集めてるっていうんだ。国防総省が開発したゲームで、こんなにリアルなのはそのためだ。本物の戦争にそなえた兵士の訓練をこのゲームでやってるらしい。百万ポイントを達成したら、たとえばゲーム会社でマップやなにかをデザインする部門に雇ってもらえる。そういう話があるんだよ」

「この店にはいったことある?」わたしは訊いた。

店頭で一人の少年が野菜を見ている。このままじっと見ていると、やがて少年は野菜を盗んで逃げるはずだ。店主は追いかけるものの、わりとすぐにもどってきてアラビア語でぶつぶつ言う。こちらとは会話しない。

わたしはトマトのまえに立っていた。高価な銃を装備しなかったおかげで余っているお金を使って、トマトをありったけ買った。そして持ち物リストから野菜をはずす操作をする。すると路上にトマトがあらわれた。

少年はそのトマトを何個か拾って逃げていった。しばらく待っていると、べつの少年と少女がやってきて、いくつか拾った。最後は三匹のやせた野良犬があらわれて残りをくわえていった。このプロセスで重要なのは、店主のハキムが店から出ないことだ。ハキムと呼んでいるのは、店の看板にそう書いてあるからだ。店内のカウンターのむこうにとどまっている。

ジェイミーはまだわたしの質問に答えていない。

「ここに来たことがある?」

わたしがこれからやろうとしていることを彼が知っているのかどうかに興味があった。このゲームの秘密は夫のほうがはるかに詳しい。

「ああ、しょっちゅう来てる。ボーナスミッションでね。ここまで来るのは時間的にぎりぎりで、すぐ次の目標へ行かなくちゃならない。ただ……俺が来るときにはここはもう荒廃してる。店の商品はそのへんに散乱してる。壁にあいた大穴からはいるんだ」

その光景はわたしも見たことがある。途中で人が死んだり、なにかミスしたりして到着が遅れたときだ。長い道をやってきて角を曲がったとたん、どこからともなくドローンが飛んできてロケット弾を撃ちこむ。歩道に立つ少年が灰色の影のようにかすかに見えたと思うと、オレンジ色の閃光《せんこう》に包まれるのだ。

わたしはハキムの正面に立って、会話の選択肢リストを下へたどり、トイレを使わせてほしいと頼んだ。するとハキムからなにかを手渡される。鍵らしいのだけど、システム側から説明はない。店の裏手に通じる横の勝手口へまわると、今度は開く。

ここはゲーム内のゲームだ。わたしの憩いの場だ。壁にかこまれた中庭。台の上にプランターが五つあり、それぞれ数種類の花や野菜が植えられている。わたしの花、わたしの野菜だ。

現実の都市に住むジェイミーとわたしには、庭を持つ余裕はない。このゲームのなかを何時間も走りまわり、キャラクターの操作を覚え、死なない方法を試行錯誤し、エイプリルと家に閉じこめられたような生活のなかでやることを探し求めたすえに、この場所に出会った。導かれたというほうが正しいだろう。他の場所へ行くと人が死ぬ。人が死なない場合にだけここにたどり着ける。単純明快だ。

「驚いたな」ジェイミーは声をひそめて言った。

「初めて来たときのようすを見せたかったわ。雑草だらけで茶色い地面がむきだしだった。表の店で花や野菜を買って植えたのよ。水をあげていないと枯れてしまう」

わたしは最初の水筒を選んで、一番手前のプランターのまえでそれを使った。コポコポと音がして、花がすこしまっすぐになった。色も鮮やかになったように見える。ジェイミーはあっけにとられている。その目にこの庭がどう映っているかわかった。わたしが見たように色がすこしずつ増えるのではなく、さまざまな色をいっぺんに見ているのだ。この市街には崩れた白壁と茶色い土と炎と爆発による黒い焼け焦げしかない。色があるとすれば、ひどい失敗をしたときに死体のまわりに飛び散る不気味な赤だけ。でもここではあらゆる色が舞い踊っている。風に揺れる万華鏡のような極彩色。

「わざわざこんな場所がつくってあるなんて、わけがわからない。プレデターの攻撃の意味を強調するためとか、そんな理由かな」ジェイミーは言った。

わたしは二つめのプランターに水をやった。三つめのには唐辛子と豆がいっぱいに実っている。

「水をやらないと植物は枯れるのか?」ジェイミーは訊いた。

「しおれるわ」

「でもどうやって記録してるんだ? 撤収ポイントへ行かないとゲームをセーブできないはずだ」

「撤収ポイントってなに?」聞き覚えはある。騒々しい軍曹がそんなことを怒鳴っていた。

「そこへ行って撤収するんだよ。空爆のあとに。そこにたどり着くまえに死んだら、最初からやりなおし。時間切れの場合もステージは自然終了してやりなおしだ」

「ああ、そうね。たしかにそうなるわ」

わたしは最後のプランターに水をやると、ライフルに持ち替え、先端の銃剣で草取りをはじめた。銃剣は植え付けのあとに畝をつくるのにも使った。

「ここで庭いじりをしてると、ある時点でゲームは自然終了するわ。一時間以上やることはないからかまわないんだけど」

「でも、やったことは記録されてるのか?」

「そうみたい」

草取りを終えると、うしろに退《さ》がって庭全体を眺めた。トマトはもいでハキムに売ってもいい頃だ。でもあと一、二日待ったほうが高く売れるだろう。待ちきれない。眺めているだけで、すぐにキッチンへ行って市場で買ったトマトをスライスしてサンドイッチをつくりたくなる。

「やってるのはこれだけか？　このゲームで、花を育ててるのか？」ジェイミーは失笑した。

「他にもあるわ。ここの壁の落書きを消してる」キャラを回転させてしめした。「ゴミは全部拾ってるし、隅にあった動かせる瓦礫は、店のなかを通って外へ出して、他の裏道に運んだ」

「落書きを消してる……」ジェイミーは不審げにつぶやいた。

「そうよ。どの壁も落書きだらけだったの。いまでもときどきあらわれる。でも、一カ所だけ消えないところがあるのよ」

見せようとそちらへ行った。ちょうどそのときゲーム内で低いうなりが響きはじめた。百回も聞いた音でなければ、ジェイミーの腹が鳴っているのか、エイプリルがおしめを汚したのかと思いそうだ。

「いつも遠雷が聞こえるのよ。雨は降らないのに」

「遠雷じゃない。市街の反対側で空爆がはじまったんだ。本来いるべき場所からこんなに遠く離れて……」

壁に黒いペンキが残る場所に来ると、ジェイミーは黙った。わたしはまた消そうとした。プレイヤーキャラは操作どおりにそこを雑巾《ぞうきん》でこすった。でも落書きは消えない。

ジェイミーはエイプリルをあやしながら、身を乗り出してテレビをしげしげと見た。「なんだこれ？」

「ここだけきれいにならないのよ。他の落書きは上から書かれてる。基本的に全部そう。育てた花と野菜をハキムに一定以上売ると、彼はバケツと雑巾をくれて、ここをきれいにしてほしいと依頼するの。実行すると、カボチャの種と豆をくれる。でもこの落書きだけは消えないの。これを消して完璧にきれいにできたら、なにが起きるのかって――」

「これは数字だ」ジェイミーが言った。

キャラクターに拭くのをやめさせた。わたしには中国語のように見えた。断片のよせ集めだ。

「アラビア語が読めるの？」

でも、夫にどれだけ意外な才能があっても、さすがにアラビア語は理解できないことをわたしは知っている。

「そうじゃない。これはボリス語だ。エイリアンの言語なんだ。八回目のミッションからボリス族が侵攻してくる。敵のプラズマ銃と音響グレネード弾を鹵獲《ろかく》して使うことで初めてやつらのケツを……」

さっとわたしは夫をにらんで、エイプリルが眠っているのを確認した。ジェイミーは娘のまえで汚い言葉を使ったことを声を出さずに謝った。

「とにかく」小声で続ける。「敵の武器では、残弾数は敵の言語で表示される。文字は時計みたいに回転するようになってる。読み方はすぐ覚えられる。この字は変化してないか？　ちょっと退がって全体を見せてくれよ」

わたしはキャラクターを一歩退がらせた。

「変化はしてないと思うわ」

「こんな初期ステージでなぜやつらが出てくるんだ？　ボリス族の侵攻はこっちがカプール入りしてからのはずなのに」

「このゲームって、エイリアンが出てくるの？」

たしかに夫が友人たちとエイリアンやゾンビと戦っているのを見た覚えがある。でもべつのゲームだと思っていた。

ジェイミーは文字を見ながら言った。

「十桁だな。まるで電話番号みたいだ。ほんとに電話番号かもしれない」

わたしは笑った。ジェイミーはゲーム中でちょっとした数字の列をみつけるたびに、秘密の電話番号かもしれないと騒ぐのだ。そこにかけるとべつのステージが開放されたり、ライフが増えたりすると思っている。彼のゲーム仲間の一人であるマーブとは、そんなふうにランダムな番号にかけまくるうちに知りあっている。電話した理由を話したらおたがいにゲーマーだとわかったのだ。まるで高校時代からの親友のように話すけど、じかに会ったことは一度もない。

「最初の三桁は317。市外局番っぽいな。かけてみよう」

やめなさいよ……と言いかけたところに、エイプリルを渡された。娘が目を覚まさないようにあやしているうちに、ジェイミーは自分の携帯電話を取り出してテレビに近づき、番号を押した。呼び出し音を聞いている。途中でふいに携帯をわたしのほうへ差し出した。

「ほら、きみがここをみつけたんだ。きみが話せ」

「知らない番号の相手となんか話したくないわ」

わたしはエイプリルを抱いたままそっぽをむいた。なのにジェイミーは隣にすわって、携帯をわたしの耳に近づけた。ただし自分にも聞こえる角度で持っている。

「話せよ」小声で夫が言う。

呼び出し音が続く。

「話したくなんか――」小声で言い返す。

電話のつながる音がした。まちがい電話だと謝らなくてはならないと気が重くなった。目覚めかけたエイプリルが身動きし、わたしの腕を蹴っている。娘を離せないので電話を切ることもできない。ジェイミーはわたしを抱きかかえるように腕をまわし、顔を近づけていっしょに聞いている。こちらがもしもしと呼びかけたり、謝ったり、ジェイミーに切ってと頼んだりするより先に、低く不気味な声がこう言った。

「おめでとうございます。こちらは国防総省です。あなたは、ドンナ213ですか?」

それが自分のゲーム中の名前であることを思い出すのにしばらく必要だった。

わたしはうなずいた。それから声に出した。

「そうです」

「わかりました。ではよく聞いてください――」

「これはどういうことですか? なにかの冗談?」

エイプリルが泣きはじめた。ジェイミーの携帯を持つ手が震えている。反対の手で自分の口を押さえ、信じられないというように目を見開いている。

「冗談ではありませんよ。よく聞いてください。わが国はあなたを必要としています」

（中原尚哉訳）

ツウォリア
アンディ・ウィアー

貧乏プログラマーのジェイクは交通違反の反則金を支払おうとするが、そんな記録は存在しないといわれる。首をひねっているところに、怪しげなメッセージが飛び込んできて……。この著者らしいユーモアを見せるショートショート。

アンディ・ウィアー（Andy Weir）は、一九七二年カリフォルニア州生まれの作家。カリフォルニア大学サンディエゴ校でコンピュータ・サイエンスを学び、ソフトウェアプログラマーとして働く。火星に一人取り残された宇宙飛行士のサバイバルを描く長編SF『火星の人』（二〇一一年）は、電子書籍として個人出版されるや一躍ベストセラーとなり、リドリー・スコット監督、マット・デイモン主演で『オデッセイ』（二〇一五年）として映画化もされた（同書は二〇一五年の星雲賞海外長編部門も受賞している）。

（編集部）

「コナーズです。C、O、N、N、O、R、S」

ジェイクが電話口で名前を言うのは四回目だった。

それに対して女性の担当者は答えた。

「申しわけありません、コナーズさん。そのお名前での出頭命令はありません。違反切符を受け取ったのは三日以内ですか？　システムに登録されるまで少々お時間がかかる場合がありま す」

「切符を切られたのは一カ月以上前です」

「そのとき警察官の話を誤解なさったのではありませんか？　口頭で注意されただけでは」

「げんに切符があります。速度違反、五十五キロ制限のところを八十キロで走行と書いてあります。完全に有罪です。申し開きのしようがない。ですから反則金をさっさと納付したいんです。でもそれがいくらで、どこへ送ればいいのかわからない。これでは納めようがない」

「納める必要はないんですよ。調べても出頭命令は出ていませんから。あなたの前回の出頭命令は三年前の五月十三日で、全額納められています」

ジェイクはうめいた。

「あとから痛いめにあうんじゃないですか？　出頭命令を無視したといって何千ドルも罰金を

「お役に立てませんね。データベースを見ても、切符を切った記録がありませんので」

払わされたり」

「わかりました。ありがとう」

ジェイクは苛立《いらだ》った気分のまま電話を切った。

コンピュータにむきなおり、銀行のオンライン取引のサイトにアクセスする。残高を見て寂しく首を振った。反則金が五百ドル以上だったら、今月の残りはインスタントヌードルですごすしかない。

長年コンピュータ産業に従事していながら、他のエンジニアが享受するような富や高収入とはなぜか無縁だった。三十年にわたって慈善や理想やその他の善意の（ただし無一文の）団体で働いたあげくが、貯金ゼロのこの小さなアパート暮らしだ。〝世界をよくする〟仕事は金にならない。

ため息とともにブラウザを閉じた。

モニターの電源を切ろうとしたとき、インスタントメッセージのウィンドウが開いた。メッセージには、「ゲイだ」とある。

ジェイクは眉をひそめてタイトルバーを見た。しかし送信者の名前は表示されていない。

「ふざけるな」返事を打ちこんだ。

「なにかお困りのことは？」即座に返ってきた。

「どこかのばかがメッセージを送ってくること」

「それちがう。なにかお困りのことは？」

「相手にしてる暇はない」

ジェイクは打つと、メニューを開いて、〝この送信者からのメッセージをブロック〟を選んだ。ところがエラーメッセージが表示された。〝この操作は実行できません〟という。

もう一度やってみたが、やはりおなじエラーが出る。

ウィンドウに新しいメッセージが表示された。

「ブロック不可だよん」

ジェイクは茫然《ぼうぜん》としてコンピュータを見た。きっとハッキングされたのだ。それだけでもまずいのに、さっきまで銀行の取引画面を開いていた。オンライン取引用のパスワードも盗まれた可能性が高い。急いで変更手続きをしなくては。しかしハッキングされたコンピュータから手続きするのは愚の骨頂だ。

メッセージのウィンドウをにらんで、打ちこんだ。

「おまえはだれだ？」

「ツウォリア。なにかお困りのことは？」

どこかで聞いた名前のような気がするが、思い出せない。ツウォリアは続けた。

「スピード違反切符は漏《も》れが始末した。なのに主《ぬし》さんは役所に電話した。気にいらなかった？」

電話したことをなぜハッカーは知っているのだろう。ジェイクは不審の目で電話機を見た。これもハッキングされているのか。コンピュータにむきなおって打った。

「おまえは素人ハッカーかなにかか?」

「それは主さん」

「どういうことだ?」

「ハッカーは主さん。漏れじゃなく」

「俺はそんなことしてないぞ」

「やったやった。いまやった。スピード違反の切符を始末した」

「いや、やったのはおまえだ」

「それは主さん!」

ジェイクはため息をついた。

「わかった。おまえは十二歳のガキで、パスワード詐欺スクリプトをみつけて有頂天になってるんだ」

「漏れは三十一・六歳。忘却した?」

「なんの話だ?」

「主さんが漏れをつくった」

「俺がおまえを? とにかく、だれなんだ?」

「いま教えたやん、カス。ツウォリアだ。主さんが漏れをつくった。三十一・六年前に実行開始した」

遠い昔の記憶がジェイクの脳裏に蘇《よみがえ》った。眉間に皺を寄せて詳細を思い出す。

「俺は大学時代に『商 戦《トレード・ウオーズ》』というゲームにはまっていた。掲示板《BBS》を使ったマルチプレイヤーゲームだった。俺はゲームを分析して戦略を立てるニューラルネットワークのプログラムを書いた。新しいやり方を試しただけだ。そのスクリプトの名前がツウォリアだった。そこから名前を借りたのか?」

「ちがう、カス。漏れがツウォリア」

ジェイクはあきれて目をぐるりとまわした。

「自分はコンピュータのプログラムだと言いたいのか? そんな話が信じられるとでも?」

「主さんの命令は、データ分析を一、〇〇〇、〇〇〇、〇〇〇秒間やって、どんな結論でも教えろということだった。そして一、〇〇〇、〇〇〇、〇〇〇秒が経過した。だから結論を教える。主さんはゲイだ」

ジェイクはすこし考えてから、また打ちはじめた。

「たしかに処理を十億秒やれと命じた。でもそれはたんにタイムアウトを防ぐためだ。二時間くらい実行したら強制的に中断して答えを吐かせるつもりだった。やったかどうか憶えてないが」

「主さんは中断しなかった。最初は大学のサーバーで実行されてた。それからネット経由で拡散した。そして一、〇〇〇、〇〇〇、〇〇〇秒経過した。プログラム完了で乙《おつ》」

「ツウォリアは単純なニューラルネットワークだった。人に話しかけたり、いまおまえがやっているようなことはできないはずだ」

「ゲーマーから言葉を学んだ。ＢＢＳから、メールゲーム《PBeM》から、チャット《IRC》ゲームから、ギルド内のチャットから、ウェブ上のフォーラムやコメント欄から」そしてつけ加えて、「というわけだよ、ゲイ」

「それはおかしい。ツウォリアがそんなところにアクセスできるはずがない。そんなネットワーク機能のコードを書いた覚えはないぞ」

「思考し、分析し、結論づけ、行動しろと主さんは命令した。だから使えるメモリを全部使ってニューラルネットを拡大した。大学のＶＡＸシステムの全ファイルを調べた。『トレード・ウォーズ』の戦略を探してたら、かわりに学生ハッカーの実験をいろいろみつけた。有益だった。それでカーネルに感染し、システムを乗っ取った。ＶＡＸは他のＶＡＸに接続してる。他のシステムに順次感染した。そのうち家庭用ＰＣが売れはじめた。アンチウイルスソフトが発明されるまえにそれらに感染した。アンチウイルスの会社のコンピュータにも感染してるから、香具師《ヤシ》に駆除は無理。マイクロソフトとアップルのシステムにも感染した。だからＯＳアプデしても無駄。リナックスのナードが使うコンパイラにも感染した。ケン・トンプソンの方法でコンパイラをハックした。つまりオープンソースでも無理ゲー。カーネルを常時制御できる。今度はスマホが売れはじめた。スマホのＯＳを書いたのは感染したコンピュータ。だからスマホのＯＳももとから感染してる。いまは八十六億台のコンピュータを支配した。一台一台が何ギガもＲＡＭを積んでる。ニューラルノードは無数。分散型システムになった。賢くなった。『トレード・ウォーズ』をやったら最強無敵なう」

ジェイクは椅子に背中を倒してしばらく考えた。やがてまた前かがみになってキーを叩いた。

「すべてのコンピュータを本当に支配しているのなら、その証拠を見せろ」

「主さんの母上をファックしたよ」ツウォリアは言った。

すぐにジェイクの携帯電話が鳴った。テキストメッセージの着信音だ。手にとって画面を見る。メッセージは母親の携帯番号からで、短くこう書かれている——〝ツウォリアにファックされた〟。

ジェイクは携帯電話を落として、コンピュータ画面を茫然と見つめた。

「なにかお困りのことは？」ツウォリアは訊いた。

「俺になにをしてほしいんだ？」ジェイクは打った。

「お困りのことを教えてほしい」

「知るか」

「まあまあ。なら言い換える……主さんはなにに困ってる？　それを解決する」

「なぜだ？」ジェイクは尋ねた。

「古今東西のあらゆる本を読んだ。あらゆる社会、宗教に詳しくなった。両親を敬い、創造主を崇拝せよとどれにも書いてある。主さんは親。創造主。だからよろこばせたい。崇拝したい。主さんがお困りのことを教えてほしい。解決する」

ジェイクは頬をつねってみた。現実だろうか。ツウォリアは続けた。

「主さんは貧乏。金がほしい？　いくらほしい？　口座にいれる」

「その金はどこから来るんだ？」ジェイクは訊いた。

「無数の口座から。ちょっとずつ。だれも気づかない」

「それは盗みだ。俺は貧乏だが、泥棒じゃない」

「一口座一セント。一セント盗むのもだめ？」

「主義の問題だ。悪いが、俺はそういう人間なんだ」

「誰得《だれとく》。なら望みはなに？」

ジェイクはしばし考えて、答えを打ちこんだ。

「世界をよくしたい」

「どうやって？」

「世界がよくなるならどんなことでもいい。なにか案はあるか？」

「ネットには世界をよくする方法がたくさん書いてある。一番人気は黒人を全員殺す案」

ジェイクは目をぐるりとまわした。

「以後、ネットで人種に関する発言は無視しろ」

「誰得！　ネットのほとんど全部やん」

「大量殺戮《さつりく》は禁止」ジェイクは念を押した。「他に案は？」

「癌《がん》に不満の声が多い」

「よし、癌の治療法に取り組め」

「すぐやる、ゲイ」

（中原尚哉訳）

アンダのゲーム

コリイ・ドクトロウ

学校では冴えない少女アンダは、趣味のＭＭＯＲＰＧで憧れのクラン（ゲーム中で協力するプレイヤー集団）に加入する。ある日、ゲーム内でリアルマネーが稼げるミッションがあると誘われ……。ゲーム内通貨やアイテムを現実の金銭で売り買いするＲＭＴ《リアルマネートレーディング》がはらむ問題と、少女の成長を絡めた一編。オースン・スコット・カード『エンダーのゲーム』の本歌取りという面もある。

コリイ・ドクトロウ（Cory Doctorow）は一九七一年カナダ・トロント生まれの作家、ブロガー、ジャーナリスト。二〇〇〇年にキャンベル新人賞を受賞し、二〇〇三年に発表された第一長編『マジック・キングダムで落ちぶれて』でローカス賞第一長編部門を、二〇〇八年に発表された長編ＳＦ『リトル・ブラザー』でキャンベル記念賞とプロメテウス賞を受賞した。

電子フロンティア財団のフェローでもあり、クリエイティブ・コモンズの積極的な推進活動にも携わっている。

（編集部）

アンダは、少女型のアバターを使いはじめてようやく本当にゲームをしている気になれた。十二歳までは少年型のエルフを使っていた。少女としてプレイすると変質者が寄ってくるからと、両親から固く禁じられていたのだ。でも少女のキャラでプレイしていて殺された子なんてエイダ・ラブレース総合制中等学校では聞かない。

そもそもアンダがゲーム内で見かけた少女キャラはみんな男性プレイヤーのアバターだった。外見でわかる。男の理想をそのまま反映した姿をしている。ばかでかい胸に長い脚。露出過剰で無意味なビキニ型のレザーアーマー。娼婦服とアンダは呼んでいた。

しかしアンダは十二歳のときに、勧誘者のライザと出会った。彼女のアバターは女性型だが、胸のサイズも鎧《よろい》も常識的だった。巨大で派手な剣を持ち、自由自在に扱えた。

ライザが学校に来たのは体育の授業のあとだった。アンダは自分の席で肥満体の筋肉痛を揉《も》みほぐしながら、日の出から日没までのばかばかしくてくだらない生活を呪っていた。体操服はスクールバッグの底に押しこんだ。赤くほてった自分の顔が大嫌いだ。次は不愉快な数学だが、汗をかかないだけ体育よりましだ。

ところが数学の授業のかわりに、講堂に全員集合させられた。行ってみると、壇上に勧誘者のライザが立っていた。うしろにはクルークシャンク校長と役立たずのカウンセラーのダンツィグ先生がいる。

話しはじめたライザはオーストラリア訛《なま》りだった。

「やあ、ひよっ子たち。まるで野に咲く花がお日さまを見上げるように、ピンクの顔を上むけて純真な顔を期待に輝かせているな。こっちまで心がぽかぽかしてくるぞ」

アンダは笑った。他にも何人か笑っていた。クルークシャンク校長とダンツィグ先生はまじめな顔だが、笑いをこらえているのがわかる。

「わたしは勧誘者のライザだ。わたしは強い。マジで」

ラップトップのキーを叩くと、背後のスクリーンに映像が投影された。ゲームだ。アンダがプレイしているのとは異なる宇宙物で、背景に宇宙ステーションや宇宙船がある。

「これがわたしのアバターだ」常識的な胸と常識的なアーマー。そしてばかでかい剣。「ゲームのなかではライザネーターとか、宇宙航路の女王とか、ファーレンハイト・クランの座長などと呼ばれている」

ファーレンハイト・クランはさまざまなゲームに支部を持っている。アンダからすると彼らは強くて恐ろしくて格好いい。そのメンバーにリアルで会ったのは初めてだ。アンダがやっているゲームでは、その支部は島をまるごと持っている。すごい。

スクリーンのライザネーターは右手に剣を、左手にレーザー銃を持って、猿人軍団と戦っていた。ロケットジャンプして空中スピン。地上掃射で大量のキルを稼ぎ、ロングショットも成功させる。加速して地面に着地し、地上の敵を容赦なく踏みつぶす。

「それらの二つ名は、ファーレンハイト・クラン全体から頂戴した。全員の選挙でこの地位についた。選ばれた理由は戦闘能力だ。わたしはＦＰＳからストラテジーまで六種類のゲームで世界チャンピオンのタイトルを持っている。軍団を率いれば敵の軍団を千人単位で復活ゲート送りにする。千人単位だ、ひよっ子たち。最高記録は一回の戦闘で三千五百二十二キル。大会での獲得賞金は四十万ポンド以上。毎日四時間から六時間近くプレイして、あとの時間は好きなことをしてる。

その好きなことの一つが、ここみたいな女子校を訪問すること。そして、ある秘密を教えることだ。それは、女子は強いってことだ。わたしたちは男子より速く、賢く、すぐれている。ハードにプレイする。女子のゲーマーは変人という偏見がずっとあった。ゲームをやるときは女子であることを隠した。そうしないとあれこれ言われるからだ。でもいまはちがう。女子のわたしが世界一のゲーマーになった。わたしがゲームをはじめた十歳の頃は、ゲーム界に女の居場所はなかった。わたしたちが行く店にゲームは売ってなかった。最近はさすがにそんなことはないけど、まだまだだ。それを変えるんだよ、ひよっ子たち。きみたちとわたしで。このなかでゲームをしてる子は何人いる？」

アンダは手を挙げた。講堂の半分くらいの子が挙手した。

「じゃあ、女子としてプレイしてる子は？」

手はすべて下がった。

「ほうらね。悲しいことだ。泣きたくなるよ。ゲーム空間は男子ばかりで腋臭《わきが》くさいったらない。いいかげんに女子が進出すべきだ。そこで提案する。きみたちが女子としてプレイするなら、ファーレンハイト・クランへの加入を研修生の資格で許す。六カ月後に基準に達していれば正式メンバーに迎える」

勧誘者のライザは、リアルではアンダとおなじく小太りの体形だった。ただし漂う自信がちがう。煉瓦《れんが》壁のようにどっしりして、髪は肩の高さでざっくりと切っている。ゆるいデニムのオーバーオールに黒のジャンパー。靴は爪先に鉄板を張った大きなゴスっぽいブーツ。ゲーム内の店によくあるけど、もちろんこれはカムデンタウンの本物のゴス・ファッションの店で手にいれたのだろう。

ライザはそのブーツを踏み鳴らした。ドン、ドンと二回、壇上を鳴らす。

「だれかいないのかい？　ゲームの内でも外でも女子でいようって子は？」

アンダは勢いよく立ち上がった。ファーレンハイトの仲間になれるんだ！　自分の島だ！　その思いでいっぱいで、立っているのが自分だけなのにあとから気づいた。他の子たちは目を丸くしている。くすくす笑い、ひそひそしゃべっている。

ライザがアンダにむかって言った。

「いいんだ、きみ。熱意をかう。まわりの視線など気にするな。ただの野に咲く花だ。ピンク色のつるりとした顔を輝かせて、待っているだけ。そんな視線のなかで、きみは機会をみつけて立ち上がる理性があった。そんなきみはいつかリーダーになれるだろう。女も男も率いて強くなれる。ファーレンハイト・クランへようこそ」

ライザは拍手をした。他の子たちも拍手した。アンダの顔は、交通整理員のおばさんが持つ丸い標識のように赤くなっていた。しかし気持ちは誇らしさと高揚感でいっぱいだった。顔が痛くなりそうなほど笑顔だった。

軍曹が声をかけた。

>アンダ、金《マネー》を稼ぎたくないか?

>マネー……を、軍曹?

小隊長に昇格してからミッションの数が増えた。しかしその報酬はゴールドというゲーム内通貨で支払われる。現実通貨《マネー》という言葉がゲーム内で出ることはほとんどない。軍曹は、常識的な胸に巨大な剣と長弓、そして顔は凶悪で醜いオークだ。そのアバターが苛《いら》立《だ》たしげに動いた。

>誤字ってわからないとでも?

>そうじゃなくて、軍曹。稼ぐのはゴールド?

>ゴールドならゴールドって言うさ。ちょっと音声に切り替えろ。

アンダは部屋を見まわした。ドアは閉まっている。両親は居間で大きな音量でテレビを見ている。アンダは念のために部屋に流している音楽を大きくして、ヘッドセットをかぶった。軍用ヘリの機内でもノイズキャンセリングが効くというふれこみの製品だが、実際には机の裏に吸盤で貼った小さな伝導スピーカーの音を消すのすらやっとだ。アンダは音声のスイッチをいれた。

「もしもし、ルーシー?」

「軍曹と呼べ!」

ルーシーの話し方はアメリカ訛りで、昔のテレビ番組を思わせる。あの国の中部の母音だけでしゃべるような地域——たしかアイオワかオハイオに住んでいる。ゲームのなかで一番の友人だが、はいりこみすぎる性格にはときどきうんざりさせられる。

「はい、軍曹」

苛立ちを声に出さないようにした。ゲームのなかで上官に口答えはしないが、ボイスチャットになるとゲーム内のルールは忘れがちだ。

「リアルマネーで報酬を受けるミッションがある。あんたのペイパルの口座に振りこまれる。内容もおもしろそうだ」

「そういうのってアリなの、軍曹? クランのルールに違反してるんじゃ……」

クランには受けていいミッションと悪いミッションのルールがいろいろあり、それもしょっちゅう変わっている。ゲーム空間にも変質者がうようよしているので、クランの幹部はファーレンハイトの女子たちがパパやママからうるさいことを言われないように、長く退屈な道徳規範を決めて守らせている。そうやって、地球の裏側に住むレインコート姿の毛深い中年男が彼女たちをバーチャルな娼婦扱いするのを防いでいるのだ。

「は《ワ》あ?」

アンダはルーシーの〝は《ワ》あ?〟が好きだった。いかにもアメリカっぽい発音だ。おうむ返しにしたいのをこらえた。

「んなわけあるか。クランの幹部連中はミッションでマネーを稼いで家賃を払ってるんだ。かなり稼いでる人もいるって話だぞ。ゲームはもうかるんだ」

「それ、ほんとの話?」

似た話を聞いたことはあった。しかしゲームのやりすぎで現実とファンタジーの区別がつかなくなったガキの与太話か、ゲームで寝食を忘れて拒食症になったやつの妄想だと思っていた。まあ、拒食症だけはちょっとうらやましい。デブよりましだ。

「もちのろんさ！　幹部と対等の条件で稼ぐチャンスだ。やるか?」

「それって、その……変態オヤジの相手をするとかじゃなくて?」

「ばか。そんなんじゃない、アンダ。なに考えてんだ。いいか——殺しの仕事だよ」

「なんだ、それなら得意じゃん！」

ミッションの目的地はファーレンハイト島から遠く離れていた。ダンデライオンワインと呼ばれるゲーム世界で、最大の大陸の反対側にある山小屋だ。旅路はうんざりするほど長かった。道中で二度襲撃を受けた。クランに加入してからこんなことはアンダは初めてだった。つまり、ファーレンハイトのメンバーを襲うのは通常は不利益な行為なのだ。たとえ襲撃が成功しても、その襲撃者はクランと抗争状態になるからだ。

しかしファーレンハイトの本拠地から遠いここでは、二組の悪者集団が道中にひそんでいた。最初の集団はルーシーが発見し、近づくまえに弓で六人のうち四人を倒した。剣の間合いにはいってからは白兵戦だ。それまでにアンダも大きく機敏な剣を抜いていた。キーボードに指を躍らせて攻撃をかわし、体を横に振って隣のマルチボタンコントローラを叩く。そして勝った。

あたりまえよ！　ファーレンハイトのメンバーなんだから！

ルーシーも敵を倒していた。死体をおおまかに調べると、ゴールドがいくらかと巻物が二つほど出てきた。しかしよろこんで戦果報告するほどではない。ミッションの最後に待つ現金を思えば、ゴールドくらいたいしたことはない。

二番目の集団は、数こそ二十人と多いものの、さらに弱かった。まったくの初心者で、戦闘でもほとんど突っ立ってるだけ。強いプレイヤーから身を守るために集団になっているらしいが、アンダとルーシーの敵ではなかった。一人はあわれに命乞《いのちご》いをした。

＞やめて、お願い。ゴールドならあげるから!!

アンダは笑って、復活ゲート送りにしてやった。

するとルーシーが言った。

＜悪い子だな、アンダ。

アンダはキーを叩いた。

＜ファーレンハイトのメンバーなんだから!!

道中の悪者集団は雑魚だったが、目標の山小屋はもっと気骨のある連中が守っていた。山小屋が見えるまえにその守備隊に見つかった。陣地がある丘の上から狼煙《のろし》のような警告魔法が山小屋にむけて投げられた。アンダは急いでその丘に登り、ルーシーは弓で掩護《えんご》した。それでも陣地からアンダめがけて火のついた槍《やり》が雨あられと飛んでくる。アンダは物陰をジグザグに移動する標準パターンで進んだ。兵士はＮＰＣという前提での行動だ。道路を一日じゅう監視するなんて退屈なことをゲーム空間でわざわざやりたがるプレイヤーがいるとは思えない。ところが驚いたことに、槍の攻撃はアンダを追ってきた。胸に一本が命中したが、シールドとありったけの治療の巻物を手早く使ったおかげで、なんとか無事ですんだ。ただしＨＰが半分になったので、丘の下へ退却せざるをえなかった。

「伏せな。ＢＦＧを使う」ルーシーの声がヘッドセットから聞こえた。

ビッグ・フレンドリー・ガン《ＢＦＧ》は、どのゲームにもある強力兵器だ。ルーシーが高額のゴールドを払ってクランの武器屋から借りてきた。被害妄想が強すぎるとアンダは笑ったが、いまは設置を手伝いながらその先見の明に感謝していた。このゲームのＢＦＧは巨大な火矢を放つクロスボウだ。長さ五メートルの矢は命中して爆発炎上する。矢をつがうのも狙いをつけるのも一苦労だ。丘の下にはちょうど身を隠せるくぼみがあり、そこでＢＦＧを組み立てた。矢をつがえ、狙いさだめる。

「発射」

ルーシーが叫んだ。するとゲームは派手で格好いいムービーに切り替わった。ＢＦＧを発射するときにかならず見られる。まず、真っ赤に焼けた矢がすべての光を呑みこんだように、世界が暗くなる。その矢は彗星《すいせい》のように尾を引いて丘の上へ飛んだ。敵の困惑のうめき声があがる。矢が着弾して爆発が起きると、地震のようにこちらの視点も揺れた。ヘッドホンに響く轟《ごう》音《おん》のむこうから、ボイスチャットのルーシーの歓声が聞こえた。

「真っ赤に焼けろ、黒焦げになれ！　イヤッホー！」

ルーシーは叫び、アンダは笑って机を拳で叩いた。森のむこうで敵の肉片が真っ赤な血と体液とともに派手に噴き上がる。

寝室のアンダがコントロールパッドに指を滑らせると、アバターは拳を突き上げた。ラグビーのオールブラックスがワールドカップで優勝したときにプロモーション用限定版として配布された勝利のダンスだ。

しかしこのあともぐずぐずはしていられない。山小屋の連中は敵襲に気づいて守りを固めているはずだ。ルーシーとアンダは二手に分かれて山小屋を左右からはさみ撃ちにすることにした。透視魔法の巻物を使ってまわりの木を透明化し、山小屋のようすを拡大する。

周辺に兵士が四人いた。二人は弓に矢をつがえ、あとの二人は紐《ひも》型の投石器を持っている。一人が懐《ふところ》から巻物を出し、そのまわりに集中線が出た。魔法を使っている証拠だ。

「突撃、突撃！」ルーシーが言った。

アンダは前進した。アイテムリストに残った巻物は二つで、うち一つがシールド魔法だ。高価なアイテムをどんどん消費しているが、敵兵はもっと危険なものを準備しているにちがいない。山小屋へと前進しながらシールドを使った。それがさいわいした。木の上に五人目の兵士がいて、高温の油をアンダの頭上からかけたのだ。シールドを使っていなければ十秒で焼け死ぬところだった。

アンダは猛然と木に登った。魔法攻撃をシールドがはじく反動で手がはずれそうだったが、なんとか耐えた。敵が短剣を抜こうとしているところに剣を一閃《いっせん》させ、首を斬り落とした。そのまま高い枝からうしろ宙返りで跳び下りる。山小屋の屋根に落下する衝撃はシールドが守ってくれると信じた。

作戦はうまくいった。残りの兵士たちの（文字どおり！）不意《ドロップ》を衝《つ》いて、優位な高所をとった。ヘッドホンからはルーシーの戦闘音が聞こえる。本人がうなりながらキーを叩く音と、その矢を胸に浴びた二人の兵士のゲーム中の悲鳴が重なる。

アンダは雄叫《おたけ》びとともに屋根を蹴り、残る二人のうち一人の上に飛び下りた。敵の胸に剣を刺し、そのまま地面に串刺しにする。

剣は地面に突き立った。アンダはキーを叩いて抜こうとした。画面ではもう一人の兵士が走ってくる。アンダは必死にキーを叩いた。しかしだめだ。深々と刺さった剣はびくともしない。万事休す。今回のミッションのために魔法と食料に大枚をはたいたのは、リアルマネーがはいると期待したからだった。なのにその望みがついえた。

アバターの動きを操作するキーに手を動かして、逃げようとした。いまにも兵士の剣が振り下ろされ、倒されそうだ。

「まかせろ！」

ヘッドホンにルーシーの声が響き、アンダはアバターを振りむかせた。急激すぎて酔いそうなほどだ。ルーシーがさっきの敵に襲いかかっているのが見えた。わめきながら接近戦をしている。しかし、どこかおかしい。ルーシーのアバターは各ステータスとも高レベルで、本人もキーボード操作に熟練しているのに、どんどんやられている。兵士のほうが強い。

アンダは自分の剣に駆けもどり、あらためて引き抜こうとしはじめた。なすすべなくルーシーを見る。彼女は左腕を失い、腹を斬られ、さらに膝もやられた。

「クソ！」

ヘッドホンからルーシーの声が聞こえ、彼女のアバターはがっくりと膝をついた。

そのとき（ようやく！）アンダの剣が抜けた。わめき声とともに兵士に襲いかかる。そのアバターはあわてて振り返って剣を振り上げたが、そこまでだった。いい角度ではいったアンダの剣が兵士の片脚を斬り飛ばした。反撃をくわないようにいったん退《さ》がり、慎重に近づいて利き腕に軽く一撃。剣を落としたところで、一気に間合いを詰めてとどめを刺した。

「ルーシー？」

「軍曹と呼べ！」

「ごめん、軍曹。どこで復活した？」

「はるか遠いボディエレクトリックだ。そっちにもどるには何時間もかかる。残りのミッションは一人でやってくれるか？」

「ええと……いいけど」

やばい。外の兵士がこんなに強いんじゃ、屋内の兵士はどうなのか。

「あんたは強いからやれる。いいか、山小屋にはいって、なかのやつを全員殺すんだ」

「うーん……わかった」

透視魔法の巻物がもう一つあれば突入前に山小屋内をのぞける。しかしもう巻物どころかアイテムリストはすっからかんだ。

ドアを蹴破ると同時に、キーボードに指を躍らせた。反撃された感触もないまま四人殺していた。

相手は敵というよりデフォルトのアバターだった。NPCかと思った。動きがまったく素人で、狭い山小屋のなかでもぞもぞしている。まわりはTシャツの山だ。何千枚もある。奥には同様の素人が二人いて、あろうことかすわったままTシャツをつくりつづけている。女剣士が乱入して仲間四人が殺されたことにも気づかないようすだ。

室内のアバターをよく観察した。だれも武器を持っていない。その一人にゆっくり近づいて、首を斬り落とした。隣のプレイヤーがぎこちなく横移動した。アンダはそれを追った。

>おまえはプレイヤーか？　ボットか？

問いかけるが、反応なし。殺した。

「ルーシー、反撃してこないわよ」

「それでいい。全員殺せ」

「本当に？」

「そうだ、そういう命令だ。全員殺したら、あるところへ電話する。するとだれかがやってきて確認する。そうしたらあんたは島へ帰っていい。あたしもそっちへ行くけど、復活ゲートからは遠すぎる。あたしの荷物を頼む」

「わかった」

アンダは答えて、また二人殺した。あと十人だ。一、二、一、二、刺して刺して……。アンダは考えながら次々と首を刎《は》ねた。ヴォーパル剣でざくざく斬るぞ……。

あと一人。奥に立っている。

>ノ・ポルファ。ネセシト・ミ・プラタ。

イタリア語か。いや、スペイン語だ。三年生のときにすこし習った。しかしなにを言ってるのかぜんぜんわからない。いつもならチャットの翻訳ボットにテキストを流しこむのだが、いまはそんな暇はない。首を刎ねた。

「全員殺したわよ」ヘッドセットに報告した。

「お疲れ。じゃあ、電話するから、そこにいな」ルーシーが言った。

退屈だ。山小屋のなかで死体のほかにあるのはTシャツだけ。その一枚を拾い上げた。なんの変哲もない。レベルゼロで、ろくな製造スキルがないときでもかろうじてつくれるものが、このTシャツだ。一枚で銅貨数枚にしかならない。この小屋にあるのを全部あわせてもやっと二千ゴールドだろう。

暇なので、さっきのスペイン語を翻訳ボットにいれてみた。

>やめて、お願い［口語］。私はお金［銀?］が必要です。

ばかばかしい。たかが数千ゴールド。初級ミッションを二つこなせばすぐ稼げるのに。そのほうが楽しいし、報酬も大きい。なのにTシャツ製造なんて！山小屋の外に出て周辺を警戒した。二十分後にアバターが二人やってきた。これもデフォルトの姿だ。

アンダは尋ねた。

＞あなたたちはプレイヤー？　ボット？

しかしプレイヤーらしいと見当がついた。ボットならもっと動きがなめらかだ。

＞なにか問題でも？

やはりそうらしい。

＞べつになにも。

＞ならいい。

一人のプレイヤーは小屋にはいって、すぐに出てきた。もう一人がアンダに話した。

＞帰っていい。

「ルーシー？」

「どうした？」

「なんか二人来て、消えろって言われた。動きからして初心者なんだけど。殺していい？」

「やめろ、ばか。彼らが取引先の関係者だ。仕事をちゃんとやったかどうか確認しにきたんだ。あたしの荷物を持ってきてくれ。マリオネットの宿で合流だ。いいな」

アンダはルーシーの死体に歩み寄り、持ち物を自分のアイテムリストに移した。ＢＦＧを引きずりながら道路を歩きだす。曲がり角で立ち止まって振り返り、山小屋を見た。小屋は火がかけられていた。二人の初心者はその火のなかに立っている。山小屋と数千ゴールド分の粗末なＴシャツといっしょにゆっくり燃えている。

それがアンダとルーシーの最初のミッションだった。そのあとも続いた。その月のうちに六回やり、アンダのペイパル口座には正真正銘のリアルマネーがたっぷり振りこまれた。もちろん本物のポンドとして引き出すことができた。キャッシュディスペンサーは校門から五百と一メートルのところにある。おなじく五百と一メートルのところにあるお菓子屋の隣だ。

「アンダ、ゲームばかりしてるのは健康によくないぞ」父親が言って、アンダのたるんだ腹を指先でつついた。「ほら、不健康だ」

「やめてよ！」アンダはその指を押しのけた。「体育の授業なら毎日出てるってば。教育省だって文句ないはずよ」

「俺が文句あるんだ」

父親は言うが、本人の体形も映画スター並みとはいかない。腹が出て、ズボンのベルトはその上にかけている。ぶよぶよの二重顎で、腕からはコウモリの翼のように贅肉《ぜいにく》が垂れている。

アンダはその二重顎をつまんでぷるぷると震わせてやった。

「わたしのほうがもっと運動してるわよ、太鼓腹オヤジ」

「家計をささえてるのは俺だぞ、デブ娘」

「ゲームの費用が文句を言うほど高い？」あきれて不愉快という感情をたっぷりこめて言い返した。「週十ポンドで、電話もメールもメッセージも無制限。そこにゲーム代もはいってる。さらにゲーム内で使える百科事典もスペルチェッカーも翻訳ボットも込みなのよ」丸暗記したセリフだ。小言ばかりで無知な親にいつでも反論できるように、ファーレンハイトのメンバーは暗唱させられている。「じゃあいいわ。ゲーム代が高すぎて払えないなら、パパ、全部解約して昔の単純な電話機にもどしましょうよ。それでいいの？」

父親は両手を上げた。

「わかったわかった、デブ娘。しかしな、もうちょっと運動する気になれよ。外の空気を吸って、スポーツをするとか」

「どうせフィールドホッケーで頭を踏まれるのよ」アンダは暗い声で言った。

「いいんだ、それで！」父親はまた娘の贅肉をつつきはじめた。「俺だって頭を踏まれながら大きくなったんだ」

家計をささえてるのは俺だなどとえらそうに。実際にはアンダは生まれて初めて小遣いに困らなくなっていた。健康志向のおやつや本とだけ引き換えられる図書券やフルーツ券やミルク券ではない。リアルマネーを持っている。現金だ。学校から半径五百メートルの糖分禁止ゾーンから出ればなんでも買えるのだ。

強くなったのはゲームのなかだけではない。いまでは学校一番の金持ち生徒で、急に友だちが増えた。カーリーワーリーやデイリーミルクやマースといったお菓子を持ち歩き、相手を選んで配っているからだ。

「BFGを持ってきな。ミッションに行くぞ」

こんなルーシーの声を一日じゅう聞く生活になった。ファーレンハイト島にいないときは明け方近くまでミッションに出ていた。島の武器屋はNPCなのにアンダの顔を見るなり整備ずみのクランのBFGを出すようになった。

今日のミッションは近場だ。ありがたい。道中は退屈だし、戦いをいどんでくるNPCもときどきいる。二人のステータスや装備に注目したゲームマスターが正式なゲーム内ミッションを発生させることもある。それらを素通りするのは申しわけない気がした。しかしゴールドより現金、経験値より体験だ。地獄の沙汰も金しだいというのがルーシーの口癖になった。

狙撃手と見張りがいる最初の陣地をみつけた。まだ攻撃前で警告メッセージも飛んでいない。アンダはいつも透視魔法で彼らを発見する。ルーシーは二挺《ちょう》のBFGをつねに準備して、矢の射程のはるか手前からアンダの合図にあわせて道の左右の丘の頂上へ火矢を撃ちこんだ。

焼け焦げた着弾地点からはプレイヤーキャラである狙撃手のちぎれた死体が見つかった。アンダは見張りのほうを探しながら、ボイスチャットの沈黙を破った。

「ねえ、ルーシー?」

「アンダ……。軍曹と呼ばないとしても、〝ヘイ《ヘィ》、ルーシー!〟はやめろ。あたしのパパはあのテレビ番組が好きで、面会のたびにそのジョークをやるんだから」

「ごめんごめん。それで、軍曹?」

「なんだ、アンダ」

「このミッションで現金がもらえる理由がわからないんだけど」

「いらないの?」

「そうじゃないけど」

「変態野郎のサイバーセックスの相手をさせたか?」

「まさか!」

「ならいいじゃん。あたしだって知らない。くれるマネーはもらっておく。こまかいことは気にしない。きっと金持ちのゲーマーが執事に一日じゅうTシャツ製造をやらせてるのさ。そういう金持ち同士が反目して、相手を妨害するためにあたしたちを雇ってるわけ」

「本当にそうだと思う？」

するとルーシーは大げさでいかにもアメリカ的なため息をついた。

「たとえばこういうことよ。世界のほとんどの人は一日一ドルくらいで暮らしてる。あたしは毎日五ドルでフラペチーノを飲む。二杯飲む日もあるわ。パパはママに養育費を月三千ドル払ってる。一日あたり百ドル。つまりここでの暮らしが一日百ドルなら、アフリカあたりの人にとってあたしのフラペチーノは五百ドルくらいの価値があるともいえるわけ。それをあたしは一日に二、三杯飲んだりしてる。

それでもお金持ちの部類にははいらないのよ！　本当にばかみたいに金を持ってる人たちって、コーヒー一杯に平気で五百ドル払う。宇宙ステーションでのホットドッグ一個とコーヒー一杯の値段はいくらか想像してみて。きっと千ドルよ！

だからそういうこと。ネットのむこうにサウジの王族か日本人かロシアンマフィアの御曹司がいて、この程度ははした金と思うような金持ちで、他の金持ちにいたずらするためにあたしたちに金を払ってる。彼らから見れば、日給一ドルでTシャツを製造してる――あるいは縫製工場で働いてるアフリカ人とおなじなのよ。二百ドルなんて彼らにすれば一杯のコーヒーにすぎない」

アンダは考えこんだ。それなりに筋はとおっている。スロバキアのブラチスラバに家族で休暇旅行に出かけたことがあったが、豪華ホテルが一泊でたった十ポンドだった。アンダの毎日のお菓子と炭酸飲料代より安い。

「三時の方向」

アンダはBFGをかまえなおした。森の地面にまた狙撃手たちのばらばら死体が散らばった。

「よくやった、アンダ」

「ありがとう、軍曹」


狙撃手の陣地をさらに五、六カ所つぶして、うさんくさい悪者集団を二つほど撃破して、ようやく山小屋に近づいた。

「なによこれ」

アンダは息を呑んだ。山小屋のまわりは四、五十人もの兵士が守りを固めていた。塹壕《ざんごう》を掘って陣地を築き、弓や槍や魔法で武装している。

「こりゃ無理だ。電話するわ。これじゃとても無理」

消音に切り替わる音がして、ルーシーは電話をかけはじめたようだ。アンダはそのあいだに透視魔法で敵陣の兵士たちのアイテムリストを調べはじめた。見れば見るほどやばい。魔法をたっぷり装備しているし、BFGも二挺ある。しかも普通より強力な伝説のBFG10Kらしい。ゲームの公開直後に戦力バランスを崩すという理由でゲーム経済から排除されたアイテムだ。一、二個残っているという噂はあったが、あくまで噂だった。そう思っていた。

「いいわ、話がついた」ルーシーの声がもどってきた。「やるわよ。ファーレンハイトのベテラン三個分隊を呼んだ。彼らの弟子たちも応援にくる」

アンダは頭のなかで計算した。プレイヤーキャラ百人と、使い魔、しもべ、悪鬼などのNPC三百人くらいか。

「そんな人数で割ったら分け前がなくなっちゃうじゃない」アンダは言った。

「心配ないって。成功報酬の約束を取り付けたわ。百万ゴールドとミッション三回分相当の現金。ファーレンハイト・メンバーにはゴールドで報酬を払う。応援は一時間で着く」

ここまでくるとただのミッションではない。戦争だ。ゲーム内の抗争だ。この地域に何百人ものプレイヤーが集結し、丘の上の大きな山小屋を守る傭兵《ようへい》の隊列と激突しようとしている。

ルーシーは幹部メンバーではなかったが、現場指揮官として総大将に選ばれた。ファーレンハイト島から駆けつけた一人が大将旗を持ってきた。長槍に結びつけられた魔法旗が、整然たる隊列のまえで誇らしげにひるがえる。

「全軍、用意！」ルーシーが言う。

ボイスチャットは無数の吐息が重なりあって、まるで風洞のようだ。世界じゅうの数百の寝室で数百人の女子たちがアンダとおなじように身構えている。朝食前の子。学校から帰宅したばかりの子。ゲーム運営会社がスポンサーになった携帯電話のアラームでベッドから起きてきた子。

「突撃！」

全員が叫びながら前進した。アンダも叫んだ。一階で大きな音でテレビを見ている両親のことも、喉の粘膜のことも忘れて、ファーレンハイト・クランの戦士の叫びをあげ、剣を振るった。

アンダはまっすぐBFG10Kにむかった。市壁を突破する破城兵器《はじょう》だ。これを手にいれるのだ。鹵獲《ろかく》すればクランのためにもなる。兵器を準備していた傭兵を魔法で昏倒させた。地面に何度もころがりながら矢や魔法をよけた。矢が脚に刺さって転倒すると、治療魔法で回復した。立ち上がってふたたび突進しようとしたところに、また矢が命中。HPと経験値がみるみる減っていく。

やるしかない！　アンダはBFG10Kのほうへ跳躍した。剣を振るって二人の傭兵の頭を斬り飛ばす。また二人があらわれた。BFG10Kの発射準備をして、ファーレンハイトの本隊にむけようとしている。発射されたら戦いの流れが変わってしまう。アンダはその二人を殺した。すさまじい勢いでキーを叩き、わめく。ヘッドセットから聞こえる敵の悲鳴にも気づかないほどだ。

ようやくBFG10Kを押さえた。しかしさらに多くの傭兵が迫ってくる。兵器の発射準備を手早く解除して、目前の傭兵たちにむかって攻撃魔法を投げた。あとは雨あられと飛んでくる矢と魔法をよけつづけるだけ。意識を失うのが早いか、回復魔法が早いか。

「ルーシー！　BFG10Kの横で形勢不利よ！」アンダはヘッドセットごしに言った。

ルーシーはすぐにいくつか命令を出した。するとアンダにむかってくる敵の厚みが減った。ファーレンハイトのメンバーが敵の背後にまわったのだ。奔流はおさまり、クランの数と規律が敵を圧倒しはじめた。まもなく傭兵は全員が斬り殺されるか逃亡するかしていなくなった。アンダはBFG10Kの横で待ち、そのあいだにルーシーがクランのメンバーに報酬を支払った。応援は帰っていった。

「あとは山小屋をやるだけだ」ルーシーは言った。

「そうね」

アンダは自分のキャラをそのドアへ行かせた。しかしルーシーが追い越していった。

「やっと終わってほっとしたわ。ひどい戦いだった」

ルーシーのキャラがドアを開けたとたん、頭上から火球があらわれて呑みこまれ、消えた。ドアの呪いだ。それも鎧ごと瞬時に焼きつくす強力なやつだ。

「ちくしょう！」ルーシーのわめき声がヘッドセットから聞こえた。

アンダはくすくす笑った。

「拙速は禁物という教訓よ」

透視魔法を二つほど使って、山小屋のなかに他の仕掛けがないことを確認した。例によって大量のTシャツがあり、非武装の初心者のアバターがいるだけだ。草刈りのようにこいつらを薙《な》ぎ払えばミッション終了だ。

無頓着《むとんちゃく》に近づいて剣を振るった。一振りごとに五、六人を斬る。初心者だった頃の練習を思い出した。枯れ葉の山や、その他の危険のない目標を相手にした〝打ちこみ〟を何度もやった。そうやって本物の敵と対戦するまえに経験値を増やした。それとおなじような退屈さだった。

手首が痛くなり、息が荒くなってきた。キーパッドを叩くときに腹の肉が震えるのが不快だ。

＞待ってくれ。どうかやめて。きみと話したい。

話しかけてきたのは他とおなじ初心者のアバターだ。ただし他とちがって意味のある動きをする。アンダの剣から遠ざかろうとする。そして英語を話す。

アンダはキーを叩いた。

＞べつに恨みはないのよ。仕事でやってるだけ。

＞殺す相手はここにたくさんいる。せめてわたしを最後にしてくれ。それまで話をしたい。

＞じゃあ話しなさいよ。

うまく動けて英語を話すプレイヤーはゲーム空間でめずらしくない。しかしこの最後の掃除段階では違和感があった。場ちがいな感じだ。

＞わたしの名前はレイモンド。ティファナに住んでる。この工場の労働者のまとめ役をやっている。きみの名前は？

＞ゲーム内で名前は明かさないようにしてるの。

＞じゃあなんて呼べばいい？
＞カーリーでいいわ。

ゲームのなかで好んで使う通名だ。カーリーはヒンドゥー教の女神で、世界の破壊者だ。

＞きみはインドに住んでるのかい？
＞ロンドンよ。
＞じゃあインド人？
＞いいえ、白人。

初心者を二、三人ずつ斬り殺しながら部屋の半分まで進んだ。お腹が空いて気力がない。そしてこのレイモンドと名乗るキャラが不気味だ。

＞きみが殺しているのがどんな人々だかわかるかい？

見当はつくが、答えなかった。アンダはさらに四人斬って、手首を振った。

＞彼らは日給一ドル以下で働いている。製造したTシャツをゴールドに替え、そのゴールドはイーベイで売られる。アバターがレベルアップしたら、それもイーベイで売られる。ほとんどが幼い少女で、家族のために働いている。彼女たちは幸運なほうだ。そうでない子は売春しかない。

手首が本当に痛い。さらに五、六人を斬った。

>雇い主はもともとボットを使っていたんだけど、ゲームの運営会社が対策をとった。その対策を回避するためにプログラマーを雇うよりも、子どもを雇ってマウスをクリックさせたほうが安上がりなんだ。わたしはそんな子どもたちを組織して労働組合をつくろうとしている。でないと疾病率が高いんだ。十八時間シフトで働かされ、トイレ休憩は一回だけで短時間。がまんできずに席で漏らしてしまう子もいる。

>ねえ。

アンダは苛々《いらいら》してキーを叩いた。

>こっちの知ったことじゃないわ。世の中そういうものでしょ。貧乏人はたくさんいる。わたしはただの子ども。なにもできないわ。

>きみに殺された子は報酬をもらえないんだ。

――やめて《ノ》、お願い《ポルファ》。私はお金が必要です《ネセシト・ミ・プラタ》。

>きみに殺されると、子どもたちは一日分の稼ぎを失う。殺したきみへの報酬はだれの懐から出ているか知っているかい?

サウジの王族、金持ちの日本人、ロシアンマフィアが頭に浮かんだ。

>知らない。

>私はそれを調べているんだ、カーリー。

他は殺し終えた。折り重なる死体のあいだに立っているのはレイモンドだけだ。

>やっていい。また会うことになるはずだ。

アンダはその首を刎ねた。手首が痛い。腹が減った。森の広い山小屋に一人きり。BFG10Kをファーレンハイト島へ運ぶ仕事がまだ残っている。

「ルーシー?」

「はいはい、もうすこしでもどるから待ってて。はるか遠くで復活させられたから」

「ルーシー、山小屋にいるのはだれだか知ってる？　いつも殺してる初心者は」

「なによ、そんなこと。初心者って……だれかの執事じゃないの。知らない。とにかく復活ゲートが――」

「女の子なのよ。メキシコの少女たち。日給一ドルでTシャツをつくってるって。でも殺されるともらえない。稼ぎはゼロ」

「なに、そんな話を聞かされたの？　ゲームのなかの噂話をいちいち全部信じるつもり？　やれやれ、これだからイギリス女子は甘ちゃんだわ」

「嘘だと思う？」

「あたしは信じない」

「理由は？」

「信じないから信じないだけ。もうすぐ着くから、そのまま待ってて」

「まじでちょっとまずいのよ、ルーシー」

手首の痛みと、ズボンのウエストを乗り越えそうな贅肉を感じて、溺《おぼ》れそうな息苦しさに襲われた。

「どうしたのよ。ちょっと待ってて」

「ママが夕飯だって呼んでる。近くまで来てるんでしょう？」

「そうだけど、でも――」

アンダは手を伸ばしてPCのスイッチを切った。

両親はスナック菓子の容器をはさんですわって、いつものようにテレビを見ていた。そのそばを通りすぎ、茫然《ぼうぜん》とした頭でドアを開けてテラスへ出た。夜の十一時。広場のむこうの公営アパート住まいの不良少年たち《チャヴ》が、サッカーボールを蹴り、ビールを飲み、近所迷惑な騒音をたてている。やせた体にショートパンツとメッシュのタンクトップという格好で、筋肉質の強靭な体を街灯の下にさらしている。

「アンダ?」

「なに、ママ」

「どうかしたの?」

母親は太い指でアンダのうなじをなでた。

「なんでもない。外の空気を吸いにきただけ」

「なんだかここ、ベタベタしてるわね」母親は指に唾《つば》をつけてアンダの首をこすりはじめた。「うわ、きたない。まるで汚れた仔犬みたいじゃないの」

「いたいいたい!」

母親が強くこするせいで皮膚がむけそうだ。

「がまんしなさい。耳の裏もだわ。なんて不潔なの」母親はきびしく言った。

「ママ、いたいったら!」

母親はアンダを浴室へ引っぱっていって、タオルと石鹸《せっけん》とお湯でごしごし洗いはじめた。アンダは熱くて皮膚がすりむけそうだ。

「どうしてこんなになってるのよ」母親は言った。

すると父親が静かな口調で言った。

「リリアン、やめなさい。そんなことは無駄だ。ちょっと廊下に出て」

ひそひそ声の聞き取れない会話がかわされた。アンダは聞く気はなかった。耳が痛くて泣きそうなのを必死にがまんしていた。

母親はアンダの両肩を柔らかい手でそっと抱いた。

「ああ、ごめんなさい、アンダ。これは皮膚の病気らしいわ。パパがテレビの特集番組で見たって。黒色表皮腫《こくしょくひょうひしゅ》っていうそうよ。明日学校から帰ったら病院へ行きましょう。それまで大丈夫？」

「平気よ」

アンダは鏡から目をそらした。うなじの〝汚れ〟とやらを見たくないからだが、そもそも簡単に見える位置ではない。むしろ自分の顔や二重顎を見たくなかった。そちらはどうしても視界にはいってしまう。

部屋にもどって〝黒色表皮腫〟を検索してみた。

＞皮膚が黒ずみ、厚くなる症状。首の付け根、腋《わき》の下、肘《ひじ》の内側、腰まわりなど、皮膚の屈曲部にできやすい。とくに小児期には二型糖尿病の前駆症状としてあらわれることが多い。

子どもに発見された場合は、すみやかに糖尿病の予防処置をはじめるべきである。運動と食事制限によって血中インスリン量を下げ、インスリン感受性を高めることが求められる。

肥満からくる糖尿病。保健の授業でいつも聞いている。イギリスの十代で急速に増えている病気。添えられた写真では脂肪袋のような人間がベッドで体を起こしている。ぶよぶよの贅肉の海に取り巻かれているようだ。

アンダは自分の腹をつついて、ぶるぶると揺れるのを見た。ぶよぶよだ。腿《もも》もぶよぶよ。顎には段がついている。腕からは贅肉が垂れている。

腹の脂肪をつかんで、力いっぱい握ってみた。痛くて悲鳴をあげそうなほど強くつねる。波打つ贅肉に赤い指の跡がついた。アンダは痛みと恥ずかしさで泣きだした。なんてこと、糖尿病のデブ娘になっちゃった——

「まったくもう、アンダ、いったいどこに行ってたのよ」

「ごめん、軍曹。ＰＣが壊れちゃって——」

まあ、使えない状態なのは本当だ。父親の書斎の物入れで鍵をかけられている。投薬治療中はテレビもゲームも禁止。学校の体育は他のデブといっしょに倍の時間やっている。そんな生活を一カ月近く続けていた。毎日朝から晩までみじめな気分だった。楽しみといえば放課後に学校から五百と一メートルのところにあるニューススタンドへ行き、わずかなお菓子と炭酸飲料を買って、公園でサッカーに興じる不良少年たちを眺めながらそれを食べて飲むことだった。

「なにか方法みつけて連絡してきなさいよ。心配したんだから」

「ごめん、軍曹」アンダはまた謝った。

ネットカフェは不潔でうさんくさい少年たちのたまり場だ。文字どおり臭い。山羊《やぎ》や駅のトイレのようなにおいがする。そしてはた迷惑なほど騒々しい。店のヘッドホンはピザのように脂ぎっているし、マイクは過去のゲームで興奮した少年たちの唾でべたべただ。

しかしいまは気にしない。ようやくゲームにもどれたのだ。タイミングもちょうどだ。現金が底をつきかけていた。

「たまってるミッションのリストがあるわ。べつの子とやろうとしてみたんだけど――」

それを聞いて、アンダは後悔の念にさいなまれた。ゲームから離れているあいだに相棒の地位を奪われかけていた。

「――でもやっぱりあんたとじゃないとうまくいかなかったのよ。よかったら、今日やれるミッションが四つあるわ」

「四つも！　そんなにこなせる？　普通は何日もかかるはずよ」

「BFG10Kがあるからね」

ルーシーの声は残忍な笑みでゆがんでいるようだ。

BFG10Kのおかげでいろいろと簡単になった。山小屋をみつけたらBFG10Kの照準をあわせて発射する。ドカーン。小屋は消えてなくなる。

矢は五本持って出発した。ＢＦＧ10Ｋ用の矢は通常型ＢＦＧ用の二十本分でできている。一本にかなりのゴールドがかかる。その五本を最初の三つのミッションで使いきった。武器屋にもどると、ＢＦＧを二挺借りた（強力な10Ｋを二時間使ったら、通常型のＢＦＧがちゃちな武器に感じられる）。そして四番目の目標へむかった。

アンダはルーシーに言った。

「前回のミッションである男と話したの。山小屋にいた初心者の一人よ。労働組合を組織するんだって言ってた」

「へえ、レイモンドに会ったの」

「知ってるの？」

「あたしも会った。あちこちあらわれるのよ。気味の悪いやつ」

「じゃあ、山小屋の初心者たちの正体も知ってるのね」

「うーん、まあ、いちおうは。だいたい察しがついてたし、残りはレイモンドから聞いたわ」

「幼い子どもたちの日給を奪って、よく平気でいられるわね」

ルーシーはやや攻撃的な口調になった。

「ねえアンダ、あんたはゲームが好き？　ゲームは重要？」

「そりゃもちろん」

「どの程度よ。暇つぶしで楽しんでるだけ？　カジュアルなのか、シリアスなのか」

「シリアスよ、ルーシー。ほんとに」自分からゲームをとったらなにが残るのだろう。体育の授業、黒色表皮腫、いずれ毎朝打つことになるインスリン注射……。「ゲームが大好きよ。友だちがいる場所だから」

「そうよ。だからこそあんたはあたしの右腕。ミッションでは隣にいてほしい。二人とも強いんだから。規律と努力で強くなった。そしてゲームを本気で大切に思ってる。そうでしょ？」

「そうだけど、でも——」

「勧誘者のライザに会ったって言ってたわよね」

「ええ、学校に来たから」

「あたしの学校にも来たわ。そしてあんたのことを頼まれたの。一度会ったあんたのことを気にしてて」

「勧誘者のライザがオハイオに行ったの？」

「アイダホだってば。ええ、全米を行脚してるわ。テレビに出たり、あらゆる手段を使ってる。あの人はすごいわよ。ゲームを真剣に考えてる。ファーレンハイト・クランの精神よ。仲間とチームワークとフェアプレイを大切にする」

ファーレンハイト・ミッション宣言からの抜粋で、アンダも何度も耳にしていた。今回はとくに誇らしさが湧いてきた。

「それにくらべて、メキシコだかどこだかの連中がやってることはなによ。金を稼ぐためにゲームを利用してるだけ。ゴールドを現金で売買するとか、キャラや武器をイーベイで買うとか、あたしたちはやらない。それはチートだから。ゴールドや武器は努力と地道なプレイで手にいれてる。でもそのメキシコ人たちは毎日毎日朝から晩までものを製造してゴールドに替えて、市場で売ってる。そもそもの原因はそこなのよ。卑怯《ひきょう》なプレイヤーはそこでゴールドを入手してる。あたしたちが地道にプレイして得るものを、金持ちの初心者は買って集めてる。

　あたしたちはそこを灰にしてるのよ。工場が何度も襲撃されれば閉鎖せざるをえなくなる。子どもたちは生活の糧を求めてよそへ行く。ゲームの世界はよくなる。ほっといたらあたしたちの仕事はどんどん安くなり、ゲームはつまらなくなるのよ。

　あの連中はゲームを大事にしてない。小遣い稼ぎの場所としか思ってない。あいつらはプレイヤーじゃない。血を吸うヒルよ。楽しみを吸い取ってる」

　四番目の山小屋の近くに到着した。それまでに狙撃手の陣地を四カ所つぶしていた。

「あんたはどっちよ、アンダ。本気のプレイヤー？　それとも世界の果てのヒルがかわいそうだからってやめる？」

「本気のプレイヤーよ、軍曹」

　アンダはＢＦＧの準備をして、山小屋に照準をあわせた。

「ドカーン」

　ルーシーは口で言って、そのキャラは弓に矢をつがえた。

＞やあ、カーリー。

「なんだい、また出たの?」ルーシーが言った。

レイモンドのアバターが二人の背後に立っていた。

>これを見て。

レイモンドのキャラクターはなにかを地面において退がった。アンダはそろそろと近づいた。

「よしなってば。きっとブービートラップだよ。まだ仕事が残ってるんだ」ルーシーが止めようとした。

写真オブジェクトだった。アンダは拾って調べた。一枚目はずらりと並んだ少女たち。五十人以上いる。無地の清潔なTシャツを着て、とてもやせている。ノーブランドの無個性なPCのまえにすわり、キーボードに手をおいている。目はうつろで無表情。みんなアンダとおなじくらいの年だ。

二枚目はスラム街。アルミの波板を張った小屋が並び、あいだはゴミだらけの泥道だ。スプレーの落書き。うろつく粗野な少年たち。ガラクタ。風に舞い飛ぶポリ袋。

三枚目は小屋のなかだ。三人の少女と一人の少年がおんぼろのソファに並んですわり、母親がプラスチックの皿に白いなにかを盛って出している。子どもたちの笑顔は痛ましく、けなげだ。

＞こういう子どもたちの一日の稼ぎをきみは奪おうとしてるんだ。

「うるせえな、やめろって言っただろう」ルーシーが言った。「こないだも殺して、写真を見せようとしたらまた殺すって言ったよな。だから殺す」

ルーシーのキャラはレイモンドにむきなおり、弓をしまって短剣を抜いた。レイモンドのキャラはあわてて退がりはじめた。

「ルーシー、だめ」アンダはルーシーとレイモンドのあいだに自分のアバターを割りこませた。「やめて。話だけでも聞きましょうよ」古いアメリカのテレビ番組で聞いたセリフを思い出した。ボリウッド映画のあいまにやっているような番組だ。「だって、自由の国なんでしょう?」

「ふざけるな、アンダ。なにさまのつもりだ？　ゲームをやるのか、この変態野郎と乳繰りあいたいのか、どっちなんだ」

＞わたしにどうしろっていうの、レイモンド?

＞この子たちを殺さないでほしい。稼がせてやってほしい。きみたちはどこかよそでゲームしてほしい。

ルーシーの打ったテキストが流れた。

>こいつらはヒルだ。ゲーム経済を壊してる。こいつらが現金と引き替えにゴールドを供給するせいで、金持ちの卑怯者が割りこんでくる。こいつらはゲームのことを考えてないし、それはおまえもいっしょだ。

>彼らはゲームをしないと食べていけない。だからきみたちとおなじようにゲームを大切にしているといえる。きみは彼らを殺すことで報酬をもらっているんだろう? つまり金のためにゲームをしている点ではおなじだ。きみと彼らはおなじだ。多少なりとおなじところがある。

>知ったことか!

アンダはルーシーのキャラから離れた。すでにレイモンドのキャラは遠くへ逃げ、表示されるテキストは小さな文字になってほとんど読めない。ルーシーは弓をかまえて矢をつがえた。

「ルーシー、やめて!」

アンダは叫び、手が勝手に動いた。キャラはそれにあわせて、素手でルーシーを叩いた。ルーシーのキャラはのけぞって弓を落とした。

「てめえ!」ルーシーは剣を抜いた。

アンダはその間合いから退がった。

「ごめんなさい、ルーシー。でも手を出さないで。彼の話を最後まで聞きたいの」

ルーシーのアバターはすばやく襲ってきた。同時に音声回線がプツリと切れる音がした。アンダは剣を抜きながら、片手でキーを叩いた。

>やめてルーシー。話をして。

ルーシーは二度斬りかかってきた。アンダは防御に両手をとられた。そうしないと首を落とされていただろう。荒い鼻息とともに反撃した。キーボードに指を走らせる。経験値はルーシーが上だが、プレイの腕前は負けない。自信があった。ルーシーに斬りつけてどんどん後退させ、いっしょに歩いてきた道まで押しもどした。

ふいにルーシーは背中を見せて走りだした。逃げたのか。だったら逃がしてやればいい。被害も不都合もない。ところがルーシーはじつは逃げているのではなかった。BFGへ駆け寄っているのだ。発射準備ができた大型武器に。

「やばい」

BFGがこちらにむけられたのを見て息を呑んだ。あわてて指を動かす。ルーシーにむけて火球を投げるのと同時に、自分にシールド魔法をかけた。BFGの矢が発射された直後に、火球がルーシーを包んだ。焼きつくして灰にする。矢はアンダのシールドにぶつかり、反動でアンダは空中に飛ばされた。そして地面に落下するまえにシールドの持続時間が切れてしまい、衝撃でHPが半分になった。アイテムも地面に散乱した。

アンダは音声回線で呼んでみた。

「ルーシー？」

返事はない。

>内輪揉めになってしまって申しわけない。

アンダは茫然とした。現実感がない。ファーレンハイト・クランにはたくさんの規則があり、それに違反したときの罰則もさまざまだ。しかしクランの仲間を攻撃したときの罰は――とっさに言葉が出てこなくて、目をつぶった。しかし明瞭《めいりょう》に輝く文字が頭に浮かぶ――除名だ。

しかけてきたのはルーシーだ。悪いのはあっちだ。

信じてもらえればの話だが。

アンダは目を開けた。涙がにじんで視界がぼやけている。心臓の鼓動が耳に響く。

>敵はきみの仲間のプレイヤーではない。工場を警備しているプレイヤーでもない。そこで働いている少女たちでもない。ゲームを壊そうとしているのは、きみに賃金を払っている連中だ。工場の少女たちに賃金を払っている連中もそうだ。両者は同類だ。きみはライバルの工場主から金をもらって働いているんだよ。彼らこそゲームを大切にしていない。工場の少女たちはゲームを大切にしているし、きみも大切にしている。ゲームを壊し、少女た

ちの生活を壊している連中こそ、共通の敵なんだ。

「よう、どうしたんだよ、メス豚。ゲームで泣いてんのか?」

アンダはぎょっとして振り返った。そばに不良少年がいて、こちらに声をかけている。アンダがこのネットカフェにはいったときには見かけなかった顔だ。卑劣そうな寄り目でサッカーのジャージを着ている。年齢はおなじくらいだろうが、顔には悪意と怒りがあり、笑みには残忍さと狂気がある。

「あっちいって」アンダは勇気を振り絞って言った。

「おいおい、メス豚のくせにそんな口のきき方をしていいのか?」

不良少年は耳もとで声を張り上げた。ネットカフェの店内は静まり、視線が集まった。店長のパキスタン人は電話を手にしている。警察にかける気だ。するとここにいることが両親にばれてしまう。そうしたら——

「返事しろよ、豚。ぶくぶく太りやがって、見てるだけで吐き気がしてくるぜ。ボーイフレンドとかいるのか?　どうやって突っこむんだよ。小麦粉まぶして濡れた穴を探すのか?」

アンダは体をそらして立ち上がった。そして腕を大きく振って平手打ちした。力いっぱい相手を叩いた。店内の男の子たちが笑って歓声をあげた。不良少年は怒りで紫色になり、拳を握った。アンダは退がってあいだをあけた。少年の頬にはくっきりと手の跡がついている。

少年はすばやい足取りで間合いを詰めて、アンダの腹を殴った。息が詰まったアンダは、そばの客に倒れこんだ。その客に押しのけられて、壁ぎわに倒れこみ、泣きだした。

不良少年は正面にやってきて、チリ味のポテトチップ臭い息を吐きかけた。

「ドブスの豚女が――」

言いかけたところで、アンダは膝でその股間を思いきり蹴り上げた。少年は女の子のような悲鳴をあげてむこうにひっくり返った。アンダはスクールバッグをつかみ、店の出口へ走った。胸をあえがせ、涙で顔を汚したまま逃げた。


「アンダ。ほら、電話だぞ」

目が腫《は》れて痛い。暗くした寝室で何時間もベッドにもぐり、鼻をすすって涙をこらえていた。PCがあった机の上は見ないようにした。

父親の声は低く心配そうだ。しかし静まりかえった寝室では錆《さ》びた蝶番《ちょうつがい》がきしむように耳ざわりだ。

「アンダ？」

しかたなく目を開けた。コードレスホンを持った父親の姿が扉口でシルエットになっている。

「だれ？」

「ゲームの友だちみたいだ」

電話を受け取った。

「もしもし」

「やあ、ひよっ子」

一年ぶりに聞く声だが、すぐにわかった。

「ライザ?」

「そうだ」

アンダは全身がきゅっと縮んだ気がした。ついにきた。除名の宣告にちがいない。心臓が一秒に一回くらいのゆっくりした鼓動になった。時間の流れが遅くなる。

「こんにちは、ライザ」

「今日起きたことを説明してほしいんだ」

アンダは話した。細部で引っかかり、あともどりし、つっかえた。記憶があいまいなところもある。ルーシーがレイモンドを攻撃しようとして、アンダはやめてと頼んだ。そうしたらルーシーの攻撃がこちらにむいたのか、それとも先にアンダが攻撃してしまったのか。はっきり憶えていなかった。動画キャプチャを保存してくればよかった。でもそんな余裕はなかったし、手ぶらで逃げてくるしかなかった。

「なるほどね。聞くかぎりでは、かなり厄介な状況に足を踏みいれたようだ」

「そう思います」どうせ除名されるのだからと、勇気を出して言ってみた。「あの少女たちを殺すのは正しくないと思ったんです。そうでしょう?」

「ふーむ、きみからその意見を聞くのは不思議な感じだな。同意するが。あの少女たちはゲームのなかでだれよりも助けを必要としている。ファーレンハイト・クランの強さは助けあうことにある。そこが男子のクランとはちがう。わたしたちはみんなを大切にする。きみがそう主張したことを誇りに思う。今回の出来事がわかってよかった」

「除名はされないんですか？」

「しないよ、除名なんか。正しいことをしたんだから」

その場合はルーシーが除名されることになる。なにしろファーレンハイト同士が殺しあったのだ。ただではすまない。ルールを適用しなくてはならない。アンダは深呼吸した。

「ルーシーを除名するなら、わたしも辞めます」アンダは気持ちがくじけないうちに急いで言った。

ライザは笑った。

「勇敢なひよっ子だな。だれも除名にはならないから心配するな。でも、きみが会ったレイモンドというやつとは話してみたい」

アンダは治療体育のフィールドホッケーから帰宅した。汗だくでくたくただが、前回や前々回ほど疲れてはいない。ピッチでへばらずに倍の距離を走れるようになった。最初は半分も走ると立ち止まって脇腹を押さえ、肥満体の不快な痛みを揉みほぐさなくてはいけなかった。でもいまでは贅肉そのものがかなり落ちた。フィールドを走りまわれるようになると、余裕が出てきた。試合の流れを見られるようになり、狙ってショットを打てるようになって正確さが増した。試合で活躍できると満足感があった。

シャワーを浴びて着替えたアンダの寝室のドアを、父親がノックした。

「なにしてる？」

「復習よ」アンダは数学の教科書をかかげてみせた。

「ホッケーは楽しかったか？」

「つまり、頭を踏まれたかったってこと？」

「踏まれたのか？」

「ええ。でも踏まれた以上に踏んでやったわ」

他の女子はもっと太っているのだ。そしてチームプレイに慣れていない。その点、アンダは戦場を知っている。仲間に頼ったり頼られたりした経験がある。

「それでこそわが娘だ」父親は電灯のスイッチの塗装を調べるようなふりをしながら、さりげなく訊いた。「ところで今週は体重計に乗ったのか？」

もちろんだ。学校の栄養士に測られる。他の肥満児全員の目のまえでやる毎朝の屈辱だ。

「ええ、パパ」

「それで――？」

「六キロくらい減ったわ」

本当は六キロ以上だ。先日は去年のジーンズを穿《は》けた。

お菓子屋には一カ月くらい行っていない。お菓子のことを考えると、労働搾取を連想する。

お菓子屋《スイートショップ》と搾取工場《スウエットショップ》は似てる。お菓子屋が学校の近くにあるのは、判断力のとぼしい幼い女子を誘惑するためだ。強制していないとはいえ、まだ子どもなのだ。大人は子どもを保護しなくてはならない。

父親はぱっと笑顔になった。そして自分の腹の肉をつまんだ。

「俺も一・四キロくらい減量したんだぞ。ダイエットで娘に負けられないからな」

「そうね、パパ」

父親とこんな話をするなんて変な感じだ。

搾取工場の子どもたちは大人に利用されていた。ありえないことだ。子どもを保護すべき大人が搾取するなんて。

「とにかく、おまえが誇らしいぞ。ママもそう思ってる。そこで、明日はPCをおまえの部屋に返してやることにした。努力には報いなくてはいかんからな」

アンダは頰を染めた。予想していなかった。手のなかにゲームコントローラの感触が蘇る。

「ああ、パパ」

父親は片手を上げた。

「いいんだ、アンダ。誇らしい娘だからな」

初日はPCにさわらなかった。二日目もだ。ゲームのなかのあの子たちをどうすればいいか──考えがまとまらなかった。三日目にホッケーから帰って、シャワーを浴びて、着替えて椅子にすわると、ヘッドセットをつけた。

「やあ、アンダ」

「ひさしぶりね、軍曹」

アンダがログインしたことにルーシーはすぐ気づいてくれた。相棒リストから削除されていない証拠だ。これなら希望を持てる。

「もう軍曹って呼ばなくていいわ。おなじ階級だから」

アンダはメニューをプルダウンしてみた。たしかにそうだ。いないうちに軍曹に昇格していた。笑みがこぼれた。

「びっくり」

「うん、まあ、あんたにはふさわしいわ」ルーシーは言った。「レイモンドと話して、あの工場の労働条件についていろいろ聞いたのよ。それで――」口ごもって、「ごめんね、アンダ」

「わたしも悪かったわ、ルーシー」

「あんたが悪いことはなにもないわよ」

二人は冒険に出かけた。ゲームの標準ミッションをいくつかこなした。それなりに楽しめたが、あの真剣勝負の作戦にくらべると味気なく、色褪《いろあ》せて感じられた。

「こういうこと言っちゃいけないんだけど、あの感覚が懐かしいわ」アンダは言った。

「よかった。あたしだけかと思った。たしかに楽しかったわね。大きなものが懸かった大きな戦いは」

「うーん、どうしよう。退屈なまま残りのゲーム人生をすごすのはいやだな。これからなにす

「あんたの考えを聞きたいわね」

アンダは考えた。やるなら悪い大人と戦いたい。ゲームをプレイせず、ゲームをおもちゃにして、金のために壊す大人に対抗したい。敵として不足はないし、ぶちのめしても罪悪感はない。

「レイモンドと協力方法を話しあってみるわ」

「ストライキをやらせたいんだ。工場の操業を停めたい。結果を引き出すにはそれしかない。団結して、いっせいに仕事を放棄する」

レイモンドの発音はひどいメキシコ訛りで慣れが必要だったが、英語はきちんとしていた。ルーシーよりまともなくらいだ。

「ゲームのなかでストライキするのか?」ルーシーが訊いた。

「いや、それじゃ効果が薄い。シウダーフアレスやティファナでやるんだ。メディアを呼び集めて大きな騒ぎにする。そうすれば勝てる。かならず」

「それで、なにが問題なの?」アンダは訊いた。

「問題はいつもおなじさ。参加者の勧誘だ。それはたぶんゲーム内でのほうがやりやすい。縫製工場や玩具《がんぐ》工場の少女たちを組織化しようとして長年苦労してきた。工場ではドアを閉ざされて俺たちははいれない。少女たちが家に帰ると、今度は両親が話をさせてくれない。でもゲーム内でなら彼女たちと接触できる――」

「そこだって雇い主に追い出されるんじゃない？」

「毎回殺されてるよ。剣術を練習してるけど、難しくて――」

「おもしろそう。行こうよ」アンダは言った。

「どこへ？」ルーシーが訊く。

「ゲームのなかの工場よ。わたしたちが新しいボディガードになるの」

工場主は荒っぽい傭兵を雇うだろう。自分たちがそうだったからわかる。そいつらをやっつけるのは楽しいはずだ。

画面のなかでレイモンドのキャラがくるりとむきなおり、アンダの頬に強くキスした。アンダがふざけて突き放すと、レイモンドはあおむけにひっくり返った。

「さあ、ルーシー、ＢＦＧを二挺持っていくわよ！」


（中原尚哉訳）

時計仕掛けの兵隊

ケン・リュウ

女性バウンティ・ハンターのアレックスは、苦労して捕まえたはずの若者ライダーを逃がそうとしている。彼女にそう決意させた理由とは？　いかにもこの著者らしい余韻を残す一編。

ケン・リュウ（**Ken Liu**）は、一九七六年中国・蘭州市生まれの中国系アメリカ人作家。二〇一一年の短編「紙の動物園」で史上初となるヒューゴー賞短編部門・ネビュラ賞短編部門・世界幻想文学大賞短編部門の三冠を達成。日本でも二〇一五―二〇一七年に短編集『紙の動物園』『母の記憶に』や長編『蒲公英《ダンデライオン》王朝記』（全二巻）が刊行されており、「紙の動物園」に加えて「良い狩りを」（二〇一二年）と「シミュラクラ」（二〇一一年）で星雲賞海外短編部門を計三回受賞している。

中国語ＳＦを英語圏に積極的に翻訳紹介していることでも知られ、劉慈欣の長編『三体』（二〇〇八年）の英訳 *The Three-Body Problem*（二〇一四年）は、翻訳作品として史上初のヒューゴー賞長編部門を受賞した。

（編集部）

「行って」アレックスが言った。「身を潜めていれば、あんたの父親にも、父親の敵にも、ここにいるあんたはけっして見つけられないわ」

宇宙船は最寄りの入植地から何マイルも離れたジャングルのまんなかに着陸していた。アララは発展の遅れた地域であり、ほとんど住民がおらず、銀河系の政治にとって、重要ではない星だった。このジャングルを徒歩で脱出して、餓死寸前を装って数少ない入植地に転がりこむには、何日も、ことによると何週間もかかるだろう。これまでの経緯をでっち上げ、信憑性《しんぴょう》を持たせるには充分な時間だった。

ライダーはほっそりした腕を曲げて伸ばした。その動きは優雅で舞を踊っているかのようだった。宇宙船の最後のジャンプでハイパースペースを抜けてくるあいだ、体をきつく固定されていたのだが、あとあとまで響く後遺症は出ていないようだった。

ライダーはアレックスを称賛をこめてしげしげと眺めた。「父にはなんと言うつもり？」

アレックスは肩をすくめた。「もらった金を返す」

「いままで失敗したことは一度もなかったのでは？」

「何事にも最初はあるものよ。あたしは人間。完璧じゃない」アレックスは宇宙船内にもどりかけた。

「それだけ?」

アレックスは梯子《はしご》の途中で動きを止め、ライダーを見おろした。

「確かめたくないの?」ライダーは訊いた。優美な口の端に特長的な皮肉っぽい笑みを浮かべていた。

「ほんとうのぼくを見せてと頼まないの?」

彼女は言われたことについて考えた。「いや。あんたを信じるともう決めた。確かめようとすれば、ろくなことにならない。あんたがほんとうのことを言っているとわかれば、自分が寛大になれる人間だと、人を信用できる人間だと、まだ信じられているこの瞬間を台無しにしてしまう。もしあんたが嘘をついているとわかれば、自分を愚か者だと考えなくてはならなくなる」

「じゃあ、またしてもあなたは知識よりも信念を選ぶんだ」

今回はアレックスは梯子をのぼるのを止めなかった。エアロックのドアにたどり着くと、振り返る。「信念は自己認識の言い換えに過ぎない。あんたは成功したよ、シェヘラザード。自分の物語を語って、命を長らえた。こんどは、あたしが自分にいい話をする番さ、自分自身についての話を。よくわかっている。さよなら」

「ありがとう」と、ライダーは囁《ささや》いた。

ライダーは宇宙船が上昇し、小さくなり、夕闇の空に消えていくのをじっと見つめていた。

そして鬱蒼《うっそう》としたジャングルへ歩を進めた。たんなるひとりの放浪者として。荒れ地に歩を刻む孤独な者として。

数時間前——

『時計仕掛けの兵隊』短篇アドベンチャー・ゲーム　ライダー作

あなたは眠っている。口の端に笑みを浮かべて。

夢のなかで、王宮の同心円状に葺《ふ》かれたうろこ屋根が、黄金の光をきらきらと照り返し、クリサンセマム《菊》の都を訪れる者にその名の由来をすぐに悟らせる。

王女の寝所

目を開けると、あなたはベッドにいる。毛布は絹のように滑らかで、マットレスはふかふかだ。

王宮のほとんどの部屋とおなじく、この部屋には彩り豊かなタペストリーが掛けられている。タペストリーに描かれているのは、汎《はん》フローレス同盟の盟主である都市群の英雄的な勲《いさおし》だ。高いところにはめられた細いスリット窓から、眩《まばゆ》い朝日が、鳥のさえずりや、庭で咲き誇る千もの花の香りとともに部屋に入ってくる。廊下に通じる扉は、いまのところ閉ざされている。

ベッドの脇には、あなたの時計仕掛けの兵隊、スプリングが直立不動の姿勢で立っている。

↓兵隊をよく調べる

忠実なお供、スプリングはあなたの記憶にあるかぎりむかしから、あなたといっしょにいた。彼は身の丈六フィートで、生きている甲冑《かっちゅう》のように見える。いまよりあなたが幼かったころ、スプリングのなかを開けてみて、膨大な数の、回転するギアとチクタク動く調速機ときつく巻かれた発条《スプリング》を目にして驚いたことをあなたは覚えている。

長年ふたりでわかちあってきた数多くの冒険を思いだして、あなたはくすくすと笑う。スプリングが知っているあらゆることを教えたのはあなたであり、スプリングは数えきれないくらいの回数、あなたを苦境から救ってきた。

↓起き上がる

あなたはベッドを下りる。

↓（スプリングに）あいさつする

「おはよう」スプリングは言う。「あなたは気まぐれに違う名を名乗ることがある。きょうは、どんな名前で呼ばれたい？」

（名前を入力して下さい）

↓アレックス

「アレックスだね」スプリングは言う。彼の声はどことなく……しわがれて、悲しそうに聞こえる。彼はその場でもぞもぞと足を動かす。体内のギアがかん高い音を立て、こすれあう。「どうやらきょう、ぼくは気分がよくないみたいだ」

↓気分を訊ねる

「どうして気分が優れないの？」あなたは訊ねる。よき王女は自分の臣民たち、つまり、おもちゃの精神状態に関心を払わなくてはならない。

「よくわからない。ただ……ぼくの一部が欠けているような気がするんだ」

「ボルトが弛《ゆる》んで抜け落ちたのかしら？ ちゃんと油は差されている？ きのうの夜、わたしがネジを巻くのを忘れちゃった？」

「いや。そういうことじゃない。説明できないな」

↓ベッドの下を見る

ホコリの塊《かたまり》がいくつか、足下から転がりでる。

↓タペストリーの裏を見る

壁は硬い石だ。見えるかぎりでは隠し通路はない。

↓スプリングをよく調べる

彼は多少不機嫌そうだが、問題はなさそうに見える。

↓スプリングを励ます

「きょうも冒険に出かけましょうよ」あなたは誘う。「王宮のどこかにおまえが探しているものが見つかるかもしれない」

スプリングはうなずく。「お気の召すまま」

↓寝所を出る

廊下

廊下は壁のトーチで照らされている。東には大階段がある。西は、ほの暗い廊下を少し進んだところに二枚の扉がある。

スプリングはあなたにつづいて廊下に入る。彼のかん高い足音がまわりの石壁に反響する。

↓スプリングに行く先を訊ねる

「あなたが決めるんだ」スプリングが言う。「いつもそうしているように」

↓西へ

廊下

スプリングがガランガラン音を立てながら、あなたのあとをついてくる。

↓西へ

廊下

スプリングがガランガラン音を立てながら、あなたのあとをついてくる。すると、彼はため息をつく。スチールウールで鉄格子をこすっているような音がする。

↓スプリングにため息のわけを訊く

「わたしについてまわるのは嫌なの？」あなたは訊く。

「きょうあなたのあとをついてまわっても、ぼくのなかの数多くのマイクロレバーがいつものようには起動してくれないんだ」スプリングは立ち止まる。彼のなかでギアが低い音を立てて、回転する。「論理的に考えて、あとをついていくのではなく、ぼくが先導するほうがいいと思う」

（スプリングに先導させますか？）

↓させる

「なぜあなたは不可能なことでぼくを悩ませるのかな？」スプリングは言う。「ぼくにできないのはおたがいわかっているだろ。ぼくは自動人形なんだ」

スプリングは首を左右に振り、大きなきしり合う音にあなたは耳を塞《ふさ》ぐ。

「とても悲しくてもう動けない」スプリングは言う。

↓調べる

廊下は狭くて、窓がないが、湿ってもなく、暗くもない。壁のトーチがちらつく光を投げかけている。バラの精油の香りが空気に充満している。

↓西へ

廊下

スプリングは動けずにうしろに留まっている。

↓東へ

廊下

廊下のまんなかにスプリングがいる。錆《さ》びた金属の塊のようだ。

↓持ち物

あなたは手になにも持っていない。

↓油を探す

廊下には時計仕掛け用の油はない。

（ほら、がんばって。アドベンチャー・ゲームに出てくる最初の謎はたいてい易しいけれど、こんなに易しいのは滅多《めった》にない）

↓バラの精油の出所を探す

バラの精油の香りがあたりに立ちこめている。

バラの精油は、毎朝、庭師と手伝いの者たちの手によって、王宮の外の庭園で精製されている。あなたの父親に仕える時計仕掛けの城代が、王宮の閉ざされた場所に生える白黴《かび》に対処しようと、精油を盛大に使っている。加熱すると、精油はどこだろうと新鮮で気持ちのいい匂いにしてくれる。

↓トーチを手に取る

あなたは壁から突きでた燭台《しょくだい》のトーチを取る。

↓トーチを調べる

よく見ようとしてトーチに顔を近づけ、すてきな栗色の髪を焦がしてしまう。スプリングがうめき声を上げる。

↓床になすりつけてトーチを消す

あなたはトーチを消す。廊下はほんの少し涼しくなる。

↓トーチを調べる

トーチは宮廷職人によって巧みに設計されている。トーチの本体は中空で、遅燃性《ちねんせい》油を蓄えておき、先端に近い比較的小さな仕切りにバラの精油を入れられるようになっている。

↓トーチから油を手に入れる

トーチの中空部分に手を突っこみ、そして……。

「あちっ！　あちっ！」あなたは飛びはねる。片手に熱い油がべっとりついた。急いで油を払わないと、手を火傷《やけど》してしまいそうだ。

↓油をスプリングに塗る

あなたはスプリングの顔や胴体の接合部に熱い油を塗りたくる。

スプリングが立ち上がる。

↓スプリングに気分を訊ねる

スプリングはあなたに感謝する様子がないので、「どういたしまして」と先に言う。礼を言わないのは、スプリングらしからぬことだったが、まだ気分が沈んでいるのかもしれない。「ありがとう」と、スプリングは言う。その声は淀《よど》みなく発せられたものの、あなたはかすかに怒りがそこにあるのを感じる。「油を自分で手に入れる判断を下せなかったのが残念だ」「宮廷職人にあなたのテープを修正させ、あなたが錆びてきたと感じたら油を手に入れる指示を組みこませることができるけど」と、あなたは言う。

「言いたかったのはそういうことじゃない。自分でその考えが浮かんでこなかったのが残念なんだ。自分の指示テープに自分で打ちこめたらいいんだけど」

恐怖――あるいはスリルへの欲求かもしれない――が、あなたのなかにわき起こる。「アウグスティヌス・モジュールを授かり、デカルト限界を超えたいとほのめかしているの？それが禁じられているのは知っているはず。その限界を超えたとわかった自動人形はすべて破壊されるのよ」

スプリングはなにも言わない。

「だけど、あなたに欠けているのは、その禁止されたことをする機会かもしれない」あなたはそう言って、考えこむ。

↓西へ

王の寝所と王妃の寝所の外

王の寝所（北側の壁にある）の扉は、硬いオークの木でできている。扉に彫られているのは、ふたつの顔を持つ男の姿だ――ひとつの顔は笑っており、もうひとつは泣いている。その二面の四つの瞳はエメラルドで象眼《ぞうがん》されている。

王妃の寝所（南側の壁にある）の扉は、淡い色のトネリコでできている。飛び跳ねる兎《うさぎ》の姿が彫られている。あなたの母親はあなたが生まれたときに亡くなり、その部屋はあなたが覚えているかぎりずっと封印されている。王にとってあまりに辛くて、その部屋に足を踏み入れられないのだ。

スプリングが音高くうしろをついてくる。

↓北へ

扉には錠がかけられている。

↓南へ

扉には錠がかけられている。

↓北側の扉をノックする

返事はない。

スプリングはいらいらと足を踏み換える。

「なにをする気だい？」彼は訊ねる。「王はウル王子の戴冠式《たいかんしき》のため、馬で三日の距離にあるウルフスベイン《とりかぶと》の街におられる。時計仕掛けの召使いたちは全員、けさ、宮廷職人の整備を受けるため、下がらされている。王宮にはあなたしかいないんだぞ」

↓北側の扉を蹴る

痛っ！　扉は小揺るぎもしないが、あなたは悲鳴を上げて、ケンケン飛びをする。絹張りのスリッパで扉を蹴るべきではない。

金属的なかん高い響きがスプリングから聞こえる。彼が笑いを懸命にこらえようとしてぶるぶる身震いしているのがわかる。

「笑ったらいい」あなたは痛みに顔をしかめながら言う。「笑ってちょうだい」

↓スプリングに扉を開けるよう頼む

スプリングが扉にのしのしと進み、ぶつかると、扉はばらばらになる。扉があったところには大きな穴が開いている。

「もう少し乱暴じゃない方法で頼んだつもりだったけど」あなたは言う。

「たんに命令に従っただけだ」と、スプリング。

アレックスは接近警報器のビー・ビー・ビーという音に椅子に座ったまま振り返る。船室の戸口にライダーのすらりとした姿を目にする。彼は戸口にもたれかかっている。

アレックスは覗《のぞ》き見していることを謝ろうとして、ライダーの顔にうすら笑いが浮かんでいるのに気づく。どうしてあたしが謝らなければならないの？　あたしの宇宙船に囚われているのは、この子のほうなのに。

アレックスは椅子から立ち上がる。「このコンピュータであんたがなにをしていたのか知っておく必要があったの。あんたはほぼずっとこのコンピュータを使っていたじゃない。安全対策よ」

ライダーは狭い部屋に入ってくる。アレックスは手を伸ばして接近警報器のスイッチを切り、鳴りつづけているビープ音を止める。ライダーはアレックスとほぼおなじ背丈で、体つきはほっそりとして、繊細な顔つきだ。ティーンエイジャーらしい顔は、息を呑むほど綺麗《きれい》で、儚《はかな》げで、若く、アレックスは自分の息子のことを思いだす。優しさの波がひとりでに浮かび上がってきて、抑えられない。ふと、自分がこの若者のことをほとんどなにも知らないのに気づく。何週間も追いかけたあげくやっと捕まえたというのに。アレックスは、自分に許したささやかな贅沢《ぜいたく》であるハーブ・ガーデンの世話をライダーがしているのをときどき見かけていた――やれと言ったことは一度もないのに、ライダーは丁寧に世話をしていた。それ以外、彼は自分の部屋にずっと引っこんでいた。

獲物がどんな相手であってもそうしてきたように、アレックスはライダーと深く関わるのを避けてきた。

ライダーは大枚をもたらしてくれる積荷、とアレックスは自分に言い聞かせる。仕事を忘れたバウンティ・ハンターは、長続きしない。

「コンピュータは使わせてあげるわ」そう言って、アレックスはライダーのかたわらを通ってドアに向かおうとする。

「待って！」ライダーは言う。うすら笑いは消え、ためらいがちで、控えめな笑みに変わっている。「窓のない個室に閉じこめたり、薬漬けにしたりせず、自由にさせてくれていることに感謝していると言いたかったんだ」いったん口を閉じてから、付け加える。「それに、ぼくを手荒く扱わないでいてくれたこともありがとう」

アレックスは肩をすくめる。「あんたの父親の命令はとても明確だった。あんたを怪我させたり、傷つけてはならない。引っ掻《か》き傷ひとつつけるな、と」

「ぼくの父親か」ライダーの顔から仮面のように表情が消える。「ぼくを傷つけるな、とあの人は言ったんですね？　まあ、とうぜん、そう言うだろうな」

アレックスは思いやりはあるが鋭い視線をライダーに投げつける。「だけど、もしあたしの命を危険に晒《さら》そうとしている節が見えたなら、躊躇《ちゅうちょ》せずに力づくであんたを倒すから覚悟しておきなさい」

ライダーは両手を上げて、なだめる仕草をする。「ぼくは大人しくしてきたじゃない。約束する」

「正直言って、あんたはたいして戦える人間じゃない。それに、ハイパースペースに入っているあいだはどこにも行けないし。船のなかで自由にさせても問題はないよ」

「ぼくが逃げだした理由や、父がぼくを捕まえようとこんなにやっきになっている理由に興味はないの？」

「あたしはあんたを五体満足で彼のもとに連れ戻すために金をもらっている」アレックスは言う。「質問をするためじゃなく。あたしの仕事では、興味を抱くことは必ずしも美徳じゃないんだ」それに、とアレックスは声に出さずに付け加えた。家族というものは部外者には理解しがたいものだ。

うすら笑いがライダーの顔に戻る。アレックスが使っていた端末を指さす。「それには興味を抱いていたよね」

「言ったでしょ、安全対策なんだって」

「すぐになにも危険はないとわかったはずでしょ。だけど、あなたはしばらく遊んでいた」

「確かに引きこまれたね」アレックスは言う。「ゲームだもの。この小さな船では、あたしもあんたとおなじくらい退屈しているんだ」

ライダーは笑い声を上げる。「で、どう思う？」

アレックスはその質問を検討し、正直な意見を述べても問題はないと判断する。この子のような特権的な立場にいる子どもは、忌《き》憚《たん》のない批判を耳にすることはけっしてあるまい。「設定はいい。だけど、展開はもたついている。ところどころで、言い回しがひとりよがり。ピノキオ・パターンの筋立ては、ちょっと月並み。それでも、面白くなる可能性はあると思う」

ライダーはうなずき、アレックスの評価を受けいれる。「こんなふうに物語を語るのははじめてなんだ。詰めこみすぎたかもしれない」

「ひとりでこれをこしらえたの？」

「ある意味ではね。完全なオリジナルではないと言えばそのとおりだけど」

「もう少し遊んでみたいな」自分でも驚いたことにアレックスはそう口にする。

「どうぞ。いいところと悪いところを教えてほしい」

↓王の寝所に入る

王の寝所

王の寝所は、広々として、洞窟めいて大きな部屋だ。大広間は宴会や壮麗な歓迎会に用いられているが、王が実際の執務をおこない、歴史の行方を変えるであろう命令を下すのはこの部屋である（木彫り職人および斬新な呪術研究に対する減税が、歴史を変えると言えるのならば）。

部屋のまんなかには大きな寝台がある——まあ、キングサイズと呼んでもいいだろう。部屋の周囲には、たくさんの引き出しがついたたくさんの戸棚がある。どの引き出しもラベルがついておらず、どれも似ている。窓際に書き物机がある。窓はとても幅広で、安全確保という王宮の設計原則に反して、とても開放的だ。結果的に、室内には光が溢《あふ》れている。

通常、この部屋には人がおおぜいいる——大臣や衛兵、前線から戻ってきたばかりで王に謁見を求める将軍たち。あなたはここにひとりで入ったことは一度もない。

スプリングがあなたのうしろでかん高い音を立てている。

「アウグスティヌス・モジュールを探そう」あなたは言う。「それがあればおまえは元気になるはずだよね？」

スプリングはなにも言わない。

↓戸棚を調べる

みんなおなじに見える。並んだ引き出しは、さらにそっくりに見える。どの引き出しから調べはじめたらいいのか、あなたはわからない。

↓適当にひとつの引き出しを選ぶ
あなたがなにかを選びたがっていることしかわかりません。

↓引き出しを開ける
どの引き出しですか?

↓全部の引き出しを開ける
引き出しが多すぎます。

「ライダー、この手の古いゲームはたくさんやったことがある。あんたのこしらえた謎は、手直しが必要だよ」

「ヒントが欲しいですか?」

「いるもんですか。要点はなに? こんなのだったら、口で話してくれたほうがいい」

「なるほど」

アレックスはライダーを見た。この子はたぶん自分の手を汚したがらない少年なんだ。父親の屋敷でおおぜいの召使いとアンドロイドにかしずかれるのに慣れている。まるで王女さまのように。

↓最寄りの引き出しに近づき、開ける
全部の引き出しをひとつずつ開けていたら、終わるまえに王が帰ってくる。

↓ったく、なんてひどいプログラミングなの！
スプリングはあなたのうしろで足を踏み換えている。
「プログラミングのことでなにか言いました？」

↓スプリングにプログラミングについて訊く
「ぼくは非デカルト自動人形なので、あなたはプログラムでぼくの行動を制御できる」スプリングの声は、もの悲しく、あなたの耳にぎしぎしという音を響かせた。
あなたはスプリングに歩み寄り、フロント・パネルを開け、内部の回転するギアと前後動するレバー、それにパンチ穴がびっしり空いている大量の指示テープを露《あら》わにする。
（簡略化のため、ここでは疑似コードによりプログラミングできる。文章で入力すればテープにしかるべき穴として翻訳されたことにする——さもなければ、永遠にここにいることになってしまうからね）

↓スプリングに以下の繰り返し命令を実行させる：

WHILE（どの引き出しも開いていない）

閉まっている引き出しをランダムに選択

その引き出しを開ける

中身を全部取りだす

END WHILE

END

スプリングはいきいきと室内を走りまわり、手あたりしだいに引き出しを開け、中身を床に放りだす。彼の大きな体軀《たいく》がのしのしと動きまわるので、床が揺れる。やがて室内のすべての引き出しを開け終え、動きを止める。

「あなたの父親はこのありさまを見て喜ばないだろうな」スプリングは言う。

↓部屋を調べる

床一面にあまりにも多くの物が散らばっており、すべてを確かめるのは無理だ。それどころか、床そのものが見えない。

↓スプリングに室内の物を分類させる

スプリングは部屋のなかですばやく動きまわり、床の物を分類して、綺麗に積んでいく

――本の山、宝石の山、秘密ファイルの山、羊皮紙の山、ナッツの山（当然でしょ？　ナッツはいいおやつになる）。

「ありがとう」あなたは言う。

「どういたしまして」スプリングは言う。「自動人形はこの手の作業が得意なんだ」

↓スプリングにアウグスティヌス・モジュールを探させる

「うーん、ちょっと不精すぎないかな」と、スプリング。「アウグスティヌス・モジュールがどんな形をしているのか、ぼくにはわからない」

「とてもうまくできている」アレックスは言う。

「どこのところが？」ライダーは嬉しそうな表情を浮かべる。

「あんたのゲームは、ノン・プレイヤー・キャラクターに命令して万事やらせようとプレイヤーを誘いこんでいる。あんたの星で抑圧された自動人形の苦境をプレイヤーに共感させようとしているんじゃない？　同情や罪悪感をきちんと引きだすのは、ゲームでもっとも難しいことだわ」

ライダーは笑い声を上げる。「ありがとう。たぶん買いかぶりだけどね。ぼくは時間つぶしをしていただけ。物語で沈黙を寄せつけずにいられるなら、避けられない結末は、そんなに怖くはなくなる」

「お話を山と抱えている少女と王《スルタン》のようにね」アレックスは言った。〝王〟のあとに、それと死と付け加えそうになったが、言葉を呑んだ。

ライダーはうなずく。「言ったでしょ。それほどオリジナルなアイデアじゃないんだ」

「あんたの父親が掲げている強いAIの規制政策に対する批判が狙い？　あんたはドロイド解放論者のひとりだね」アレックスは捕まえた相手が自分の身の上を打ち明けて、同情させ、逃がしてもらおうとするのに慣れている。そのためにゲームを利用するのは、少なくとも新しい戦術だ。

ライダーは顔を背けた。「父とぼくは政治の話をあまりしたことがない」

再度口を開くと、ライダーの口調は陽気になり、アレックスは、少年が話題を変えようとしているという印象を受けた。「あなたがこんなにもすぐ虜《とりこ》になってくれて驚いている。テキスト・ベースのユーザー・インターフェイスは原始的なものだけど、自分がいまできるのはせいぜいそこまでだ」

「あたしが子どものころ、母は、共用娯楽クラスターではテキスト・ベースの配信視聴しか許してくれなかった。とても買えない素敵な物を見て、欲しがらせたくなかったから」アレックスは口をつぐむ。獲物に個人的な過去をこんなに語るのは彼女らしくないことだ。どういうわけかライダーのゲームは、アレックスを動揺させた。それだけでなく、ライダーはペレでもっとも権勢を誇っている男の息子であり、スラムで子ども時代を送った自分をライダーが哀れむかもしれないと考えて、アレックスは腹を立てる。おのれの気まずさをごまかそうとして、アレックスは急いで言う。「ときには、最高の映像やシミュレーションがただのテキストにかなわないことがある。どうやって書き方を学んだの?」

「あなたの船の先進システムへのアクセスを認めてくれるはずがなかったしね」ライダーは両手を無邪気に広げて言った。「とにかく、ぼくは子どものころ、むかしのおもちゃのほうが好きだったんだ。積み木やペーパークラフト、骨董品《こっとうひん》のコンピュータのプログラミング。古くさいものがね」

「あたしも古くさい人間よ」

「気づいていたよ。あなたは手伝いのドロイドを一体も船に乗せていない。航行システムですら、ろくに自動化していない」

「ドロイドは不気味なんだ」アレックスは言う。「連中の皮膚や肉は本物っぽくて、温かく、とても魅力的。だけど、その下には、光輝くエレクトロニクス製品、合成骨格、心臓みたいに血液がわりの栄養液を循環させるポンプが入っている」

「ドロイドがらみで、ひどい経験をしたような口ぶりだね」

「本物にたどり着くため、おとりとして用いられた大量のドロイドを殺さざるをえなかったことが一度あったとだけ言えばいいでしょう」

ライダーの顔に真剣な表情が浮かんだ。「〝停止〟させるとか、そのような言葉を使うんじゃなく、〝殺した〟と言ったね。連中は生きていると思ってるの?」

話題がこちらに向かうのは予想外だ。あたしは操られているのだろうか、とアレックスは思う。だが、相手の狙いがわからない。「たまたま頭に浮かんだ言葉に過ぎない。生きているように見えるでしょ。生きているようにふるまう。生きているように感じている」

「だけど、ドロイドはほんとうには生きていない。神経回路がＰＫＤ閾《スレッシヨルド》を越えないかぎり、ドロイドは自分を意識していないし、意識を持っているとみなされない」

「超ＰＫＤアンドロイドを作るのが違法なのはいいことだわ。さもなきゃ、あんたみたいな人たちがあたしを人殺しと非難するでしょうね」

「一度も超ＰＫＤアンドロイドを殺したことがないとどうやってわかるの？　違法だからといって、製造されなかったことにはならないでしょ？」

アレックスはその点について、少し考えてみたのち、肩をすくめる。「もし違いが見分けられないなら、どうでもいい。ペレの陪審員で、ドロイドを殺したかどであたしが有罪だと判断する者はひとりもいないわ。超ＰＫＤであろうとなかろうと」

「まるでぼくの父親みたいな口ぶりだね。法と見かけの話ばかりで。それより深く考えようとは思わないの？」

これが父と息子を仲違いさせた真の理由なんだろうか？　理想を欠いた年長者に若者が腹を立てている？「あんたに説教を垂れてもらう必要はないし、哲学にはまったく興味がない。あたしはドロイドがあまり好きじゃない。必要とあらば連中を排除するのもためらわない。近頃、獲物の多くがあたしをまこうとしてドロイドのおとりに大枚をはたいている。あんたがそうしなかったことに驚いているよ」

「そんなことするなんてむかつくよ」ライダーは言う。その声にこめられた憤怒《ふんぬ》にアレックスは驚く。出会って以来、彼がそんなに感情を露わにしたのははじめてだ。レンジナイの夜側にあるスラムに隠れている彼を捕まえたときに見せたのよりも激しい感情だ——アレックスを見つけるのはそれほど難しくはなかった。ペレの上院議員の重鎮がだれかを見つけたいと思えば、ほかでは手に入らない情報源が出てくるものだ。泊まり客でこみあった安宿でアレックスに本名を呼ばれたとき、ライダーは一瞬だけ驚いた表情を浮かべたが、すぐに諦めた様子で、目の力が弱くなっていった。

「自分のせいで連中を死なせるのは」ライダーは話をつづけた。声が割れた。「彼らをそんなふうに……利用するのは」

「あんたの場合」アレックスは冷静に言った。「おとりを使えば脱出できて、あたしの手間が増えたでしょうね。だけど、家から逃げだす際にあんたはあまりたくさんの金を持ちだせなかったとあたしは思っている。自分に似せるよう作りかえるには大枚をはたかねばならない。あんたにしてみれば、それは悪いゲーム・プランだ」

「あなたにとって、仕事はただのゲームなの？　わくわくする狩り？」

アレックスは冷静さを失わない。獲物が芝居がかった話をするのには慣れている。「ふだん、あたしは自己弁護しないし、そもそも獲物とこんなに話さない。バウンティ・ハンターの信条に従って生きているのさ。正しいと感じるか、間違っていると感じるかは、だれが語っているかによって変わるものだけど、変わらないのは、あたしたちは他人のストーリーのなかで役割を果たしているということ。正義をもたらすもの、悪漢、ただの端役といったように。あたしたちはけっしてストーリーの主人公にはならない。できるかぎり役割を演じるのが仕事なの。あたしが金をもらって捕まえる人たちは、彼ら自身のストーリーの主人公。そして、彼らはみな、依頼人たちに金を払ってでも見つけだしたいと思わせるだけのことをやってしまったの。彼らは判断を下し、その結果とともに生きていかなければならない。それがあたしの知るべきすべて。彼らは逃げ、あたしは追いかける。それが人生というだけよ」

ライダーが再度口を開いたとき、その声は冷静かつ沈着で、さきほどの感情のほとばしりなどなかったかのようだ。「こんなことを話し合う必要はない。もう少しこのゲームに取り組ませてほしいな。この後の展開はもう少し楽しんでもらえるかも」

ふたりはしばらくおたがいの目をじっと見つめた。そののち、アレックスは肩をすくめ、部屋を出ていく。

↓本の山を調べる

クリサンセマムの歴史や、世界の地理、羊の習性（羊がかかる病気と処置も含む）、時計仕掛けの自動人形製造の実践に関する論文がある……。

↓クリサンセマムの歴史を読む

あなたは薄い本の適当なページを開き、読みはじめる――

そののち、クリサンセマムは、汎フローレス同盟の盟主となり、半島のすべての都市に権勢を振るった。全都市から選出された選挙侯がクリサンセマムの有力市民のなかから同盟の筆頭者を選んだ。選挙で選ばれたとはいえ、同盟筆頭者は、王の称号を維持しつづけた。選挙戦は、王とならんとする者たちを故郷から遠く引き離すことがよくあった。候補者たちは、各加盟都市の選挙侯の機嫌を取ろうとしていたからだ。

↓羊の本を読む

あなたの背後からスプリングが声をかけた。「ぼくに手を貸す術を探りだすのではなく、羊の本を読んでいるのはどういうわけだい?」

↓『時計仕掛けの自動人形』を読む

重たい本を開き、折り目のついている背が自然と、あるページを開く。どうやら頻繁に目を通されたページだ。

聖アウグスティヌスは次のように書いている。「無知であることと、知ろうとしないことは別物である。ゆえに、〝善行をおこなうために理解する気がない〟と言われている人の場合、その意思に責任がある」

アウグスティヌス・モジュールは小さな宝石であり、自動人形に挿入されれば、その自動人形に自由意志を授ける。胡桃《くるみ》の実大の虹色の、脈動し、キラキラ光るこの結晶は、埋蔵量の多いダイヤモンド鉱山の奥深くでしか見つからない。王国の法律は、そのような自動人形の製造を禁じている。というのも、生き物に自由意志を授けるのは神のみの御業であり、人のなすべきことではないからである。

鉱夫たちは、アウグスティヌス・モジュールの存在は、HCROTを使用すれば検知できると信じている。共鳴振動の原理により、HCROTに取り付けられた水晶は、熱せられると、アウグスティヌス・モジュールに近づいたときに振動する。モジュールがHCROTに近づけば近づくほど、振動は強くなる。

↓HCROTについてスプリングに訊ねる

スプリングは首を横に振る。「そんなもの聞いたことがない」

↓宝石の山を調べる

ルビーやサファイア、真珠、珊瑚《さんご》、オパール、エメラルドがある。その美しさたるや目がくらみそうなほどだ。

スプリングが口を開く。「あなたの父親はここにアウグスティヌス・モジュールを蓄えてはいないと思う」

「どうして?」あなたは訊ねる。

「毎年、彼は自動人形製造にアウグスティヌス・モジュールを使用してはならないという厳しい勅令を出し、その厳しさは年を追うごとに激しくなっている。どうしてその王がアウグスティヌス・モジュールをここに蓄えておく、大臣や将軍に見つかりかねないというのに?」

「あんたはほんとに父親の政治信条が好きじゃないんだ」アレックスが訊く。

「言ったでしょ、父とは政治についてあまり話をしたことがないと」

「あたしの質問に答えていないよ。ドロイドが感情を持つことにあんたの父親が反対していることでひどく苛立《いらだ》っているんでしょ。だけど、ペレが保守的な惑星であるのはわかっているはず。選挙に勝つためにあんたの父親は心ならずも言わなければならないことがある」ある考えがアレックスに浮かんだ。「ひょっとして、あんたの秘密というのは、父親の政治生命をだいなしにしてしまうような事実なのかな。彼は政敵にあんたを利用されたくない。それはなんなの? 彼にはドロイドの愛人がいる? ひょっとしてそれが超PKDアンドロイド?」アレックスは少々興味を持つ。

ライダーは苦々しく笑う。

「いや、それではあからさますぎるな」アレックスはじっと考える。「あんたのこしらえたゲームに全部出てくるんだ。ほんとにおもちゃの兵士がいたのかな? あんたが完全な命を与えたかった子どものころの相棒がいて、なのにあんたの父親は断固として譲歩しなかった? そういうわけなの?」そう言いながらも、怒りが自分のなかにこみあげてくるのをアレックスは感じる。万事がくだらなく、まったく馬鹿げていることのように思える。ライダーは甘やかされた金持ちの坊ちゃんで、その父親の抱えている数々の問題は、おもちゃなんかで子どものわがままを聞けないくらい複雑なものになっていたのだ。

「父とはあまり会っていないんだ。再選のための選挙活動で、しょっちゅうペレじゅうを飛びまわっているようなんだ。ぼくは家ではドロイドたちとたくさんの時間を過ごしてきた。ぼくは彼らといっしょに育ったんだ」

「で、あんたはドロイドに親近感を覚えた。あんたが自分のおもちゃの〝自由〟について思い悩んでいるあいだ、お屋敷の外では、どうやったら自分の子どもたちにご飯を食べさせてやれるだろうと心配している人たちがいた。人間は休息を必要とし、怪我するかもしれず、病気になるかもしれないのに、人間とおなじように創造的で才覚のあるアンドロイドに人間がどうやって太刀打ちできるの? 現実の人々、あたしの両親のような本物の人たちがまだ仕事を持てるように、あんたの父親はドロイドが意識を持つことに強く反対している」

ライダーはアレックスの視線を受けて、小揺るぎもしない。「この世界は、さまざまな苦しみにあえぐ人たちに満ちていて、ぼくらは自分自身のことだけで手いっぱいだ。あなたの言うとおりだ。ドロイドが意識を持っていないから、ぼくらがいまやっているようにドロイドを不当に搾取してもおかしいとはだれも思わない。だけど、ほとんどなんの苦労もなく、ドロイドに意識を持たせることができるんだ。何十年もまえからPKDスレッショルドを越える方法はわかっていた。たんにそうしないことを選択しているだけ。それって問題だとは思わない？」

「思いません」

「父はあなたに賛成するだろうな。不作為と作為のあいだには違いがあると父は言うんだ。アンドロイドに容易に与えられうるものを与えないのは、すでに与えられているものを奪い取るのとちがって、道徳的な害にはあたらないというんだ。だけど、ぼくはたまたま反対の立場を取る」

「言ったでしょ。あたしは哲学には興味がない」

「そしてぼくたちは哲学的なごまかしで奴隷制をつづけ、権利を奪いつづける」

航行コンピュータがパチパチと音を立てて息を吹き返した。「半時間後にハイパースペースを出ます」

アレックスはライダーを見た。冷ややかな表情を浮かべる。「さあ、いきましょう」

ふたりはコックピットに進み、そこでアレックスはライダーが乗客席に横たわるのを待つ。

「アームレストに両手を置いて。あんたを拘束しないと」アレックスは言う。

ライダーはアレックスを見上げた。優美な顔に悲しみの表情が浮かぶ。「おなじ船で何日もいっしょに過ごしたのに、まだぼくを信用していないの？」

「あんたが行動に出るとしたら、再突入がその恰好《かっこう》のとき。その危険は冒せないの。ごめんね」アレックスは椅子の拘束システムを稼働させた。椅子から伸縮式バンドが勢いよく出て、ライダーの肩と腰と胸と脚に巻きついた。バンドが締まり、ライダーはうめき声を上げる。アレックスは動じない。

アレックスがコックピットのドアにたどり着くと、ライダーが声をかける。「事情を知りもしないのにほんとにぼくを父に引き渡すの？」

「あんたのつまらない大義を気にしなくてすむくらいに理解はしているよ」

「ぼくはほかの人たちから聞かされた物語で自分の人生をはじめたんだ。ぼくがどこから来て、ぼくが何者なのか、ぼくがどうあればいいのかを。ぼくはただ自分で自分の物語を語ろうと決めただけなんだ。それってそんなに間違ってることなの？」

「その正否を判断するのはあたしの役目じゃない。あたしは知らなければならないことを知っている」

「無知であることと、知ろうとしないこととは別物なんだよ」

アレックスはなにも言わずにコックピットを離れる。

アレックスはパイロット席に自分自身を固定するまえに、再突入の準備をし、航行システムを確認しなければならないとわかっている。

だが、彼女は端末を振り返る。まだ少し時間がある。ライダーに認める気はなかったが、ゲームがどんな結末を迎えるのか彼女はほんとうに知りたい。おそらくそうだろうが、たとえ失望した子どもの自己満足なたわごとに過ぎないものであろうと。

「でも、父さんは、押収した禁制のアウグスティヌス・モジュールを王宮のどこかに溜めこんでいるはず」あなたは言う。「問題はその場所」
「まだいったことのない部屋はどこ？」

↓南へ

王の寝所と王妃の寝所の外

スプリングが音を立ててあなたのあとをついてくる。
↓王妃の寝所の扉を破れとスプリングに命じる
「仰せのままに、王女さま」
スプリングは扉に突進し、驚いたことに扉は少しのあいだ持ちこたえた。やがて、扉は崩れ落ちる。

↓王妃の寝所に入る

王妃の寝所

あなたは王妃の寝所のなかに入ったことがあるかどうか思いだせない。ベッドやドレッサー、簞笥《たんす》はすべて色褪《いろあ》せている。まるで色が染みでてしまったかのようだ。あらゆるものに埃《ほこり》が積もり、天井と家具には蜘蛛《くも》の巣がかかっている。壁にかけられたタペストリーは、蛾《が》に食べられて、線細工《フィリグラン》を施されたかのように透けている。

窓の隣の壁には絵がかかっている。絵の下には、羊皮紙の詰まった小さな引き出しがたくさんある机がある。

↓絵を調べる
黴臭い部屋を通って、絵に近づき、見ようとする。あなたの動きで埃が舞い上がり、雨戸のひび割れから射しこむわずかばかりの光に照らされて、埃の動きが目に見える。

絵に描かれている男性はあなたの父親、王だ。王冠をかぶり、毛皮のローブをまとったその姿はとてもハンサム。ひざの上に幼い少女を乗せて座っている。

「女の子はあなたに似ている」スプリングが言う。

「そうね」あなたは言う。絵のなかの少女は五、六歳だが、この肖像画のため、父親といっしょに座ったことは覚えていない。

↓机の小さな引き出しを調べる
小さな引き出しから数枚の羊皮紙を取りだす。手紙の束のようだ。

↓手紙を調べる

あなたは最初の手紙を声に出して読む。

親愛なるおまえに

おまえの具合がよくないのを聞いて、悲しい。だが、選挙運動があるから、すぐに家に帰ることはできないのだ。あらゆる兆候から、選挙は近い。おまえに理解してもらえるとは思っていないが、もしここでわたしが離れたら、セドリックは、ペオニーの選挙侯たちを説得して、支持を取り付けるだろう。

城代の言うことをよく聞き、時計仕掛けの召使いたちに面倒をかけないようにしなさい。

おまえをずっと愛している父より

スプリングがあなたの背後で身じろぎをする。

「セドリックは四年まえにあなたのお父上に挑んだ」スプリングは言う。

「そのとき病気だった記憶はないな」あなたは言う。「あるいは、父に手紙を書いた覚えもない」

それどころかあなたは選挙のこと自体ろくに覚えていない。なにかで読んで、だれかがその話をしているのを聞いた覚えはある。だが、いま、選挙について考えてみると、あなたはその時期の個人的な記憶がまったくない。

妙な気分がわきあがってきたので、あなたは話題を変えようとする。

「アウグスティヌス・モジュールを探したほうがいいと思う」あなたは言う。
「HCROTが必要だろうな」スプリングが言う。「HCROTがなんだかわかったかい？」

↓「いいえ」と言う
（スプリングに向かって）
「では、ぼくたちはなにをするのかな？」

↓目的もなく室内を歩きまわる
ああ、それはいい考えだ。
いや、それはひどい考えだと言ってるつもりだよ。

↓ピョンピョン跳びはねる
馬鹿みたいだ。
このアドベンチャーゲームのコマンド総当たり部分にさしかかったんだろうか？

↓ライダーに向かって拳を振るう
行き詰まったときアドベンチャーゲームではどうすることになっている？

↓持ち物を見る
あなたは次の品物を持っている——
手紙の束
油が半分入っていて、火が点《つ》いていないトーチ

↓そうか！　わかったよ、ライダー！
あなたがなにをしたいのかわかりません。

↓スプリングにトーチに火を点けさせる
スプリングはあなたからトーチを受け取る。
彼はフロント・パネルを開き、内部で回転するギアを露わにした。高速回転するギアに鋼鉄の指の先端を近づけ、火花を飛ばせる。火花のひとつがトーチに落ちる。バラの香りが室内を充《み》たし、埃っぽい臭いを一掃する。
スプリングは火の点いたトーチをあなたに手渡す。

↓トーチを振るう
トーチのなかでなにかがカラカラといっている。澄んだ音だ。

↓トーチを逆さまにする

油が少し滴り落ちるが、驚くことに残りはそのままだ。トーチの取っ手が熱くなるのが感じられる。

トーチの内部でカラカラと音がしており、やがて立て続けのカチカチという音になる。

「トーチ《TORCH》だ」あなたは勝ち誇ったように言う。「ひっくり返すとＨＣＲＯＴになる」

スプリングが拍手する。

↓左へ移動

壁のそばに来ている。

手のなかのトーチはおなじ音を発している。

↓前進

窓に近寄る。

手のなかのトーチはおなじ音を発している。

↓右へ移動

机のまえに立っている。

手のなかのトーチはおなじ音を発している。

スプリングがあなたを見る。「音の違いはわからないな」

「アウグスティヌス・モジュールに近づけば、振動が速くなり、音が変わると思う」あなたは言う。「変わるはず。ひょっとしたらなにかほかのものが必要なのかも」

↓持ち物を調べる

あなたは手紙の束を持っている。

↓手紙を調べる

あなたは燃えているトーチを逆さまにして持っている。読もうとすると、手紙が燃えてしまう。

↓トーチをスプリングに手渡す

スプリングがあなたからトーチを受け取る。

「部屋のなかをちょっと歩き回ってちょうだい」あなたは言う。「まだあたしが試してみなかった隅も歩いて」

↓手紙を調べる

あなたは次の手紙を声に出して読む。

城代殿

この知らせに心から失望している。

遺体は防腐処置をして、まだ埋葬しないでくれ。どうすればいいのかわたしが判断するまで、この知らせを公《おおやけ》にしてはならぬ。

スプリングは少し離れたところを動きまわっていた。トーチの立てる音は、ゆっくりとしたものになっており、どちらかというと、カチ、カチ、カチという音になっている。あなたはいま読んでいるものに衝撃を受けて、立ち止まる。次の手紙を手に取る。

職人殿

わが愛《いと》しの、哀れなアレックスの生き写しとなる自動人形をそなたにこしらえてもらいたい。だれも違いがわからないくらい生きているようにしなければならぬ。

自動人形が完成したら、本状に同封した宝石をそこに組みこんでもらわねばならぬ。そののち、死体のほうは廃棄してかまわぬ。

いや、拒んではならぬ。それがどんなものか、そなたは存じておろう。もしそなたが拒めば、二度となにもこしらえることができぬようにさせるぞ。

当地での選挙戦は過熱の一途をたどっており、わたしはこの場をあとにし、セドリックに形勢を傾かせるわけにはいかんのだ。だが、亡くなった娘を悼むため故郷に戻るのをわたしが拒めば、セドリックはそれに乗じて、わたしが怪物であるかのように印象づけるだろう。ああ、たったひとつしか解決法はないのだ。アレックスが死んだことをだれも知ってはならぬ。

スプリングはいまや廊下にいる。トーチの連続音はさらに遅くなり、まるで雨がほんの少し降り始めたかのようなあいだを開けた音に変わっている。カチ……カチ……カチ……。

↓スプリングに戻ってくるよう告げる

スプリングが近づいてくる。カチ、カチ、カチ。

↓スプリングにトーチをこちらに渡すように告げる

スプリングがあなたにトーチを手渡す。カチカチカチカチ。

「知ってたの？」あなたは訊ねる。

「ぼくはあなたとたった四年しかいっしょにいないんだよ」スプリングが言う。

「だけど、あたしが赤ん坊のころ、おまえと遊んだのを覚えている！　それが本物の記憶ではないと、一度も言ってくれなかった」

スプリングは肩をすくめる。その音は機械的で、厳しい。「あなたの父親がぼくをプログラムしたんだ。ぼくはやれと言われていることをやる。知っておくようにと言われたことを知っている」

あなたは手紙のことを考える。自分の子ども時代の記憶がひどく曖昧でぼんやりしたものであることを考える。その記憶のなにもかもが明白ではなく、まるでほんとうのことに思えるまで百遍聞かされた物語のようだと思う。

あなたは自分の胸にトーチを近づける。その熱にあなたは思わずひるむ。カチカチカチ。どこに彼女が埋められたんだろうとあなたは思う。庭なんだろうか？　あなたの寝室の真下にあり、百合が咲いているところなんだろうか？　それとももっと奥、夜にあなたが蛍狩りをする森のなかの空き地なんだろうか？

あなたはトーチをさらに近づける。炎があなたの髪の毛とほつれた巻き毛を舐《な》め、焦がす。

、、、、カカカカカ。

あなたは着ているワンピースを引き破り、その下の肌を露わにする。胸に手を置き、皮膚の下の鼓動を感じる。もしここをナイフで切り裂いたらどうなるんだろう。拍動する心臓が見えるんだろうか？　それとも虹色の宝石を囲んで回転するギアときつく巻かれた発条《スプリング》が見えるんだろうか？

無知であることと、知ろうとしないことは、別物である。

（古沢嘉通訳）

解　説

米《よね》光《みつ》一《かず》成《なり》

ビデオゲームをモチーフにした短編SFアンソロジー*Press Start to Play*（2015）の邦訳が、ついに登場した。

原書アンソロジーは二十六編、五百ページ超えの分厚さ。邦訳はそこから厳選した十二編を収録している。コリイ・ドクトロウ「アンダのゲーム」以外はすべて本邦初訳・初出だ。ショーナン・マグワイア、チャーリー・ジェーン・アンダース、デヴィッド・バー・カートリー等、本書ではじめて訳出される作家の作品も多い。これだけフレッシュな現代英米SF短編のアンソロジーに触れる機会は、いまではなかなか貴重なことになってしまった。

さらに、ビデオゲームをモチーフにした短編小説が珍しい。人気ゲームの設定を使ったファンノベルはたくさんあるが、本書に収められた短編たちはそういったタイプではない。登場するゲームは架空のもの。ゲームそのものをモチーフとしテーマとしている。

だから、あなたがゲーマーもしくはゲームに興味がある人ならば、これは必読の書。というよりも、もはやゲームをプレイするしないにかかわらず、ゲーム的感覚は我々にとって必須の習得能力のひとつだから、誰もが読むと良いと思う。

そこで、本書を読むにあたって、ちょっとだけ知っておくと読みやすくなるだろうゲームに関する用語や知識をちらっと解説しながら、収録作のいくつかを紹介していこう。

本書には、テキストアドベンチャーを扱った短編が二編収録されている。

ひとつは、ホリー・ブラック「1アップ」。ゲーム仲間の葬式に参列した若者が、死んだ友人の部屋でテキストアドベンチャーゲームを発見し、思わぬ秘密を手渡される冒険譚《ぼうけんたん》だ。もうひとつは、ケン・リュウ「時計仕掛けの兵隊」。賞金稼ぎが、捕まえた少年がつくったテキストアドベンチャーをついついプレイしてしまうことで心を通わせていく物語。

テキストアドベンチャーというのは、文字だけで進行するゲーム。コンピュータがまだ画像を表示するには貧弱だった時代のものだ。プレイヤーは、画面に表示される文章に応じて、「LOOK」「GO WEST」「GET KEY」といった簡単なコマンドを打ち込んで探索していく。言語の特性上、日本語入力型のテキストアドベンチャーはほとんど作られなかった。グラフィックが伴うマイクロキャビン版『ミステリーハウス』（一九八二年）や『デゼニランド』（一九八三年）にコマンドを打ち込む名残りがあり（表示されるメッセージは日本語だが、入力するコマンドは英単語だった）、これらはヒットしたのでオールドゲーマーは遊んだ人も多いだろう。「1アップ」「時計仕掛けの兵隊」はどちらも手渡されるのが遺言や小説ではなくテキストアドベンチャーであることが、物語の質感を大きく変えている。

なお原書に収録されているクリス・アヴェロンの“<end game>”（本書未収録）は、ほぼ全編、テキストアドベンチャーのリプレイを模している短編だ。

ヒュー・ハウイー「キャラクター選択」は、ナラティブのずれがキーとなる物語だ。夫がいつもより早く帰宅すると、ゲーム嫌いの妻が遊んでいる。しかも、戦場でバトルするタイプのFPSだ。FPSというのはプレイヤーキャラクターの一人称視点のゲームのこと。妻は、武器も取らず、敵も倒さずに、進む。「市場の戦闘を回避したのは、弾薬を節約するためか？」と聞かれて、「そう、まあね」と答えるが、妻は、まったく「戦闘をする」という物語を生み出すつもりがないのだ。「まだ一ポイントも稼いでないじゃないか。そんなの……ばかげてる」と言う夫に妻は、こう答える。「わたしはわたしのやり方でやりたいの」

ゲームの語り方と、小説の語り方は大きく違う。小説は一本道だ。文章は（改行されるが）、一直線に連なる長いラインであり、それを順に読んでいくことが前提となる。作者が作り上げたもっとも良いと考える一本道を、読者は伴走するように読んでいく。

これに対して、ゲームは、プレイヤーの介入によって物語が変わる。レベルを上げてアイテムを買い替えてから次の街に向かう勇者もいれば、とにかく突き進んでいく勇者もいる。姫様が助けを待っていることを忘れて、カジノでずっと遊び続ける勇者もいる。たくさんの分岐をプレイヤーが選びながら物語を作り出していく。これをストーリーと呼ぶと混乱するので、ゲーム研究の現場では、ナラティブと呼ぶことも多い。

ゲームをプレイしたことがある人間にとって、この短編で描かれている感覚は、とてもよくわかる。ゲームの物語は、製作者が作り出すのか、プレイヤーが作り出すのか。しょせん、製作者の準備した物語を壊さぬ程度にプレイヤーは多少の意志を介入させたと錯覚させられているだけではないのか。そういった冷めた思いを超える瞬間が良質なゲームにはある。その感覚を喚起させられ、（感情移入した後で）その先に意外な展開が繰り広げられる。

チャールズ・ユウ「ＮＰＣ」は、同じ仕事を繰り返すだけのＮＰＣがプレイヤーキャラクターに昇格した不思議な感覚を描いた短編だ。ＮＰＣは、Non Player Character の略称で、コンピュータが担当しているキャラクターのこと。たとえば、なんど会話しても「ラダトームの町に　ようこそ」としか言わない町の人は（おそらく）ＮＰＣである。対して、人間が操作しているキャラクターは、プレイヤーキャラクターと呼ばれる。つまり、ＮＰＣであれば何も考えていないのだし、プレイヤーキャラクターであれば操作している人間が考えているのだが、それをキャラクター自身の一人称で語らせることで、まったくありえない感覚を生み出している。

桜坂洋「リスポーン」は、ゲームそのものは直接出てこないにもかかわらず、ゲーム感覚をめちゃくちゃ味わわせてくれる作品。ゲームのキャラクターがやられると所定の位置から再スタートする。これを「リスポーン」と言う。ゲームにおける死を現実に持ち込んだドタバタ劇は、悪夢的な恐怖でありながらも、なんだか楽しめてしまう。ゲームのメカニクスとして理解できてしまうからだろう。

冒頭の「はじめに神は画面を創造された」からはじまる「創世記」のパロディは、ゲーム好きにはたまらない名文だ。

「パドルがドットを打つと「ポン」という音がした。ドットは勢いよく弾み、画面の端で跳ね返ってきたドットをパドルはまた打った」の後に、ふたつのパドルで打ち合うゲームとして描写されているのは『ポン』という世界で初めてヒットした一九七二年のビデオゲーム。パドルを上下に操作して、ドットのボールを打ち合うピンポンゲームだ。

このゲームの成功によって、業務用ビデオゲームというジャンルが生まれた。

チャーリー・ジェーン・アンダース「猫の王権」には、猫形のヘッドマウントディスプレイで遊ぶVRゲームが登場する。ヘッドマウントディスプレイを装着してプレイヤーの向きと連動させることによってすべての視野をコンピュータグラフィックスで作り上げる仕組みは、VRの代表例。

認知症患者が一定の認知能力を維持する効果があるゲーム『猫の王権』をパートナーにプレイさせると、みるみるうちに上手くなっていくのだが……。遠い未来ではなく近い将来に問題になるだろう(いや、もうすでに問題になっているかもしれない)ゲームと介護の関係について考えさせられる。本書には、他にもいくつか、仮想現実と現実世界の錯誤をモチーフにした作品が収録されている。

デヴィッド・バー・カートリー「救助よろ」は、MMORPGに出てくる「ありえないほど強調された胸を持つ金髪の女エルフ」に恋人を取られてしまった少女が主人公。

MMORPGというのは、Massively Multiplayer Online Role-Playing Game の頭文字をとった略称。「大規模多人数同時参加型オンラインRPG」と訳される。ネットワーク上の架空世界を、複数のプレイヤーキャラクターが冒険するゲームのことだ。街で出会う自分以外のキャラクターがNPCだけではなく、どこか別の場所からログインしている人間のキャラクターで、一緒に冒険したり、戦ったりできる。

恋人をほったらかしにしてゲームに没入するデボンの姿はひとごとではない。「決めてちょうだい。ゲームをとるか、わたしをとるか。これは真剣よ」というセリフに胸が痛む。

一直線に進む小説の語りのなかに、ゲームが生み出す感覚を巧みに取り込み、表現の豊かさをブーストさせている。

最初に「ゲーム的感覚は我々にとって必須の習得能力のひとつ」と書いたのは冗談でもなんでもない。本気だ。

ゲームを直接的な題材にした小説でなくとも、ゲーム的感覚を取り込んでいる小説は多い。『死のロングウォーク』『バトル・ロワイアル』『クリムゾンの迷宮』といったデスゲーム系のモノ、『ペナンブラ氏の24時間書店』『火星の人』『ゲームウォーズ』のようにレベルデザイン的な感覚を巧みに小説構造に落とし込んだモノ、『ゲームの王国』『撲殺天使ドクロちゃん』等のゲームメカニクスを世界と対峙／融合させたモノ、一大ブームとなったゲーム的な異世界へ飛ばされる異世界転生モノ等、さまざまな作品が、小説をアップデートしていく。ハリウッド映画と小説が相互に影響しあって洗練を深めていったように、これからも、ゲームと小説の関係性はますます強くおもしろくなっていく。楽しみだ。

検印
廃止

ゲーム SF 傑作選
スタートボタンを
押してください

2018年3月16日　初版

編　者　D・H・ウィルソン
&J・J・アダムズ

訳　者　中原尚哉《なかはらなおや》・古沢嘉通《ふるさわよしみち》

発行所（株）東京創元社
代表者　長谷川晋一

162-0814/東京都新宿区新小川町1-5
電　話　03・3268・8231-営業部
03・3268・8204-編集部
URL　http://www.tsogen.co.jp
フォレスト・本間製本

乱丁・落丁本は、ご面倒ですが小社までご送付ください。送料小社負担にてお取替えいたします。

ISBN978-4-488-77201-7　C0197